WOMEN PLOT

Sharing Inspiring Women Stories

TUTTE LE STREGHE BRUCIANO

Valentina Zanetti

WOMEN PLOT

hello@womenplot.com

Prima edizione in “Emerging” novembre 2021
ISBN: 9791280593191

Illustrazioni: Maria Sole Costanzo

Il catalogo completo delle edizioni Women Plot può essere trovato al sito www.womenplot.com

Tutte le streghe bruciano

Questo libro è dedicato a tutte le donne,
streghe bellissime e potenti, e a mio nonno,
il quale, tra un battibecco e l'altro, mi ha
trasmesso l'amore per la cultura.

Per mille anni, l'unico medico del popolo fu la strega. Gl'imperatori, i re, i papi, i più ricchi baroni, avevano alcuni dottori di Salerno, mori, ebrei, ma la massa di ogni stato, e si può dire il mondo, non domandava parere che alla Saga o Donna saggia. Se non riusciva a guarirli, la ingiuriavano, le davano della strega. Ma in generale, per una reverenza mista di timore, la chiamavano Buona donna o Bella donna, con lo stesso nome che si dava alle fate.

(Jules Michelet, *La strega*)

1

Non si sarebbe mai abituata a quella puzza. Ti entrava nelle narici, la sentivi nel naso e poi scendeva nella gola, bruciandola. Prese il fazzoletto dalla tasca; l'aveva lasciato un'intera notte sopra i fiori di lavanda che aveva raccolto il giorno prima, pronti per essere essiccati.

Aveva dovuto aspettare che i fiori si aprissero completamente e visto il tempo inquieto dell'ultimo mese, i boccioli l'avevano fatta attendere un bel po'. Era stata così felice di vedere finalmente quei bellissimi fiori lilla che, mentre tagliava la pianta alla base dello stelo, il coltello le era scivolato dalla mano e una sottile linea rossa le era comparsa sul palmo. Si era portata la mano alla bocca, leccandosi il taglio, quasi assaporando il suo stesso sangue, prima di proseguire a tagliare altri fiori. Una volta a casa, li aveva appesi legandoli alla base, abbastanza stretti perché non scivolassero via, ma non troppo da romperli. La lavanda doveva essere essiccata al buio e in un posto asciutto; per fortuna casa sua aveva esattamente quelle caratteristiche. Aveva aggiunto i fiori viola accanto ad altri ormai già secchi e pronti per essere usati. Solo quando le sue mani avevano cominciato a tremare per la stanchezza e il sole era completamente scomparso si era resa conto di che ore fossero e di quanta lavanda avesse raccolto. Le servivano un altro paio di ore per terminare il lavoro, ma era troppo stanca.

Così, con l'intento di terminare il processo l'indomani, aveva appoggiato il mazzetto rimanente sul tavolo e vi aveva gettato sopra un fazzoletto.

In quel momento, con il fazzoletto profumato premuto sul naso, mentre camminava velocemente verso casa, andava molto meglio, ma non era abbastanza per allontanare quella puzza dalle sue narici e dalla sua memoria.

«Non è sicuro per una donna abitare così fuori dalla città e per lo più da sola, e poi non sei stanca di camminare per così tanto tempo ogni volta che devi venire qua?» le aveva chiesto Agnese, la moglie del macellaio.

«Sto benissimo dove sono, davvero. La vita qua mi soffocherebbe, mi sento più libera dove sto e inoltre camminare mi piace, la strada per venire fino qui è bella».

«Libertà, parli così tanto di libertà, come se noi donne qua in città fossimo schiave e...»

«Agnese, vieni subito qui!» urlò una voce maschile dal retro del negozio.

«Oh, scusami, ma credo proprio di dover andare, mio marito ha bisogno di me! È sempre un piacere vederti!» disse Agnese, congedandosi.

«Già, come se voi donne qua in città foste schiave» mormorò prima di andarsene.

Aveva percorso quella strada mille volte, ma col passare dei mesi tutto era cambiato. Non il paesaggio; per fortuna la natura continuava per la sua strada, incurante di quello che l'uomo faceva, ma il resto era tutto diverso.

L'odore dell'aria, ad esempio: non riusciva più a sentire il dolce profumo dei fiori che co-

steggiavano il sentiero.

Le persone si guardavano con diffidenza tra loro, quasi spaventate.

Anche la sua passeggiata in città non era più come prima, non si fermava più lungo il sentiero a guardare il paesaggio o a chiacchierare con le persone che incontrava. Ora camminava veloce, senza incrociare gli sguardi degli altri, senza fermarsi a guardare curiosa gli uccelli che facevano i nidi sugli alberi.

Una volta chiusa la porta dietro di sé, la prima cosa che fece fu un bagno, per lavare via dal suo corpo, e dalla mente, quell'odore di carne bruciata che troppo spesso riempiva l'aria in quel periodo.

2

Fantastico. Prima mattina a casa e cominciava così, pensò Antares mentre correva in bagno, giusto in tempo per vomitare nel wc.

Felice di aver mangiato poco o niente la sera prima, si pulì la bocca sporca con la manica del pigiama.

«Eccomi, eccomi, ci sono. Ok, respira, sono qui, ora ti tengo i capelli!»

Antares non poté che sorridere nel vedere la sua migliore amica e coinquilina che la guardava preoccupata sul ciglio della porta. Aveva ancora i segni del sonno sul viso, i capelli lunghi e neri, sempre lisci e ordinati, ora legati in una coda ormai disfatta.

«Ho finito, non ti preoccupare» disse, alzandosi dal pavimento ghiacciato e raggiungendo il lavandino.

«Stai bene? Sono le medicine? Devo chiamare qualcuno?»

Si lavò i denti e sciacquò la bocca per eliminare il sapore del vomito e quello del sogno. Un sogno talmente vivido che quando si era svegliata aveva continuato a sentire quella puzza nelle narici e nella gola, ed era così forte da farla vomitare.

«No, Artemisia, sto bene. Davvero. Ho solo fatto uno strano sogno» rispose, mentre l'amica la fissava con uno sguardo inquisitorio.

«La gente non vomita perché ha fatto uno strano sogno, Antares».

«Credimi, se avessi sognato quello che ho sognato io, saresti corsa in bagno anche tu!» Vedendo lo sguardo preoccupato dell'amica le sorrise, prendendole una mano: «Sto bene, davvero, se non fosse così ti direi la verità. Allora, cosa c'è per colazione?»

«Avena?» propose l'amica, che sembrava finalmente rassicurata.

«Sai che adoro la tua ricetta. Mi tolgo il pigiama e ti raggiungo in cucina».

Prima di lasciare il bagno Antares si guardò allo specchio. Quello in camera sua non c'era più. Un tempo le piaceva specchiarsi, o meglio, c'erano giorni in cui le piaceva perché la ragazza nel riflesso era carina, a volte anche bella. Ma poi i giorni in cui si vedeva brutta erano diventati sempre di più e specchiarsi era divenuto quasi insopportabile.

«Guardati allo specchio e ripeti che sei bella!» le aveva detto Artemisia.

Lei ci aveva provato, indossando uno dei suoi maglioncini preferiti, nero con una striscia rossa nel mezzo, largo e corto abbastanza da mostrare i pantaloni alti in vita. Quando aveva scelto quell'outfit la mattina per uscire di casa era soddisfatta, aveva pensato che non era così male. Come possono cambiare le cose nel giro di un paio d'ore.

Quando si era guardata di nuovo, stesso specchio, stessi vestiti, non riusciva a credere di essere uscita così. Come poteva aver pensato di stare bene? Quel maglioncino le faceva le braccia grosse, i pantaloni stretti in vita segnavano la pancia ed essendo a zampa di elefante la facevano sembrare ancora più bassa del suo metro e sessantaquattro.

«Artemisia, sembro un hobbit!» si era lamentata con la sua amica.

«Sai che non mi piacciono quei film, ma ho ben presente come un hobbit sia e, credimi, non ci assomigli neanche lontanamente».

Artemisia aveva sempre e solo parole dolci e di incoraggiamento, ma non servivano a nulla. Poteva ripeterle che era carina tutto il giorno, ma lei non le avrebbe mai creduto.

E così, lo specchio in camera sua era sparito. Quello del bagno non mostrava tutto il suo corpo, solo il busto. Aveva preso peso: per fortuna il cibo del centro non era male e le medicine le facevano venire così fame che aveva cominciato a mangiare cose che mai avrebbe pensato di mettere in bocca.

I capelli, bruciati da troppe tinte, le arrivavano ora al collo e per la prima volta dopo tanto tempo erano di un colore naturale, un castano quasi cioccolato.

Tutto sommato non faceva poi così schifo, dopo quello che aveva passato – a parte le occhiaie, che ormai erano diventate parte di lei, e i brufoletti sotto pelle, regalo delle troppe patatine fritte che le cuoche al centro amavano cucinare almeno due volte a settimana e che lei non riusciva a non mangiare.

Fece un bel respiro, fissando il suo riflesso negli occhi marroni che aveva preso da suo padre.

«Sei bella!» mormorò. Rise, e si sentì una stupida.

Al centro indossava la tuta ogni giorno. Quando la sua famiglia era andata a prenderla per portarla via e per la prima volta dopo mesi aveva indossato dei jeans era stata una sensazione strana, le davano così fastidio che per un momento aveva pensato di togliersi i pantaloni davanti a tutti e andare in giro in mutande.

Aprì l'armadio: quando se ne era andata era primavera e gli abiti adatti a quella stagione erano ancora lì, nessuno li aveva toccati. Ora però era inverno e se avesse messo quel vestito nero con fiori di ciliegio sarebbe congelata.

Non aveva ancora avuto tempo di sostituire i capi primaverili con quelli invernali, così recuperò la borsa con le poche cose che aveva portato via dal centro, tra cui le tute.

«Qua urge dello shopping, basta tute per un bel po'» esclamò Artemisia, appena Antares la raggiunse in cucina.

Il profumo di cacao che l'amica aggiungeva sempre all'avena le fece brontolare lo stomaco, ma anche ricordare un altro profumo, o meglio puzzo, quello del sogno.

«A cosa pensi?» chiese Artemisia, dandole una ciotola piena di avena. Se fosse riuscita a mangiarla tutta non avrebbe avuto fame per l'intera giornata.

«Al sogno che ho fatto».

«Era così strano?» chiese l'amica, prendendo posto accanto a lei.

«Abbastanza, ero io ma non ero io, nel senso… era come se fossi all'interno di un avatar che potevo comandare, sentivo i suoi pensieri, le sue emozioni, sentivo tutto intorno a me come se fossi lì».

«E dov'eri?»

«Sembrava una piazza, o meglio, mi stavo allontanando il più velocemente possibile da una piazza, e la gente era strana».

«In che senso?»

«Sembrava di essere a una festa in costume. Sai, come quelle fiere medievali a cui andavamo in Toscana».

«Un sogno decisamente interessante, ma cosa ti ha sconvolto così tanto da farti vomitare?»

«La puzza».

«La puzza?»

«Sì, non saprei descriverla, non avevo mai sentito un odore del genere, ma era nauseante, bruciava».

Artemisia la stava fissando e Antares si sentiva studiata.

«Non sono pazza».

«Lo so, sei tante cose ma non una pazza. Anzi, mi mancava sentire le tue stranezze. Mi sei mancata, Antares».

Le era mancata tanto anche lei.

Si erano conosciute il primo anno di università. Antares amava i suoi genitori, ma si sarebbe ricordata per sempre la sensazione di libertà provata quando aveva aperto la porta dell'appartamento dove avrebbe vissuto durante gli anni universitari. Era una casa per due e sapeva che anche l'altra camera era stata affittata. Era curiosa, ma anche nervosa di conoscere la coinquilina, la persona con la quale avrebbe vissuto per un bel po' di tempo.

Quando Artemisia era arrivata, Antares era rimasta letteralmente a bocca aperta. Era una delle ragazze più belle che avesse mai visto. Capelli lunghi neri, pelle olivastra e un sorriso che faceva innamorare. Artemisia non era solo bella, era anche una ragazza dolce e divertente, e Antares lo aveva capito la sera stessa in cui si erano conosciute.

«Quindi il tuo nome è Antares» aveva esclamato mentre stavano cenando. Avevano ordinato una pizza e Artemisia aveva offerto delle birre per sancire l'inizio della loro convivenza.

«Antares è la stella più luminosa della costellazione dello Scorpione».

«Sei dello Scorpione?»

«Acquario. Ma mia mamma è appassionata di astrologia e le piaceva come suonava, probabilmente non aveva pensato che ogni volta che mi sarei presentata avrei ricevuto mille domande sul mio nome».

Persino la risata di Artemisia era bella. «Non posso dire nulla. Insomma, io mi chiamo come una pianta».

«Tua mamma ha la passione per la botanica?»

«No, ma la notte in cui mi concepì aveva fumato una delle canne migliori della sua vita, erba e artemisia» aveva risposto, ridendo.

Artemisia non era solo una coinquilina. Erano diventate amiche, e tra loro si era creato un rapporto così forte che a volte, quando uscivano, alcuni pensavano che fossero una coppia. Antares amava Artemisia, ma come una sorella. Era stata lei a trovarla, quella volta. Durante le visite che l'amica le faceva al centro non ne avevano mai parlato. Antares non le aveva mai chiesto scusa per quello che aveva dovuto vedere. Artemisia c'era sempre stata ed era stata lei stessa ad assicurare ai suoi genitori che sarebbe stata meglio lì con lei, nel loro appartamento, piuttosto che a casa con la famiglia.

«Antares ha bisogno di normalità. Questa casa è stata la sua realtà per anni, sarebbe meglio per lei restare insieme a me. Farla tornare da voi la farebbe solo sentire fuori luogo. Ci penserò io a lei» aveva detto ai genitori dell'amica.

«Mi sei mancata tanto anche tu, Artemisia» esclamò Antares, abbracciandola mentre lavava i piatti usati per la colazione.

3

Era strano essere tornata a casa.

Era strano essere in un posto dove non era circondata da tante persone.

Nonostante il silenzio fosse una regola del centro, a parte le serate musicali che talvolta venivano organizzate per aiutare i pazienti a socializzare e farli svagare un po', c'era sempre rumore: i passi dei dottori e delle famiglie su e giù per i corridoi, voci, a volte anche pianti.

Il silenzio che la circondava ora, mentre Artemisia studiava e lei era sdraiata sul divano a leggere, o meglio a fingere di leggere un libro, era quasi assordante.

«Ti va di uscire questa sera?» le chiese l'amica all'improvviso.

Uscire.

Sapeva che non avrebbe potuto passare la vita tra quelle mura. Per quanto la facessero sentire al sicuro, quella non era vita. Sarebbe stato solo passare da una prigione a un'altra.

Artemisia doveva aver notato la sua preoccupazione e, sorridendo, chiuse il libro che stava sottolineando per andare a sedersi accanto a lei.

«Non devi dirmi di sì se non te la senti. Sei appena tornata, un passo alla volta! Vuoi guardare un film, magari? Posso ordinare del sushi, quello del ristorante che ti piace tanto. Passiamo una serata noi due, a ridere guardando un film bruttissimo e mangiare fino a scoppiare!»

Antares ricambiò il sorriso dell'amica. Era così grata di averla accanto.

«Dove pensavi di andare?»

A quella domanda il volto di Artemisia si illuminò. Era sicura che l'amica volesse un po' di normalità almeno quanto lei. Un'uscita, come ai vecchi tempi, era quello di cui entrambe avevano bisogno.

«Che ne dici se ordino comunque del sushi a casa e poi andiamo a berci una birretta? Puoi bere alcool, giusto?»

«Sì, credo di sì. Ricordami solo di andarci piano perché è da mesi che non ne bevo neanche un goccio!»

Artemisia rise. «Non ti preoccupare, ti fermerò prima che tu salga sui tavoli a ballare *Baby one more time* nuda!»

«È successo solo una volta e non ero nuda!» esclamò Antares dando un leggero pugno sulla spalla all'amica, che ora non smetteva di ridere a quel ricordo.

Passò il resto della giornata a leggere, seriamente questa volta, e a guardare serie tv.

«Non mi ricordavo che Netflix offrisse così poche cose di qualità!» esordì quando il sole era ormai tramontato e i suoi occhi chiedevano pietà e riposo.

«Ora capisci perché ogni volta che venivo a trovarti e ti lamentavi che non ti lasciavano vedere Netflix io ti dicevo che non ti stavi perdendo niente!»

Portandosi alla bocca l'ultimo pezzo di *tiger roll* pensò con soddisfazione che, nonostante fossero passati mesi dall'ultima volta che aveva mangiato con delle bacchette, se la cavava ancora bene. A un tratto si rese conto che l'amica la stava fissando con aria quasi divertita.

«Cosa c'è?» chiese, con la bocca piena di riso e pesce fritto.

«La tua faccia, sembri così felice e stai solo mangiando del sushi!»

«Credo di avere appena avuto un orgasmo grazie a questo sushi, e non sto scherzando. A proposito di orgasmi, se non ricordo male l'ultima volta che sei venuta a trovarmi mi parlavi di questo ragazzo che non sapeva cucinare la pasta, ma per fortuna era molto bravo in altro!» disse, facendole l'occhiolino.

«Be', quello che sapeva fare bene non era comunque abbastanza per continuare a vederlo. Oh, Antares, perché sono tutti così?»

«Perché è la natura, li ha fatti così. Ma sono sicura che là fuori ci sarà un ragazzo che sarà alla tua altezza, l'importante è che tu non ti accontenti, sei troppo per loro».

«O una ragazza!» fece l'amica.

Antares sorrise.

Si ricordava benissimo di quel giorno in cui Artemisia era andata a trovarla al centro e con un sorrisino furbo le aveva detto: «Ora capisco!»

«Capisci cosa?»

«Le ragazze. Ora capisco perché ti piacciono anche le ragazze. Sono bellissime, fantastiche, morbide, profumate e credo di avere una cotta potentissima per una del mio corso!»

«O una ragazza, giusto. Ok, sto per scoppiare, ho mangiato troppo!» esclamò, appoggiando in modo teatrale le bacchette sul tavolo e massaggiandosi la pancia.

«Allora una birra è proprio quello che ci vuole per digerire!»

Mentre fissava i pochi vestiti invernali che aveva trovato in camera, Antares sorrise, sentendo Artemisia che cantava. Lo faceva sempre mentre si preparavano per uscire.

«Questa è una cosa nuova. Io sono pronta e tu no!» esclamò Artemisia entrando nella sua stanza, qualche minuto dopo. Indossava dei jeans e un maglione oversize rosa che la faceva sembrare ancora più giovane. I capelli lisci ricadevano sulle spalle circondandole il viso leggermente truccato.

«Immagino di non poter mettere la tuta per uscire!» disse Antares sbuffando, mentre continuava a guardare l'armadio.

«Posso?» chiese Artemisia, facendola spostare di lato.

Dopo un paio di minuti, alcuni vestiti buttati a terra e numerosi commenti su come quell'armadio fosse pieno di cose che indubbiamente Antares non avrebbe mai più messo, perché ormai piccole o fuori moda, Artemisia le mostrò soddisfatta l'outfit che aveva scelto per lei.

Pantaloni neri gessati e un lupetto rosso.

«Questi pantaloni ti hanno sempre fatto un culo pazzesco e il rosso sta benissimo con la tua carnagione chiara. Prego, non ringraziarmi. Ora vatti a cambiare!»

Mentre si guardava allo specchio del bagno non sapeva se Artemisia avesse davvero ragione. Non era molto d'accordo sul fatto che quei pantaloni le facessero un culo pazzesco e il rosso le stesse così bene, ma riuscì a guardare il suo riflesso dicendosi di essere accettabile, e quello per lei era già un passo avanti.

«Lo so che non pensi la stessa cosa, ma credimi, sei bellissima. Pronta?» chiese Artemisia, mentre si incamminava verso la porta di casa.

Era pronta? Non ne era molto sicura, ma aveva voglia. Voglia di ricominciare una vita normale.

Si sentiva come la prima volta che i suoi genitori l'avevano portata al mare. Un luogo del tutto nuovo, pieno di gente nuova, un profumo nuovo. Quasi un altro mondo agli occhi di una bambina. In quel momento, mentre camminava a braccetto con Artemisia, si sentiva così.

Aveva percorso quella strada un centinaio di volte, ma ora sembrava la prima. Forse quando i dottori le avevano detto che era rinata non avevano tutti i torti.

Quando entrò nel locale il profumo di birra e patatine fritte l'avvolse. Le era mancato tutto questo.

Le era mancato sedersi a un tavolo, con una birra in mano, a parlare fino a tardi insieme a Artemisia, sentenziando su ogni persona che passava loro davanti, come se fossero i giudici di uno show televisivo scadente.

«Lo so che è una domanda stupida, ma stai davvero bene?» le chiese Artemisia, bevendo l'ultimo goccio di birra.

«Sì, cioè credo di sì. Non lo so, Artemisia. Sono così confusa, però so che sto meglio e so che stare qui con te mi farà bene, sto andando avanti».

Artemisia le strinse una mano sorridendo.

«Ma quella non è Antares?» sentì chiedere.

«Sì, è lei! Antares!» esclamò un'altra voce.

Si girò e vide due ragazze che camminavano verso il loro tavolo.

«Francesca, Erica, che piacere vedervi, vi trovo in forma!» disse, sinceramente felice di vedere due vecchie compagne di corso.

«Ma tu stai benissimo per essere uscita da un manicomio!» esclamò Erica.

«Non si chiamano più manicomi, scema!» la rimproverò l'amica, mentre Antares rideva nervosamente.

Forse non era poi così felice di vederle. Si era dimenticata che, per quanto fossero simpatiche, erano entrambe ingenue, se non addirittura stupide. Le classiche persone che non pensano prima di aprire la bocca.

«Allora tornerai a frequentare i corsi appena sarà possibile?» chiese Francesca.

«No, non credo. Ho realizzato che studiare non fa molto per me, quindi mi sono presa una pausa sperando di capire cosa voglio fare davvero».

«Certo, certo, capisco. Immagino che non sia facile… insomma fino a neanche un anno fa volevi farla finita e ora invece devi pensare al futuro, non è facile per niente» disse, sorridendole.

Antares fece un bel respiro e guardò Artemisia,

scuotendo la testa per farle capire che, nonostante sapesse che l'amica avrebbe voluto alzarsi e prenderle a sberle, non ne valeva la pena. Non erano cattive, erano solo sciocche e Francesca pensava davvero di essere gentile nei suoi confronti.

«Ci ha fatto molto piacere vederti, magari una sera possiamo mangiare una pizza insieme!» si congedò Erica, salutandola.

«Dio mio, ma come si fa a essere così insensibili! Stai bene?» le chiese Artemisia appena furono rimaste sole.

Lei annuì. «Possiamo andare?» chiese, dopo aver scolato in un sorso la birra che rimaneva nel bicchiere.

«Certo, mi sto anche per fare la pipì nelle mutande dopo questa birra. E lo sai quanto fa schifo il bagno qua, corriamo a casa!» esclamò, facendola ridere.

Alla cassa, Antares stava aspettando che Artemisia finisse di pagare, quando sentì le voci di un gruppetto di ragazzi non molto distanti da lei.

«Quella non è la ragazza che ha tentato di suicidarsi?»

«Oh sì, è lei. Non era neanche la prima volta. È una pazza, è stata solo fortunata che l'hanno trovata in tempo».

«Però è figa, pensa farsela con una che ha visto la morta in faccia!»

Il gruppetto rise.

Sperando che l'amica avesse finito, così da poter lasciare quel dannato posto, Antares si girò verso la cassa, ma si rese conto che Artemisia non era lì. La cercò con lo sguardo e, quando la vide camminare con una brocca di acqua in mano verso quei ragazzi, capì cosa sarebbe successo e si rese anche conto che non avrebbe fatto in tempo a fermarla.

«Mi dicono sempre che la violenza non è la risposta, quindi evito di prendere a pugni le vostre brutte facce. Ho deciso di farvi un favore, credo che abbiate bisogno di un bel bagno, vediamo se questo vi rinfresca le idee!» esclamò Artemisia mentre versava l'acqua addosso ai ragazzi, con particolare attenzione all'ultimo che aveva parlato.

«Ehi, ma chi cazzo credi di essere?»

«Una ragazza che delle merde come voi possono solo sognarsi!» disse, dando le spalle al gruppo che ancora la guardava a bocca aperta, mentre il resto del locale rideva.

«Artemisia...»

«Lo so, non avrei dovuto, ma li volevo prendere a sberle quei cretini. Mi sono trattenuta, davvero!» esclamò Artemisia mentre camminavano verso casa mano nella mano.

«In realtà ti stavo per dire che se li avessi picchiati non ti avrei fermata!»

Risero entrambe.

«Grazie!»

«Per averci probabilmente fatte bandire da quel locale?»

«Ne troveremo un altro, alla fine quella birra non era neanche così buona!»

Mentre si sdraiava sul letto gettò uno sguardo sul comodino accanto a lei. Sopra c'erano: il libro che stava leggendo, *Il silenzio delle ragazze* di Pat Barker, regalo di sua mamma, che sapeva quanto amasse la mitologia greca, soprattutto se raccontata dal punto di vista femminile; una bottiglietta d'acqua e una confezione di Zaleplon per aiutarla a dormire. Anche se quella notte, grazie alla birra, avrebbe potuto farne a meno.

Sorrise amaramente, ricordando ciò che teneva sul comodino del centro: una bottiglietta di acqua; il telecomando per chiamare i dottori in caso di emergenza; una scatoletta di Amitriptilina, un farmaco antidepressivo che poteva causare alterazioni della glicemia, e quindi, accanto a quella, un farmaco per aiutarla a tenere sotto controllo glicemia e pressione sanguigna; un barattolino di pastiglie che l'aiutavano a dormire, il cui nome la faceva sempre ridere; infine, dei fermenti lattici. Più che un comodino era una farmacia.

Aveva smesso di prendere le medicine una settimana prima che i dottori le annunciassero che quelli sarebbero stati i suoi ultimi giorni lì. Le sue notti erano però ancora tormentate, così le avevano lasciato alcune pastiglie. Non aveva difficoltà ad addormentarsi, il problema era quello che accadeva nella sua testa quando dormiva: gli incubi che la facevano piangere nel sonno e che le ricordavano ogni giorno quello che aveva fatto. Prendendo quelle pasticche dormiva così profondamente che, anche se sognava, non lo ricordava.

Aveva ancora paura dei suoi incubi, ma voleva sognare, le mancava: così, per la seconda notte, si addormentò senza prendere nessuna pastiglia.

Strega (s.f.) - 1. Donna brutta e repellente in lega con il Diavolo a scopi malvagi.

2. Donna bella e attraente, che in malvagità distanzia il Diavolo di una buona lega.

(Ambrose Bierce, *Il dizionario del diavolo*)

4

Pioveva. Era da mesi che non pioveva così forte.

Si mise alla finestra e inspirò il profumo della pioggia, della terra bagnata, e sorrise. Era un profumo che la cullava e la faceva sentire al sicuro, ricordandole l'infanzia, quando scappava di casa con le sorelle per giocare sotto la pioggia.

Un pomeriggio erano così impegnate a saltare nelle pozzanghere, sporcandosi i vestiti che la madre aveva lavato con cura, che non si erano accorte del padre. L'uomo le stava guardando, appoggiato a un albero, e lei, una volta scorto, non riusciva a leggere la sua espressione. Era forse arrabbiato? Erano nei guai?

«Padre, mi dispiace io...»

«Sei la più grande, dovresti prenderti cura delle tue sorelle, non portarle a giocare sotto la pioggia. Potreste ammalarvi!» aveva detto lui, interrompendola.

Lei aveva abbassato lo sguardo, mentre sentiva i suoi passi sempre più vicini.

«Visto che ormai siete già tutte sporche e bagnate, immagino che sarebbe un peccato farvi rientrare e perdere tutto questo divertimento!»

Aveva alzato lo sguardo, sorpresa dalle parole del padre, che ora la guardava sorridendo.

«Vi voglio a casa appena il sole cala, poi dovrai aiutare tua madre a pulire i vestiti, d'accordo?»

«Grazie padre!» aveva esclamato, mentre le sorelline urlavano dalla gioia alla notizia che il

loro gioco poteva continuare.

Le mancava suo padre. L'unico uomo della sua vita che aveva mai amato, l'unico uomo che l'aveva sempre rispettata. Sua madre era stata fortunata: trovare un uomo come lui e avere un matrimonio così pieno di gioia e amore era molto raro. A volte pensava che se tutti gli uomini fossero stati buoni e gentili come suo padre, forse si sarebbe anche sposata.

Quei ricordi vennero interrotti da dei rumori. Voci agitate di uomini e nitriti di cavalli.

La curiosità era la sua più grande debolezza e, senza pensarci due volte, si avvolse nel mantello e uscì. Dopo due passi aveva i vestiti e i capelli già completamente inzuppati. Man mano che camminava, seguendo il sentiero, l'unico che portava verso la città, le voci divenivano più chiare.

«Spingete, forza!» urlava un uomo.

Finalmente riuscì a vedere la causa di tutto quel baccano. Tre uomini stavano spingendo un carro le cui ruote affondavano sempre più nel fango, mentre un altro frustava due poveri cavalli marroni e un altro ancora gridava ordini, senza fare nulla.

Il carro consisteva in una gabbia su ruote, e all'interno non c'era un animale, ma una giovane donna: non doveva avere neanche trent'anni.

In quel momento maledisse la sua curiosità. Doveva tornare indietro. Per quanto volesse aiutare la ragazza, sapeva che non poteva fare niente. Purtroppo, però, la sua presenza era già stata notata.

«Signora, potete chiamare vostro marito e i vostri figli per aiutarci? Un paio di braccia in più potrebbero essere utili!» disse l'uomo che sembrava essere al comando e che quindi era molto probabilmente un prete, ma non poteva esserne certa perché il buio e la pioggia non le permettevano di vedere il suo abbigliamento.

«Sono sola» rispose, e l'uomo la guardò incuriosito. Subito si pentì della sua risposta. Una donna che viveva da sola, per scelta, era qualcosa che quell'uomo non avrebbe mai compreso e che anzi avrebbe condannato.

«Mio marito è via per lavoro, quindi al momento sono sola».

«Ah, ma non è sicuro per voi stare qui fuori, signora!»

«Ho sentito dei rumori e pensavo fosse successo qualcosa».

«Allora è Dio che vi ha mandata. Forse non potrete aiutarci a muovere questo dannato carro, ma sareste così gentile da offrire un pasto caldo a me e ai miei uomini? Siamo in viaggio da una giornata. Questa...» guardò con disgusto la ragazza «creatura demoniaca era in un paese molto lontano da qui. Purtroppo laggiù non hanno i mezzi di cui disponiamo noi, così abbiamo intrapreso questo viaggio. Siamo affamati e una piccola pausa, nella speranza che nel frattempo la pioggia si calmi, ci farebbe molto bene».

Avrebbe voluto rispondere a quell'uomo che avrebbe fatto meglio a chiedere cibo e riparo al suo amato Dio, ma non poteva. Se non voleva problemi doveva stare zitta e offrire ospitalità, non aveva altra scelta.

«Ma certo, siete i benvenuti!»

«Siete molto gentile. Andiamo, la signora ci offre un piatto caldo!» gridò agli uomini.

«Cosa facciamo con lei?»

«Se il carro si è bloccato è a causa di questa pioggia che di sicuro è opera del demonio. Vuole salvare una delle sue puttane, quindi direi di lasciargli la sua donna qua. Andiamo. Non può andare da nessuna parte».

Lei sentì una fitta al petto nel voltare le spalle alla gabbia, a quella donna che sarebbe rimasta lì sotto la pioggia, al freddo, mentre gli uomini avrebbero mangiato il suo cibo, al caldo della sua casa.

Ma doveva farlo, e sapeva che la donna avrebbe capito.

«Perdonate il disordine, non aspettavo visite» disse quando gli uomini entrarono in casa.

Il prete – ora poteva chiaramente vederne gli abiti e la croce al collo – si stava guardando in giro.

«Lei non ha figli?»

«No, io e mio marito abbiamo deciso di non averne. È per via del suo lavoro, è sempre via e abbiamo paura che un figlio non crescerebbe bene senza un padre vicino».

«Siete molto saggia. Avete ragione, una donna da sola non potrebbe mai crescere un figlio. Per questo esiste il matrimonio. Una donna ha sempre bisogno di un uomo accanto!»

Mentre quelli mangiavano, la pioggia aveva cominciato a scendere con meno violenza.

«Scusatemi se mi permetto... ma la donna là

fuori da quanto non mangia?»

Il prete la fissò incuriosito. «Non sprechiamo cibo per una come lei».

«Avete ragione, non merita il nostro cibo, ma se non sbaglio avete il compito di portarla al tribunale per interrogarla. Se non sarà abbastanza in forze, o se vi giungerà talmente debole da non poter parlare, come farà a darvi informazioni utili per fermare altre come lei?»

Sapeva che il suo piano era debole, ma doveva provarci.

«Come dicevo, siete una donna saggia. Avete del pane secco, qualcosa che non mangiate?»

Lei annuì.

«Basterà per far arrivare quella donna al tribunale abbastanza in forze per parlare. Filippo, prendi il cibo che ti dà la signora e portalo alla prigioniera».

«Oh no, voi siete tutti stanchi. Finite pure il vostro cibo, il pane lo porterò io. Poi si sa, quelle creature non hanno molto potere sulle donne, quindi non dovete temere per me. Lo faccio con piacere, consideratelo un modo per ripagare quello che fate per la comunità».

Il prete guardò fuori dalla finestra.

«Ha smesso di piovere, la megera deve essere stanca di lanciare il suo incantesimo. Va bene, ma state attenta!»

Ce l'aveva fatta. Avvolse il pane secco in un panno e uscì.

L'aria era fredda e umida e il fango rendeva difficile camminare. Quando arrivò al carro, la donna stava bevendo l'acqua piovana che striz-

zava dalla gonna sudicia. Appena la vide si ritrasse spaventata, premendo il corpo contro l'altro lato della gabbia.

«Non voglio farti del male. Ti ho portato del cibo».

La prigioniera la guardò diffidente, così lei strappò un pezzo di pane e lo mangiò, per farle capire che andava tutto bene, che era cibo sano, forse un po' troppo duro, ma pur sempre commestibile.

Appena allungò il pane verso la gabbia, l'altra lo afferrò e senza perdere tempo lo portò alla bocca. Doveva essere molto affamata. La osservò divorare il pane secco e si chiese cosa avesse fatto per essere lì, oltre a essere una donna, ovviamente. Era stata vista mentre faceva una passeggiata nel bosco? O magari mentre curava qualcuno? Oppure una moglie gelosa, notando come il marito la guardava , aveva deciso di vendicarsi?

«Eravamo a casa sua. Mi aveva detto che mi amava, mi aveva detto così tante cose, ma non che fosse sposato. Sua moglie ci ha scoperti e ovviamente il codardo ha detto che io l'avevo sedotto con la magia del diavolo» disse, senza che lei avesse chiesto nulla.

Non sapeva cosa dire.

«Mi dispiace».

«Anche a me. Grazie per il pane».

«Tieni» disse, porgendole un sacchettino di stoffa.

«Nascondilo bene. È cicuta, mangiala quando... quando sarà il momento. All'inizio il tuo

corpo sarà paralizzato, e poi anche il cuore si fermerà».

Il viso della donna ora era bagnato di lacrime.

«Grazie, davvero».

Sperò che grazie al suo aiuto la fine di quella giovane non sarebbe stata così dolorosa.

Quando gli uomini lasciarono casa sua e riuscirono finalmente a muovere il carro, aveva iniziato a piovere di nuovo.

5

Per un attimo ebbe un flashback. Le prime mattine al centro non voleva mai svegliarsi, o non riusciva per via dei farmaci, e spendere le giornate a letto dormendo suonava molto più facile che alzarsi e affrontare le persone. Così, un'infermiera andava sempre a svegliarla. Prima scostava le tende della finestra per fare entrare la luce, dopo di che la scuoteva leggermente mettendole una mano sulla spalla, proprio come qualcuno stava facendo in quel momento. Ma non era più al centro, ora: era a casa, e quando aprì gli occhi, una volta abituatasi alla luce del giorno, mise a fuoco la figura di Artemisia seduta sul suo letto.

«Svegliati, raggio di sole, una giornata bellissima ci attende! Stavo pensando: e se andassimo a correre? Sia io che te siamo fuori allenamento, lo so, ma magari insieme sarà più facile e almeno se svengo a un certo punto sono sicura di avere qualcuno che mi trascini a casa» disse l'amica, ridendo.

«Artemisia, ma piove!»

«Piove? Non hai ancora smaltito la birra di ieri sera, Antares? C'è un sole che spacca le pietre, l'unica cosa bagnata qua sono i tuoi capelli! Ti sei fatta la doccia senza asciugarli ieri notte? Lo sai che non va bene!»

Non stava piovendo? Era impossibile, era sicura di aver sentito il rumore della pioggia per tutta la notte.

Si toccò i capelli. Artemisia aveva ragione: erano umidi, ma era sicura di non averli lavati la notte precedente, era così stanca che si era addormentata pochi minuti dopo essersi buttata sul letto.

Lo sguardo le cadde sul comodino: non aveva neanche preso la pastiglia per dormire.

«L'ultima volta che ti ho visto così confusa è stato quando quella ragazza – come si chiamava? Ah sì, Arianna – aveva cominciato a parlare, senza che nessuno glielo avesse chiesto, della sua scopata, descrivendo dettagli che nessuno voleva sapere, e tu non riuscivi a capire la posizione».

Risero entrambe.

«Che ne dici di un bel caffè? Intanto asciugati i capelli, ti aspetto in cucina».

Forse era solo confusa: dopo mesi là dentro era di nuovo a casa, e non prendeva più i medicinali. Magari il suo cervello si stava in qualche modo resettando, stava tornando pulito, e questi erano solo degli incidenti di percorso, pensò mentre raggiungeva Artemisia in cucina.

«Riguardo alla tua proposta per andare a corr...» Un messaggio sul cellulare la interruppe. «Oh cazzo, mi ero dimenticata!» esclamò, leggendo il messaggio appena arrivato.

«Cosa?»

«Ho appuntamento con la psicologa».

«Vuoi che ti accompagni io? Devi andare al centro?»

«Sì, ma non preoccuparti, mia mamma si era già offerta per farmi da autista. Vai pure a correre, così quando mi unirò a te potrai vantarti di avere più resistenza!» disse, facendole l'occhiolino.

«Oh sì, vedrai che diventerò una maratoneta!»

Aveva appena finito di allacciarsi le scarpe quando sentì il clacson assordante della macchina di sua madre.

«Sei bellissima, Antares!» esclamò lei, non appena entrò in macchina.

«Ho solo indossato dei vecchi jeans e una felpa di Artemisia».

«Potresti avere addosso anche un sacco della spazzatura, figlia mia, saresti sempre stupenda, credimi».

«Lo dici solo perché sei mia madre» rispose Antares, ridendo.

«Non ne sarei così sicura. Forza, andiamo!»

Era la prima volta che tornava lì non da paziente. Mentre sua madre cercava parcheggio si avviò verso l'ingresso e notò particolari che durante la sua permanenza in quel posto non aveva mai visto prima. Era convinta che gli esterni del centro fossero bianchi, mentre in realtà erano quasi ocra. Non aveva mai notato tutti quegli alberi nel giardino, e dire che ci aveva passato molto tempo. I dottori le consigliavano spesso di uscire a prendere una boccata d'aria. E quella lavanda che costeggiava l'ingresso c'era sempre stata?

«Antares, ti trovo bene!»

Alzò lo sguardo, spostando la sua attenzione dai fiori all'uomo che aveva appena parlato.

«Grazie, dottore».

«Sei qui per vedere la dottoressa Fernandez?»

Annuì.

«Vai pure, ti sta aspettando. Dirò io a tua madre che sei già nello studio della dottoressa, non preoccuparti».

La dottoressa la stava aspettando seduta dietro la sua scrivania, piena di libri, come sempre.

«*Hola*, Antares!»

La dottoressa era nata in Spagna. Quando la madre era morta in un incidente, era venuta a vivere in Italia, dove aveva studiato. Ormai erano anni che viveva lì, ma non aveva perso l'accento spagnolo e Antares adorava come pronunciava il suo nome. Non avrebbe dovuto sapere così tante cose sulla vita personale della sua psicologa, ma tra i pazienti del centro le voci giravano.

«Siediti pure. Vuoi qualcosa da bere?»

«No, grazie» rispose Antares, prendendo posto sulla sedia blu davanti alla scrivania.

«Come sta andando?»

«È strano, ma sta andando bene».

«In che senso strano?» chiese la dottoressa, giocando con la biro.

«Mentre ero qua era come se il mondo là fuori, la mia vita, si fossero fermati. Nella mia testa era come se avessi premuto il tasto pausa del telecomando e niente stesse succedendo al di fuori di questo centro: tutto era immobile, esattamente come un film messo in pausa».

«E invece non era così».

«Esatto, ma me ne sono resa conto solo uscendo, solo vedendo alcuni nuovi negozi nella mia via, la casa accanto alla mia dipinta di rosa, che prima era bianca, i capelli della mia migliore amica ancora più lunghi».

«Come ti ha fatto sentire sapere che là fuori il mondo ha continuato ad andare avanti senza di te?»

«Arrabbiata».

«Arrabbiata con gli altri per essere andati avanti?»

«No, arrabbiata con me stessa, perché se mi sono persa l'apertura di quei nuovi negozi, il mio vicino che dipingeva casa e altre cose è solo colpa mia».

«Cosa abbiamo detto, Antares? Non voglio sentire quella frase, qui nessuno ha colpe».

Sorrise. Si sbagliava, qualcuno aveva colpe e quel qualcuno era lei.

«Come sta andando con la tua amica?»

«Bene, molto bene. Lei è come sempre, niente è cambiato tra noi e le sono grata, anche se non lo meriterei, dopo quello che le ho fatto».

«Tu non le hai fatto niente, Antares. Lei è una vera amica, tu non la stai costringendo a fare niente. La sua non è compassione o un'opera di carità, ti ha sempre voluto bene e continua a farlo, con il cuore».

«Siamo uscite l'altra sera».

«Ma questo è magnifico! Com'è andata? Hai rivisto vecchie conoscenze?»

«Purtroppo sì, e diciamo che non è andata molto bene. Per loro sono solo la pazza che voleva suicidarsi».

«Come ti…»

«Una merda. Mi sono sentita una merda. Insomma, verrò per sempre ricordata come la ragazza che ha tentato il suicidio?»

«Non è vero e lo sai. Alla gente interessano queste cose. Omicidi, suicidi, tradimenti, drammi di vario genere hanno un fascino malato per molti: quelle persone non ti stanno prendendo in giro, in realtà sono affascinate da te».

Voleva ridere.

«Be', dottoressa, mi piacerebbe che le persone mi trovassero affascinante per il mio viso, la mia intelligenza, persino per il mio culo, ma non per quello».

«Solo perché delle persone hanno detto qualcosa al riguardo, non vuol dire che tutti ti vedano solamente come quella ragazza. Antares… sei appena uscita, devi ancora incontrare così tante persone, vecchie e nuove, e vedrai che non tutti saranno interessati a quello che hai fatto».

«Se lo dice lei».

«I dottori mi hanno detto che non stai più prendendo medicinali, giusto?»

Annuì.

«Solo delle pastiglie per dormire, ma queste sere non le ho prese».

«E hai dormito?»

«Sì, ma…»

«Ma?»

«Ho sognato».

«Immagino che durante il tuo soggiorno qui non sognassi, o meglio, non ricordassi di aver sognato, per via dei medicinali».

«Già, quindi è stato strano svegliarmi la mattina e ricordarmi cosa avessi sognato».

«Spero fosse qualcosa di bello. Ricordi i tuoi sogni?»

«Appena mi sveglio sì, sono così vividi che mi sembra quasi di averli vissuti davvero. Addirittura mi sveglio sentendo ancora il profumo che sentivo nel sogno, cose così».

«Ti vedo serena, Antares».

Lo era?

«Come vanno quei pensieri?»

Non era stupita dalla domanda e non sapeva neanche perché la irritasse così tanto da cominciare a mordersi il labbro inferiore e picchiettare con le dita sulla coscia. Ovviamente la dottoressa l'aveva notato, notava sempre tutto, tranne il suo stesso trucco: l'eyeliner era sbavato intorno all'occhio destro.

«È da un po' che non ci penso».

«Sicura?»

Annuì.

«Mi fido di quello che dici, come sempre. E inoltre ripeto, ti trovo bene».

«Tutto bene con la dottoressa Fernandez?» chiese sua madre non appena salì in macchina.

«Sì, sì».

«E con Artemisia? Lo sai che se vuoi tornare la casa è sempre aperta per te, è anche casa tua».

«Lo so, mamma, ma va davvero bene, Artemisia è troppo buona con me, mi coccola e vizia, mi trovo benissimo e sono felice di essere tornata alla normalità, per quello che mi è possibile».

Sua madre sorrise.

«Sono felice di sentirtelo dire. Devo un attimo passare a ritirare il pane, ti dispiace accompagnarmi? Poi ti porto a casa!»

«Vai sempre al solito negozio?»

«Quello con le brioche che ti piacciono tanto, esatto. Vediamo, magari ne hanno ancora qualcuna!» disse sua madre facendole l'occhiolino.

Il profumo di pane e dolci che le investì non appena entrarono nel negozio le scaldò corpo e cuore, portando a galla ricordi d'infanzia.

«Ma che piacevole visione, chi non muore si rivede!» esclamò il panettiere appena la vide.

Antares sapeva che l'uomo non era cattivo, pensava solo di fare una battuta, una battuta che però faceva ridere solo lui. Quando vide che né Antares né la madre sembravano divertite, anzi, la madre lo fulminò con lo sguardo, cambiò subito discorso, visibilmente imbarazzato, e chiese loro di cosa avessero bisogno.

«Un'ultima cosa, ti è rimasta una brioche vuota?» chiese sua mamma, dopo aver preso un sacchetto di pane fresco, quello che suo padre amava tanto.

«Oh certo, mi ricordo che la piccola Antares ne va matta. Me ne sono giusto rimaste due, una te la do in regalo!» disse, probabilmente sperando di rimediare alla gaffe precedente.

Stavano per uscire dal negozio, quando entrarono due signore. Sua madre le salutò con un cenno del capo e, mentre la porta si chiudeva dietro di loro, le sentì parlare.

«Quella non è la ragazza che ha tentato di suicidarsi?»

«Sì, è lei. E quella deve essere sua madre. Santa donna, io dopo un tale gesto non rivolgerei più la parola a mia figlia, non lo meriterebbe per aver fatto soffrire dei genitori in quel modo».

Tornarono alla macchina in silenzio, le brioche ancora calde nel sacchetto che teneva in grembo.

«Lo sai che non è così, Antares, lo sai che quelle

donne non sanno niente, che non hanno ragione».

«Invece hanno ragione, mamma. Quello che ho fatto… so di avervi fatto del male allora e sto continuando a farvelo, perché ovunque andrai sarai la madre della pazza depressa che ha tentato di suicidarsi».

«Ovunque andrò io sarò tua madre, Antares. Non mi è mai importato di cosa dicessero gli altri, credi che comincerò ora a fregarmene? No. Tu sei qui ora, io sono felice così».

Quando sua madre fermò la macchina davanti a casa, prima di scendere l'abbracciò, affondando il viso nel suo maglione profumato.

Artemisia era in cucina a studiare.

«Ciao bella, allora com'è andata?»

«Bene, dai. Ho una cosa per te» esclamò Antares appoggiando il sacchetto con le due brioche sul tavolo.

«Merenda?»

«Merenda!» disse, togliendo il cibo dal sacchetto.

Mentre Artemisia continuava a studiare, Antares si fece una bella doccia calda. Avvolta dal vapore che aveva appannato la finestra e dal dolce profumo dello shampoo vegano che Artemisia le aveva detto di usare assolutamente perché miracoloso, si guardò allo specchio.

Era strano. Davvero aveva odiato così tanto quel corpo? Insomma, non era perfetto, ma non meritava tutto quel disprezzo.

Mentre si spalmava la crema un pensiero affiorò nella sua mente, facendola quasi ridere, perché non era un pensiero che normalmente avrebbe avuto. Eppure eccolo lì, nella sua testa. Chissà quando e se avrebbe sentito il tocco di qualcuno sul suo corpo, qualcuno che non fosse un dottore.

Si vestì e raggiunse Artemisia, che aveva già iniziato a cucinare.

Dopo una cena abbondante – i pasti cucinato da Artemisia lo erano sempre – si gettarono sul divano a guardare un film. Non erano neanche a metà, la coppia protagonista doveva ancora baciarsi, che l'amica si era addormentata. Quella circostanza le era mancata. Artemisia sembrava sempre così in pace con il mondo mentre dormiva, a parte quelle volte in cui parlava. Peccato che non avesse mai detto numeri, altrimenti, come le diceva sempre, li avrebbe giocati e magari avrebbero potuto anche vincere.

Al centro tutte le luci venivano spente intorno alle dieci di sera. Quando quell'ora arrivava, Antares si metteva a letto, accendeva l'abat-jour, ringraziando di non avere compagni di stanza che potessero lamentarsi delle sue letture notturne, e, una volta messasi comoda e dopo aver preso i medicinali, attendeva il sonno leggendo.

Le prime settimane stava così male che i farmaci la lasciavano stordita quasi tutto il giorno e la notte. Appena le luci si spegnevano faceva giusto in tempo a mettersi a letto che si addormentava così pesantemente che anche se fosse scoppiata una guerra non avrebbe sentito nulla.

Quando poi le medicine erano diminuite e cambiate, e lei stessa si era sentita meglio, si era accorta di rumori intorno a lei che non aveva mai notato prima, quando le luci del centro si spegnevano.

Il suono delle luci di emergenza nei corridoi, quello dell'orologio appeso al muro di fronte al suo letto, il cigolio di quest'ultimo ogni volta che cambiava posizione, il rumore del traffico, anche se lontano, e ogni tanto qualche paziente che parlava, o piangeva.

Non era la prima volta che passava le notti in un ospedale, anche se il centro non era proprio un ospedale. Da bambina, a causa di forti dolori allo stomaco che le facevano passare le giornate a letto a piangere, era stata ricoverata per un paio di settimane. Ma era troppo piccola per ricordarsi cosa avesse provato e pensato all'epoca.

Era strano dormire in quella camera, con l'arredamento che le ricordava costantemente che non si trovava in un albergo. Era strano pensare che nelle stanze attorno a lei ci fossero altre persone, della sua età, più giovani, più vecchie, che erano lì per il suo stesso motivo. Persone che per diverse ragioni avevano creduto che andarsene sarebbe stata la soluzione a tutto.

«Se in così tanti la pensiamo allo stesso modo, magari siamo noi ad avere ragione e voi ad avere torto» aveva detto una volta a un dottore, dopo che per curiosità gli aveva chiesto quanti pazienti ospitasse il centro.

«Tante persone pensano che la terra sia piatta, ma questo non vuol dire che abbiano ragione. Lo sai benissimo» fu la risposta del dottore.

Persa tra ricordi, più o meno piacevoli, Antares si addormentò.

Possiamo constatare che, in ogni epoca, l'intensità della fede religiosa è andata di pari passo con inaudita crudeltà e scarso benessere. Ricordiamo tutti il periodo dell'Inquisizione: tante povere donne bruciate perché considerate streghe, e mille altre torture inflitte in nome della religione.

(Bertrand Russell, *Perché non sono cristiano*)

6

Quella notte non dormì. La pioggia la rilassava sempre, l'aiutava ad addormentarsi velocemente e a fare dei bei sogni, ma non quella volta.

Continuava a chiedersi cosa ne sarebbe stato di quella ragazza.

"Verrà bruciata" ripeteva una voce nella sua testa. Sì, era questo che le sarebbe successo. Non avrebbe potuto farci niente. Non avrebbe potuto aiutarla, e se ci avesse provato sarebbero solo morte entrambe.

Donne senza colpe. Donne anziane che vivevano sole, donne giovani che non volevano un marito o che amavano la vita, la conoscenza e il sesso. Bastava poco per avere un intero paese contro, per vedere amici, parenti, amanti puntare il dito verso di te, condannandoti. Le chiamavano streghe, ma molte di quelle donne non avevano la minima idea di cosa fosse la stregoneria.

«Aradia, gli uomini hanno paura delle donne, soprattutto di quelle intelligenti, perché non le possono controllare. Promettimi che non cambierai mai, promettimi che non ti lascerai mai controllare da nessuno. Sei la mia bellissima fata e non voglio vedere le tue ali tagliate, usale e vola sempre più in alto» le aveva detto il padre una delle ultime volte che lo aveva visto, prima dell'incidente che glielo aveva portato via per sempre. Con la morte di suo padre aveva perso l'unico uomo di cui si fidava e di cui si sarebbe

mai fidata.

Sorrise, pensando a quanto la divertiva il modo in cui il padre pronunciava il suo nome, la sua "r" non era un suono duro come quando la chiamava la madre.

«Papà viene da un posto molto lontano da qui, al di là del mare, e quando sarai più grande sono sicura che ti porterà a vederlo!» le aveva spiegato sua madre una volta.

Era stata lei a chiamarla così e quando Aradia era diventata grande abbastanza, e la sua curiosità aveva iniziato a esigere sempre delle risposte, le aveva chiesto perché le avesse dato quel nome di cui spesso le sue amichette ridevano. Sua madre aveva sorriso, quasi eccitata a quella domanda, e aveva chiesto ad Aradia e alle sue sorelle di sedersi accanto a lei, perché aveva una bella storia da raccontare.

«Avete mai sentito parlare della strega santa?»

«Cos'è una strega?» aveva chiesto la sorella minore.

«Le streghe sono donne con una grande conoscenza, che amano la natura e sanno come usarla per aiutare se stesse e il prossimo» aveva risposto Aradia, mentre la madre la guardava con fierezza.

«Aradia era una ragazza nata anche lei in Italia, non molto lontano da qui, circa tre secoli fa. Venne affidata alle cure della zia, che la bambina adorava, soprattutto quando le raccontava vecchie favole di antiche divinità e spiriti. Era molto intelligente e comprese velocemente come tante di quelle storie fantastiche nascondessero delle

verità. Quando compì tredici anni la zia la iniziò alla vecchia religione».

«Cosa vuol dire, mamma?» aveva chiesto nuovamente la più piccola.

«Avete spesso visto vostro padre recitare delle parole davanti a una croce con appeso un uomo, giusto?»

«Sì, quello è Gesù e papà è un crisantemo».

«Si dice cristiano!» Aradia aveva corretto la sorella, ridendo.

«Vostro padre è stato iniziato dai suoi genitori a quella religione, è stato battezzato. La stessa cosa avvenne per Aradia, però quello in cui credeva lei non era Gesù. Era qualcosa di più antico e potente che l'aiutò a sviluppare le sue conoscenze e capacità, sotto lo sguardo fiero della zia. Ma quello che per la vecchia donna era qualcosa di cui essere orgogliosa era invece motivo di paura, quasi di vergogna, per i genitori della bambina. Vedete, tante persone che come vostro padre credono in quel Dio non accettano che altri, specialmente le donne, possano credere in qualcosa di diverso, e che possano essere allo stesso livello degli uomini. I genitori l'allontanarono, così, dalla zia, per convertirla al cristianesimo una volta per tutte. Aradia passava le sue giornate a pregare il Dio che i suoi genitori volevano lei adorasse, recitando preghiere che non capiva, ma la notte, quella era tutta per lei. Quando rimaneva da sola pregava la dea Diana, come le aveva insegnato la zia. Fu proprio una di quelle notti che un giovane, che conosceva da quando era piccola e che era innamorato di lei, la liberò».

«Come papà di te?» si era intromessa la sorella.

«Esatto, come il papà di me» aveva risposto la madre, quasi arrossendo. «Fuggirono verso Roma, lontano da dove erano nati, lontano dalle loro famiglie. Il ragazzo aveva un cuore puro e pieno d'amore per Aradia. Anche lei teneva molto a lui, ma non allo stesso modo. L'amava, sì, però non come il papà ama me, ma come voi vi amate, un amore fraterno. Mentre lui voleva sposarla, nel cuore di Aradia non c'era nessun desiderio di diventare sua moglie e di avere una casa, perché tutto quello che voleva era viaggiare. Proprio per questo, un giorno partì con il desiderio di raggiungere un lago conosciuto anche come Specchio di Diana. Il viaggio però la stancò molto e quando era ormai vicina alla meta si sedette per riposare, al riparo di un grande albero. Qui improvvisamente sentì una voce nella sua mente. La voce le disse di guardare il cielo: Aradia allora alzò lo sguardo verso la volta celeste completamente buia e la voce le parlò ancora, sussurrando le parole "Ombra di luna". Qualcosa dentro Aradia si svegliò quella notte. Niente intorno a lei era cambiato, eppure tutto le sembrava diverso perché lei guardava il mondo con occhi nuovi; il suo cuore e la sua mente si erano aperti. Cominciò così a notare cose che c'erano sempre state, lì davanti a lei, ma che solo ora vedeva davvero, come l'oppressione dei contadini. In quel momento capì cosa doveva fare».

«Aiutare i contadini?»

«Loro e non solo. Aradia voleva dare voce a chi

non ne aveva una, alla gente povera, sola, che spesso si nascondeva, vivendo nell'ombra e nel dolore. Trovò queste persone e visse tra di loro per comprendere i loro drammi, nei boschi dove si rifugiavano. Là conobbe uomini e donne che pregavano come sua zia le aveva insegnato e per questo erano costretti a nascondersi dalla Chiesa che li perseguitava. Aradia divenne la loro voce e la loro speranza. Le sue parole scaldavano i cuori della gente, che per la prima volta, grazie a lei, si sentiva accettata e amata. Le volevano così bene da seguirla, da diventare suoi discepoli, e lei condivise con loro le sue conoscenze e i suoi segreti. La sua fama raggiunse presto molte persone buone, ma non solo. Aradia aveva sempre più potere e quelli che l'amavano erano sempre di più. Per i sacerdoti era una minaccia, per questo la catturarono, la misero in prigione e la sottoposero a torture terribili. Erano così spaventati da una donna tanto amata che decisero di condannarla a morte, così da estirpare il problema in modo definitivo. Quando però il giorno del giudizio arrivò, le guardie che avevano ricevuto l'ordine di andare a prendere Aradia trovarono una sorpresa: la cella era vuota».

«Era scappata?»

«Non proprio, aveva lasciato la cella, ma non era fuggita. Aradia era tornata tra la sua gente, a insegnare ai contadini e ai poveri, suscitando molto stupore. Ovviamente la notizia arrivò anche ai soldati, che si misero in cammino per arrestarla nuovamente. Ma ogni volta che chiedevano alle persone dove fosse la ragazza, quel-

le affermavano di non averla mai vista. A causa delle spie mandate dai sacerdoti, Aradia e i suoi discepoli vennero infine arrestati. Ma durante il lungo viaggio verso Roma i soldati vennero attaccati da una banda di fuorilegge, il cui capo era uno schiavo che Aradia aveva salvato e convertito al culto di Diana: grazie al suo aiuto la ragazza e i suoi fedeli furono portati in salvo. La banda li portò al loro campo nella foresta, dove Aradia scelse sei maschi e sei femmine per istruirli. Disse loro che un'epoca in cui le donne sarebbero state alla pari degli uomini sarebbe arrivata, un'epoca in cui le leggi non avrebbero più fatto alcuna differenza tra i sessi e una volta giunta quell'epoca il profeta da lei designato avrebbe dovuto ripristinare i suoi insegnamenti, preparando tutti a un periodo in cui ogni strega avrebbe gioito. Prima che questo avvenisse, però, molti di loro sarebbero morti, sarebbero stati perseguitati, torturati e uccisi dalla Chiesa, proprio come una volta era accaduto ai cristiani. Aradia continuò a istruire i suoi discepoli, andando per villaggi e città a guarire malati e insegnare la vecchia religione. Ancora una volta però i soldati la trovarono e per lei non ci fu più scampo. Molti dei suoi seguaci cercarono di proteggerla; altri fuggirono. Aradia fu nuovamente imprigionata. Fortuna volle che una delle guardie rimase colpita dalla sua bellezza e la ragazza, alla vigilia dell'esecuzione, riuscì a persuaderla a portarla in cortile così da poter pregare all'aperto. Proprio qui, una volta finito di pregare, una tempesta si abbatté sulla città e un terremoto fece crollare gli edifici uno dopo l'altro. Il corpo di Aradia non venne trovato e tutti pensarono che fosse morta, fino a che, sette giorni più tardi, riapparve al campo dei fuorilegge nella foresta, sorprendendo tutti. Non disse niente riguardo a quel che era accaduto e riprese a educare i suoi discepoli. Un giorno Aradia li salutò e si diresse per campi e boschi. La sua fama si diffuse di paese in paese, la gente cominciò ad adorarla chiamandola "la bella pellegrina": c'era chi addirittura cominciò a dire che era la dea in forma umana».

Dopo aver ascoltato la storia della donna di cui portava il nome, l'Aradia bambina aveva sentito un fuoco nel cuore: voleva essere come lei.

Eppure, quella sera aveva permesso che una donna venisse portata via per essere uccisa. La vera Aradia sarebbe stata delusa e lei non avrebbe potuto biasimarla.

7

«Artemisia, sento la tua presenza anche mentre dormo» disse Antares, sbadigliando.

Aprì gli occhi lentamente, e appena questi si furono abituati alla debole luce del sole che passava attraverso le tapparelle, mise a fuoco l'amica, seduta sulla sedia davanti alla sua scrivania.

«Stavo pensando. Sai che mi piace pensare nella tua camera, mi rilassa».

«È il palo santo, fidati» fece Antares, stiracchiandosi. «A cosa stavi pensando?»

«E se ci prendessimo un cane?»

«Un cane? Come mai quest'idea improvvisa?»

«Be', entrambe amiamo i cani, tu sei spesso qua a casa e un cane farebbe compagnia a entrambe. Inoltre i canili sono pieni, lo sai. Dai, diamo una casa a un cagnolino!» Artemisia si alzò dalla sedia e si inginocchiò accanto al suo letto. «Ti prego ti prego ti prego ti prego!»

«Come faccio a dirti di no quando mi guardi così?» rise.

«Sei la migliore coinquilina del mondo! Allora tieniti pronta, che dopo pranzo andiamo. La famiglia si allarga, diventeremo mamme!»

E così, dopo una pasta troppo cotta per pranzo, a causa di una doccia durata troppo a lungo mentre le penne stavano cuocendo, si misero in macchina per andare al canile più vicino.

Arrivarono a destinazione dopo aver cantato ogni canzone che era passata alla radio, urlando così tanto che sicuramente le persone nelle macchine accanto a loro, ogni volta che avevano dovuto fermarsi al semaforo rosso, dovevano aver sentito ogni parola.

«Ok, Antares, prima di entrare, dobbiamo farci una promessa. Promettiamoci di uscire di qua solo con un cane e di non cedere, per quanto vorremmo portarli via tutti. Non possiamo permettercelo e non avremmo neanche lo spazio».

Annuì. «Hai ragione, ok. Un respiro profondo e ripetiamo insieme: prenderemo solo un cane!»

«Prenderemo solo un cane!» le fece eco l'amica.

Non appena misero piede all'interno del canile, Antares dovette ripetersi la promessa più e più volte nella mente, perché il cuore le stava urlando di portarli a casa tutti.

Erano ferme davanti alla gabbia di un piccolo meticcio di nome Artù che continuava a leccare la mano di Artemisia, quando notò, un paio di gabbie più in là, un ragazzo impegnato a dare da mangiare a un cane.

«Arrivo subito!» esclamò il gestore del canile allontanandosi un attimo da loro per raggiungere il ragazzo. «Cosa ti avevo detto? Non devi riempire la ciotola!» disse.

«Ma aveva fame!»

«Tutti i cani qui hanno fame, ma se riempissimo la ciotola in quel modo a tutti non avremmo più abbastanza cibo!»

«Mi scusi» borbottò il ragazzo, mentre l'uomo tornava sorridendo verso di loro.

«Scusatemi. Vedete, quel ragazzo non è uno dei volontari, credo che preferirebbe essere altrove in realtà. Ma ce l'hanno mandato. Viene da uno di quei centri dove rinchiudono le persone pazze, quelle che sentono voci o si tagliano e cose così, e usano posti come questo per aiutarle. Credo sia una cazzata, ma ci pagano, quindi non posso lamentarmi» spiegò loro.

Antares guardò l'amica. Sapeva che era pronta a dirgliene quattro, ma lei le mise una mano sulla spalla, facendo di no con la testa. Era inutile arrabbiarsi o parlare con persone del genere.

«Quindi, mi sembra di vedere che ci sia molta affinità con il nostro Artù!»

«Cosa mi sa dire invece del cane a cui stava dando da mangiare il ragazzo?»

«Oh, lei! Venite pure, ve la faccio vedere».

Appena l'uomo aprì la gabbia, un cane di media taglia, tutto nero tranne per il muso dove ormai il pelo era diventato bianco, uscì scodinzolando.

«Lei è… be', non ce l'ha un nome. I vecchi gestori non hanno mai provveduto a denunciarla all'anagrafe canina…»

«E quanti anni ha?»

«Circa nove».

Le due amiche si guardarono e senza dire nulla si sorrisero.

«Prendiamo lei!» esclamò Antares.

«Siete sicure? È un cane anziano…»

«Sicurissime!» rispose, dando una grattatina dietro le orecchie al cane.

«Aradia!» esordì Antares, una volta in macchina. Artemisia era alla guida mentre lei si era seduta sui sedili posteriori insieme al cane, che guardava curioso dal finestrino.

«Cosa hai detto?» chiese Artemisia, fermandosi al semaforo rosso.

«Potremmo chiamarla Aradia!»

«Come ti è venuto in mente un nome così strano?»

«Non lo so, magari l'ho sentito da qualche parte. Però suona bene!»

«Mmh, non lo so… Aradia…»

Il cane abbaiò.

«Per me ha appena detto che le piace, come nome!»

«Allora che Aradia sia!» disse l'amica ridendo.

«L'avrei voluto prendere a sberle!» esclamò improvvisamente Artemisia.

Erano sul divano, Aradia sdraiata tra di loro, mentre Antares le grattava le orecchie e l'amica la pancia.

«Chi? Perché sono sicura che è un pensiero che fai spesso durante la giornata».

«Il tizio del canile, per quello che ha detto su quel povero ragazzo».

«Lo so, ma come ti dico sempre è inutile. È come spiegare a un terrapiattista che la terra è tonda». Artemisia rise.

«Come ti senti?»

«Bene, davvero. Sto anche dormendo senza prendere nessuna pastiglia».

«Hai fatto altri sogni strani?»

«In realtà sì, la cosa strana è che anche se non ricordo esattamente cosa ho sognato, sento che questi sogni sono collegati tra loro. È strano, non so spiegarmelo».

«Una specie di saga?»

«Esatto!» rispose Antares, ridendo.

Non erano neanche le undici quando Artemisia si addormentò sul divano, e Aradia cominciò a lamentarsi, facendo avanti e indietro dalla porta.

«Devi fare la pipì?»

Il cane abbaiò, come se avesse capito.

«Andiamo subito, vieni».

L'aria era talmente fredda che l'acqua della fontanella nel giardino della casa di fronte era ricoperta da una lastra di ghiaccio.

«Spero tu faccia pipì prima che moriamo congelate qua fuori!» disse guardando Aradia e rabbrividendo nella felpa. «Brava ragazza!» esclamò chinandosi per raccogliere i bisogni del cane, un paio di minuti dopo.

Aveva appena buttato il sacchetto in un cestino quando notò qualcosa. Un bagliore veniva da in fondo alla strada e non era chiaramente quello di un lampione. Era una luce tremolante. Guardò Aradia, che stava annusando l'aria. «Cosa senti, bella?» chiese, imitando il cane. Non lo sentì subito, ma dopo un paio di passi verso la direzione dalla quale proveniva la luce riuscì ad avvertirla anche lei. Era puzza di bruciato.

Era curiosa, ma anche spaventata. E se fosse scoppiato qualche incendio? Eppure sapeva benissimo che in quel punto della strada non c'erano abitazioni, e anche se fosse andata verso l'incendio, cosa avrebbe potuto fare? Di sicuro qualcuno che abitava nelle case più vicine aveva già chiamato i pompieri; di lì a pochi minuti avrebbe sentito il suono delle sirene. Poi c'era Aradia che stava tirando il guinzaglio verso casa.

«Sei spaventata?» Il cane cominciò ad abbaiare. «Ok, ok, tranquilla. Andiamo via» esclamò, gettando un'ultima occhiata verso la luce tremolante. Continuando a sperare che nessuno si fosse fatto male, si avviò verso casa.

Il divano era vuoto, Artemisia doveva essere andata a letto. Cambiò l'acqua nella ciotola di Aradia e dopo un paio di carezze e un bacio della buonanotte salì in camera. Si era appena sdraiata che le parole dell'uomo al canile le tornarono in mente, e altri pensieri arrivarono, uno dopo l'altro, come se li avesse chiamati. Si girò e rigirò nel letto, quasi sperando che cambiando posizione potessero sparire. Frustrata, aprì gli occhi. La prima cosa che vide, davanti al suo viso, furono le pastiglie sul comodino. Mise un braccio fuori dalle coperte, lo tese verso le medicine. Le aveva quasi afferrate che ritirò il braccio e scosse la testa. «No, posso farcela». Si alzò, aggiunse un paio di gocce di essenza di lavanda nel diffusore, fece un paio di tiri dello spinello che aveva iniziato a fumare la sera precedente e tornò a letto. Poco dopo riuscì ad addormentarsi.

In realtà non ci sono state streghe, ma i terribili effetti della credenza nelle streghe sono stati gli stessi che se le streghe fossero realmente esistite.

(Friedrich Nietzsche, *Umano, troppo umano, II*)

8

Continuò a pensare a quella ragazza per giorni e giorni. Cercò di recarsi in città il meno possibile, per fortuna il suo orto e il bosco le davano quasi tutto quello di cui aveva bisogno.

Non aveva mai amato la città, troppa gente, troppi sguardi, troppe cose e poca natura, ma forse era questione di abitudine. Dopotutto, era nata in quella casa. Un tempo era bellissima, l'invidia di molti, ma dopo la morte dei genitori le sorelle si erano sposate e l'avevano lasciata da sola a gestirla. Era troppo grande per lei, così si era messa al lavoro per rendere quel posto adatto a una sola persona. Aveva trasformato metà dell'abitazione in una stalla, giusto per un paio di animali, per avere latte, uova e anche compagnia, e un'altra parte l'aveva adibita a ripostiglio per le sue erbe. Le stanze rimaste erano più che sufficienti per lei.

Era felice di quel cambiamento. All'inizio, quando era da sola, le sembrava spesso di vedere le sue sorelle correre per le stanze ridendo. Adoravano rincorrersi. Altre volte le sembrava quasi di sentire sua mamma in cucina a cantare allegramente. Era la miglior cuoca che avesse mai conosciuto. Una volta era sicura di avere visto suo papà che sorrideva innamorato, rapito nel guardare sua madre cucinare.

Erano bei ricordi, ma non poteva vivere tra i fantasmi.

Lavorare alla casa le aveva tenuto mente e corpo occupati per mesi e, quando vide il risultato del duro lavoro, la soddisfazione di aver fatto tutto da sola la rese pronta per iniziare una nuova vita. Stava andando bene, era felice. Sì, poteva dire di essere felice, anche se vivere da sola, fuori dalla città, le aveva portato non pochi problemi, oltre ad aver alimentato pettegolezzi. Ma lei stava bene e questo era l'importante. Sapeva che suo papà sarebbe stato fiero di lei.

Poi l'aria era cambiata, letteralmente, e quella puzza di bruciato era diventata insopportabile. Sapeva di cosa si trattava, non era niente di nuovo. Ma si stava avvicinando, e gli uomini dietro quell'orrore sembravano essere sempre più assetati.

«Per una volta sarebbe stato bello se la gente non avesse saputo leggere» aveva esclamato suo padre.

«Con o senza quel libro, non si sarebbero fermati» aveva detto sua madre.

«Quale libro?» aveva chiesto lei curiosa.

«Un libro che non è adatto alla ragazzine» aveva risposto la donna.

«È vero, non lo è, ma credo che abbia il diritto di sapere. Vedi, Aradia... tempo fa, due frati, Heinrich Kramer e Jacob Sprenger, scrissero un libro, una sorta di manuale che raccoglie credenze sulla stregoneria. Durante i miei viaggi ho avuto modo di leggerne il contenuto, purtroppo questi uomini hanno riversato tutto il loro odio e la loro paura sulle donne, che vengono accu-

sate di cose ignobili e insensate, basandosi solo su testi antichi e dicerie di altri uomini stupidi. Hanno scritto che sono deboli per natura, che Dio le ha fatte così, e che per questo sono predisposte alle tentazioni del maligno. Ma il vero problema, quello che sta spingendo molti uomini di chiesa a fare loro del male, è il fatto che sempre in quel dannato libro vengono fornite delle istruzioni pratiche su come catturare, processare e eliminare queste donne. Un solo pettegolezzo da parte di qualcuno che non ti vuole bene per loro è abbastanza».

Non avrebbe mai dimenticato i brividi che la percorsero dopo il racconto del padre. Non avrebbe mai pensato che un libro potesse fare del male a qualcuno.

Anno dopo anno, ogni volta che si recava in città, le chiacchiere di persone che venivano da fuori, o viaggiavano per lavoro, l'aggiornavano su quello che stava succedendo nel mondo e intorno a lei. Da un uomo che veniva da Benevento per vendere stoffe seppe che, a causa di quel libro di cui il padre le aveva parlato, la caccia era all'ordine del giorno in quella città.

«Le "janare", così chiamiamo quegli abomini, si nascondono tra noi. Di giorno sembrano delle donne qualsiasi, proprio come voi, signora. Ma di notte si spalmano un unguento che ricavano dai neonati che uccidono e spiccano il volo per andare a riunirsi tutte insieme e adorare il diavolo».

La sua espressione non nascose il disgusto che provava per le parole dell'uomo, che però mal compresse la sua smorfia.

«Lo so, mi dispiace che le vostre orecchie abbiano dovuto udire simili storie, ciò che quelle donne fanno è davvero disgustoso!» disse, per poi salutare con un inchino e andarsene.

Dopo neanche un mese da quell'incontro, mentre le voci continuavano a circolare sempre più rumorose, al mercato sentì la conversazione tra un uomo che vendeva frutta e una coppia che veniva da nord, da un luogo vicino a un lago.

«La nostra valle è sempre stata bellissima e ricca, ma il mese scorso, improvvisamente, i campi si sono inariditi. In un periodo in cui solitamente pioveva molto, non scendeva neanche una goccia, e molti animali sono stati trovati inspiegabilmente morti. Le persone erano nel panico, erano tutti confusi, finché il nostro amato vescovo, parlando con altri santi uomini, capì cosa stava succedendo. Le streghe, era tutta colpa loro e dei loro sortilegi! Volevano farci morire tutti!»

«I-io le ho viste!» esclamò la donna, facendosi il segno della croce.

L'uomo le strinse la mano. «È vero, la mia povera moglie ha assistito a uno spettacolo malvagio. Stava tornando a casa, era insieme ai nostri figli, quando ha visto delle donne per strada. Sembravano delle mendicanti, erano sporche e puzzavano, e la mia buona moglie ha un'anima così pura che si è fermata per chiedere se avessero bisogno di aiuto: quelle donne, però, non stavano chiedendo l'elemosina. Stavano disegnando croci sul suolo, urlando oscenità, sta-

vano invocando il demonio! Per fortuna erano così impegnate nel loro rituale che mia moglie è riuscita a correre verso casa con i nostri figli e a salvarsi da quelle creature!»

Aradia voleva aprire bocca. Voleva chiedere a quella donna se fosse così annoiata da inventarsi certe cose, oppure avesse qualche problema con quelle persone, o se semplicemente avesse visto solo delle mendicanti e, presa dall'isteria generale, la sua mente le avesse fatto vedere ciò che il marito aveva appena raccontato. Qualsiasi fosse la risposta, la cosa certa era che delle donne, delle donne innocenti, sarebbero morte per quelle parole.

Ogni volta che sentiva le notizie portate da fuori aveva paura. Stavano massacrando delle persone e questa caccia stava davvero prendendo il sopravvento.

9

Quando si svegliò, quella mattina, c'era qualcosa che non andava.

Paura, panico, una brutta sensazione. Si sentiva un peso sul petto, come se qualcuno vi avesse appoggiato un masso che la faceva respirare a fatica.

La prima cosa a cui pensò fu un attacco di panico, ma era diverso da quelli che aveva avuto in precedenza. Si trattava di una sensazione strana e non capiva da dove arrivasse, come se il sonno gliel'avesse lasciata.

Forse era una fortuna che quel giorno avrebbe visto la terapista, anche se sperava che quel peso opprimente se ne sarebbe andato molto prima.

Quando scese in cucina non poté non ridere di fronte alla scena di Artemisia che sgridava il cane.

«Vedi questo?» chiese facendo penzolare un gioco per cani dalle mani. «Questo sì, questo puoi morderlo, questo puoi» esclamò, facendo finta di addentare l'osso di plastica. «Mentre vedi questo?» chiese mostrando al cane un cuscino, o meglio, quello che ne rimaneva. «No, questo no. *Nein*, *nada*, *niet*, ok?»

Come se volesse rispondere, Aradia abbaiò.

«Bene, ci siamo capite, vero?»

«Sei una bravissima mamma!» disse Antares, interrompendo la scena.

«Buongiorno principessa! Allora, Aradia ci ha aiutato a sbarazzarci del cuscino che tua madre ci aveva regalato e che odiavamo, però per correttezza, prima che lo faccia con qualcos'altro, stavo cercando di farle capire cosa può addentare e cosa no».

«Mi sembra giusto. Sono sicura che avrà capito!» rispose ridendo, mentre prendeva la caffettiera dalla dispensa.

«Hai dormito bene?»

«Sì, sì».

«Sicura?»

«Sì, perché?»

«Hai una faccia…»

Dopo aver preparato il caffè ed essersi assicurata che la caffettiera fosse ben chiusa, Antares si sedette.

«Mi sento strana».

«Vuoi parlarne?»

«Non lo so neanche io, è una sensazione bizzarra, come se stesse per succedere qualcosa di brutto. Mi fa paura».

Sorridendole dolcemente, Artemisia si sedette di fronte a lei.

«Lo sai che non succederà niente di brutto, Antares. Va tutto bene, sei qui, siamo insieme, non può succedere niente di brutto e se… se hai paura che possa succedere qualcosa, che tu possa fare qualcosa, io sono qui».

Quando si alzò per spegnere il fornello e versare il caffè nella tazza aveva gli occhi lucidi.

«Hai ragione, va tutto bene» disse Antares sollevata, bevendo il primo sorso.

Quando uscì per andare dalla terapista aveva iniziato a piovere.

«So che è una domanda strana, ma...»

«Non esistono domande strane, soprattutto in questa stanza, Antares» disse la terapista, interrompendola.

«È possibile fare sogni che in qualche modo si collegano tra loro, in giorni diversi?»

«Spiegati meglio».

«Da quando non prendo le pastiglie per dormire mi ricordo abbastanza bene i sogni che faccio, quando mi sveglio è come se ancora sentissi quello che provavo nel sogno».

«Non è niente di strano. I sogni possono influenzare le nostre giornate. Se ti svegli dopo aver avuto un incubo è possibile che per tutto il giorno ti rimanga una sensazione di angoscia».

Proprio come quella mattina.

«Ho come l'impressione che ultimamente i sogni che sto facendo siano collegati».

«Sogni sempre la stessa persona?»

«In realtà è come se sognassi sempre lo stesso luogo, o meglio, lo stesso contesto. Sono io la protagonista del sogno».

«E qual è il contesto?»

«È strano, non sembra... be', attuale».

«Quindi i tuoi sogni sono ambientati nel passato?»

Antares ripensò ai dettagli, come le case, così lontane dai palazzi a cui era abituata; al modo di parlare, così formale, quasi sconosciuto nonostante fosse italiano, e poi agli abiti. «Credo di sì».

«Forse recentemente hai visto o letto qualcosa che ti ha influenzato così tanto da sognarlo, non solo una volta, ma più volte. Come ti senti in questi sogni? Magari hai creato un mondo sicuro per la tua mente e ogni notte lo visiti, se capisci cosa intendo».

«Non mi sembra per niente un mondo sicuro quello che sogno» rispose la ragazza, con un sorriso amaro.

«Questi sogni ti hanno mai influenzato la giornata?»

«Sì, ad esempio oggi».

«Come ti sei sentita?»

«Male, in pericolo, come se qualcosa di brutto stesse per accadere».

«Qualcosa di brutto? Tipo cosa?»

«Non lo so, è solo una sensazione».

Vide la dottoressa mordicchiare la penna. Avrebbe voluto così tanto entrare nella sua testa. Chissà cosa pensava di lei, chissà quante cose strane aveva sentito. Quando Antares le aveva raccontato la sua storia, la dottoressa l'aveva giudicata? Perché ne era sicura: alla fine ogni essere umano giudica gli altri, è parte della natura, è solo che molti per lavoro hanno imparato a controllarsi.

«Se hai paura di non dormire a causa dei sogni, sai che puoi prendere le pastiglie che ti ho dato. Specialmente se è stata una giornata un po' instabile».

Antares annuì, anche se non era d'accordo. Non voleva più prendere pastiglie.

Aveva appena aperto la porta di casa quando il cellulare squillò. Rischiò di farlo cadere prendendolo dalla tasca e Aradia le saltò addosso felice.

«Pronto, Artemisia?»

«Allora, come è andata dalla dottoressa?»

«Tutto bene, dai. Ma tu dove sei?»

«Al supermercato, davanti al reparto degli alcolici».

«Aspetta un attimo, mi sono persa qualcosa?»

«Non deve per forza esserci un'occasione speciale per bere. Facciamo una serata tra ragazze, io, te e Aradia. Prenderò un po' di buon vino e qualche schifezza da mangiare, così domani mi potrò lamentare che ho mangiato troppo e farò un *workout* di un'ora per poi mangiare di nuovo senza contegno. Un ciclo senza fine, insomma».

«Mi unisco a te, allora. Dai il tuo meglio, prendi le peggiori schifezze che trovi e un buon vino bianco, non rosso, ti prego. L'ultima volta che abbiamo fatto una serata tra ragazze col vino rosso siamo finite a fare l'angelo nella neve nel giardino del condominio di fronte, in accappatoio».

«E i vicini hanno chiamato la polizia».

«Bei ricordi, davvero, ma da non ripetere. Allora ci vediamo dopo. Ah, ordino le pizze?»

«Non dovevi neanche chiederlo, che serata tra ragazze è senza pizza? A dopo!»

Non sapeva se Artemisia avesse pensato a una serata così perché l'aveva vista turbata quella mattina, o semplicemente perché aveva voglia di buon vino in compagnia. In ogni caso, era davvero grata di averla come amica e coinquilina, quello era proprio ciò di cui aveva bisogno.

Artemisia arrivò a casa giusto un paio di minuti prima delle pizze.

«C'erano troppi vini diversi e il ragazzo che mi

ha aiutato a scegliere era molto carino» si giustificò.

«Artemisia, tu ti intendi di vino, e anche parecchio».

«Lo so, ma quel ragazzo non lo sapeva e mi sembrava molto felice di spiegare a una giovane donzella in difficoltà la differenza tra i vari vini e con cosa era meglio berli».

«Credo che la pizza, il cibo in generale, mi abbiano fatto avere più orgasmi dei ragazzi con cui sono stata» esclamò Artemisia, masticando l'ultimo boccone di pizza, e facendo ridere Antares.

«Era buonissima. Mamma mia, mi sento piena come un pallone».

«Cosa? No, no, la serata è appena iniziata. Ora comincia il bello. Aiutami a mettere le cose che ho comprato su piatti e ciotole, poi aspettami in sala mentre porto il nettare degli dei!»

Smise di contare i bicchieri dopo che Artemisia riempì il terzo, e sul tavolo, dopo un paio di ore, c'erano due bottiglie vuote e patatine ovunque. Parlarono, risero, ricordando tanti momenti passati insieme. Artemisia le raccontò le sue avventure con alcuni ragazzi mentre lei non c'era.

«Forse dovrei scaricarmi qualche app di incontri anche io».

«Oddio sì, Antares! Facciamolo ora, dammi il tuo cellulare. È così divertente! Vedila come una ricerca antropologica, troverai dei casi umani che davvero ti faranno pentire di appartenere al genere umano».

«Be', non è proprio quello che vorrei da un'app

di incontri!» esclamò Antares ridendo.

Continuarono a bere e parlare e per la prima volta Antares raccontò del centro, di quello che faceva, della sua routine, delle storie degli altri pazienti.

«Mi dispiace Antares, deve essere stato uno schifo lì dentro».

Lei annuì, bevendo un goccio di vino.

«Antares, posso chiederti una cosa? Io… so che non dovrei e non voglio offenderti e se non vuoi rispondere io…»

«Perché l'ho fatto?»

Era una domanda che tutti volevano farle, ma che solo i dottori avevano osato davvero porre. Ma in quel momento non era di fronte a uno sconosciuto, stava parlando con la sua migliore amica, con quella che probabilmente le aveva anche salvato la vita.

«Perché ero stanca. Ero stanca di sentirmi in un certo modo, stanca di vivere nella paura di non essere mai abbastanza, di non essere capace, di stare sprecando la mia vita, il mio futuro. Avevo paura ad alzarmi perché sapevo che ogni giornata avrebbe portato problemi che non avevo più le forze per affrontare. Stanca di vivere nella convinzione che tutto intorno a me fosse falso, che nessuno si curasse di me e lo so che non era così, lo so che ho la fortuna di avere dei genitori splendidi, di avere te, ma non lo vedevo, o forse non lo volevo vedere perché ormai quella era diventata la mia vita. Andarmene sembrava la soluzione a tutto. Avrei smesso di pensare e ripensare, di torturarmi, avrei tolto un peso alle persone accanto a me, stanche di vedermi così. Avrebbero finalmente potuto vivere sereni, senza dover provare pena o altro per me, perché la sentivo, la pena di certe persone. "Antares è depressa, quindi facciamo i dolci e i carini". Questa era una delle cose peggiori, faceva sì che io avessi ancora meno fiducia nei rapporti con gli altri; ogni volta che qualcuno mi rivolgeva la parola nella mia mente c'era una vocina che diceva: "Sta fingendo, lo fa solo per educazione, ma sono tutti stanchi di te". Quindi sì, andarmene sembrava un buon affare per tutti».

L'amica la stava fissando attentamente, e Antares fu felice di non vedere pena sul suo viso, ma solo amore.

«Non avevi pensato a quello che avremmo provato se l'avessi fatto davvero?»

«Sì. Avreste pianto, ma poi sareste andati avanti, magari odiandomi, ma almeno non avrei dovuto sopportare quel pensiero, sarei solo stata...»

«Morta» sussurrò. «E ora? Pensi la stessa cosa?»

«Ora il pensiero di andarmene mi spaventa».

Artemisia appoggiò il bicchiere di vino e l'abbracciò. «Ti voglio bene, tanto».

Lei la strinse ancora più forte, il viso rigato di lacrime. «Anche io, Artemisia».

Dopo quella parentesi emotiva scelsero un film da guardare, ma nessuna delle due rimase sveglia abbastanza per vederlo. Antares si svegliò solo perché la schiena le faceva male per via della posizione in cui si era addormentata: seduta sul pavimento, appoggiata contro il divano.

Erano le quattro di mattina.

Si alzò, stando attenta a non svegliare Artemisia e il cane. Almeno l'amica si era addormentata sul divano. La coprì con una coperta e andò a dormire nel proprio letto.

Volge in questo punto quell'ora della notte in cui si radunan le streghe, s'apron le bocche dei sepolcri e l'inferno stesso alita un contagio su questo mondo.

(William Shakespeare, *Amleto*)

10

Il sole stava per tramontare quando qualcuno bussò. Dietro la porta, con grande sorpresa, vide la moglie del macellaio con accanto il figlioletto di neanche dieci anni. Il viso del bambino era rosso, i capelli biondi appiccicati sulla fronte sudata, e lei capì subito che non stava bene.

«Aradia, ho bisogno del tuo aiuto. Mio figlio non sta bene».

Non era la prima volta che lei o altri abitanti della città bussavano alla sua porta per chiederle aiuto. Il dottore più vicino distava mezza giornata da lì e spesso le persone non avevano il tempo, o le forze, per recarvisi. Avevano bisogno di cure immediate. Come sua mamma prima di lei, anche Aradia aveva imparato ad aiutare le persone. Febbre, dolori allo stomaco, ustioni, persino ossa rotte, sua madre le aveva insegnato molto riguardo al corpo umano: su come funzionasse, dove toccare, dove fare pressione, come leggerlo, e poi come curarlo grazie a semplici massaggi o a bevande a base di erbe.

«Nel bosco puoi trovare tutto il necessario per curare le persone!» le aveva detto un giorno, mentre la stava aiutando a raccogliere delle erbe. «Ma devi stare attenta a cosa raccogli. Una pianta può aiutarti a curare qualcuno, ma quella sbagliata potrebbe fare del male, se non addirittura uccidere».

«Vieni qua, Aradia, guarda questi fiori, cosa sono?»

*«*Crocus sativus*» aveva risposto, guardando i fiori violacei davanti a lei. Un giorno la madre le aveva mostrato come ricavare da quel fiore lo zafferano, una spezia gialla che non solo era buona in cucina, ma poteva essere usata come medicinale.*

«Sbagliato, questo è colchico d'autunno. Può causare bruciore alla bocca, nausea, vomito, sangue nelle feci, dolori al petto e febbre che può durare anche una settimana. In casi estremi può anche portare alla morte nel giro di pochi giorni».

«Ma i fiori sono identici!»

«Sembrano, ma non lo sono. Quando raccogli le tue erbe, che siano per te o per altre persone, per mangiare o per curare, non devi limitarti a guardare, ma devi osservare. Il fiore del crocus sativus *ha tre stami, mentre il colchico ne ha sei, quest'ultimo fiorisce da agosto a settembre, il primo verso la fine di ottobre e inizio novembre. Quando fioriscono il colchico è privo di foglie, mentre nell'altra pianta, alla base del fiore, sono sempre distinguibili delle foglie».*

Crescendo, sua madre le aveva insegnato molto e quando rimase da sola iniziò a occupare parte delle sue giornate mettendo per iscritto tutto quello che aveva imparato.

La gente si fidava di lei, ogni persona che aveva aiutato aveva avuto dei miglioramenti e lei aveva sempre curato tutti con piacere e soddisfazione. Ma ora le cose stavano cambiando. Una donna con le sue conoscenze non era al sicuro, quello che sapeva poteva essere scambiato per stregoneria. Ma quando vide quel bambino e gli occhi imploranti della madre non ebbe il coraggio di mandarli via, e li fece entrare.

«È da ieri che il suo viso scotta e non mangia. Sono preoccupata, Aradia».

«Tranquilla, sono sicura che non è niente di grave. Fammi dare un'occhiata».

Fece sdraiare il bambino sul tavolo e lo esaminò. Guardò la sua pelle, i suoi occhi, gli fece aprire la bocca per osservare gola e lingua, gli premette le mani sull'addome.

«Ha mangiato qualcosa di diverso dal solito ultimamente?»

«No, no. Niente di diverso, forse solo di più, l'altro giorno mio marito ha invitato a cena degli uomini per affari e ho dovuto preparare così tanto cibo che a fine serata avevo mal di schiena».

Aradia sorrise.

«Probabilmente tuo figlio ha solo mangiato di più del solito. Come ti dicevo, non è nulla di cui preoccuparsi. Ora ti preparo qualcosa che lo aiuterà e anche qualcosa per la tua schiena» disse, andando a prendere un paio di erbe.

Mentre spezzettava la menta e un po' di genziana sentiva gli occhi della donna su di lei.

«Ti ammiro molto, Aradia. La gente dice che sei sola e triste, ma io credo che sia l'esatto opposto, tu qui sei felice e libera».

Aradia le sorrise, porgendole un fazzoletto con le erbe.

«Mettine un cucchiaio in acqua calda, tre volte

al giorno. Vedrai che starà meglio. Questo invece è per te: è una radice fresca di zenzero, tagliala a pezzetti e mettila nell'acqua bollente, lascia passare un po' di tempo, dopo di che prendi un panno, mettilo nell'acqua e appoggialo sulla schiena. Lascialo lì finché diventa freddo».

«Grazie Aradia, che Dio ti benedica!»

«Il tuo Dio mi vuole solo morta» mormorò lei, una volta rimasta sola.

Il mercato era una delle poche cose che Aradia amava della città. Gente di altri luoghi, a volte anche molto lontani, veniva per vendere nuova merce e lei adorava perdersi tra i banchetti e i loro mille profumi.

C'era una cosa che amava quasi quanto le erbe, ed erano i vestiti. Sua madre le aveva anche insegnato a cucire e suo papà spesso portava bellissime stoffe colorate dai suoi viaggi per lavoro. I vestiti che faceva alle sorelle erano sempre così belli che tutte le altre bambine le invidiavano.

Stava ammirando un pezzo di stoffa rossa, che avrebbe già saputo come usare, quando qualcuno la chiamò.

«Oh, Aradia, che piacere vederti!» esclamò sorridente la moglie del macellaio. Non era da sola, accanto a lei infatti c'era un uomo, un prete, che non aveva mai visto.

«Buongiorno signora!» la salutò il prete, con un accento strano.

«Buongiorno, padre».

«Aradia, lui è padre Gerhardt, viene da Würzburg. L'ho pronunciato bene?» chiese, guar-

dando l'uomo.

«In modo impeccabile, mia cara. Sicura di non avere origini tedesche?» fece lui ridendo, e facendo ridere a sua volta la donna.

Per essere un uomo di chiesa il prete le guardava un po' troppo la scollatura, ma Aradia non ne fu sorpresa.

«Siete molto lontano da casa, padre».

«Oh ja, *ma non è la prima volta che vengo in Italia, ho studiato in un paese qui vicino e poi sono tornato nella mia patria, ma ora sono stato mandato qui per aiutare».*

«Aiutare?»

«Sì, vedete, mi è stato riferito che i casi di stregoneria sono sempre di più e grazie ai miei studi posso dare una mano per trovare quelle meretrici e consegnarle alla giustizia del nostro Signore».

Aradia sperò che l'uomo non si accorgesse di come la sua espressione era cambiata dopo quelle parole. Soprattutto sperò che non notasse come il suo viso era diventato pallido quando la moglie del macellaio, sempre sorridendo, aveva detto qualcosa che non avrebbe mai dovuto dire mentre un prete era lì con loro.

«Aradia, volevo ringraziarti per l'altro giorno. La mia schiena va molto meglio, e mio figlio si è ripreso quasi subito. Grazie davvero, sei magica!»

«Mi fa molto piacere, ma io non ho fatto nulla. Quello che ti ho dato era nient'altro che un semplice tè» disse, cercando di sorridere, mentre del sudore freddo le scendeva lungo la schiena.

«Sei troppo modesta. Vedete padre, Aradia

aiuta molto in questa città. Chiedete pure in giro, non esiste bambino che non abbia curato!»

Voleva urlarle di stare zitta. Sapeva che non lo faceva di proposito, anzi, quella donna le era davvero grata e pensava di fare un bel gesto parlando bene di lei. Ma per un prete, per un uomo, quello che lei faceva non era qualcosa che una brava figlia di Dio avrebbe dovuto fare.

«Siete una donna molto interessante, vostro marito è stato così gentile da condividere con voi qualche conoscenza per poterlo aiutare nella sua attività?»

«Oh no, Aradia non è sposata. Quella casa ha visto solo un uomo ed è stato il suo buon padre, che riposi in pace!» rispose la donna per lei, peggiorando la situazione con ogni parola che diceva.

«Quindi vivete da sola?»

«Sì, padre».

«E non avete paura? Sono tempi tumultuosi!»

«Oh no, sto molto bene, questo è un posto tranquillo, in realtà!»

L'uomo la stava guardando: si sentiva studiata, giudicata da quei due piccoli occhi verdi.

«Padre, è quasi ora di pranzo. Venite, sono sicura che non avete mai mangiato cibo più buono di quello che cucino io!»

«Immagino, mia cara, le vostre mani sono proprio divine!» esclamò l'uomo, prendendo le mani della donna e baciandole.

Aradia non stava giudicando la moglie del macellaio. Era sposata, certo, ma con un uomo che le dava attenzioni solo quando le impartiva or-

dini. Il prete, invece, la riempiva di complimenti. Per lui non nutriva alcun rispetto, stava fingendo di sorridere così tanto che la mandibola cominciava a farle male.

«È stato un piacere, signorina Aradia!»

«Spero vi troverete bene qui, padre».

Mentre lasciava la piazza, incamminandosi lungo il sentiero che portava alla sua casa, il cuore le batteva ancora forte.

L'arrivo di quell'uomo avrebbe potuto essere un problema. D'ora in poi avrebbe dovuto stare più attenta.

11

«A cosa stai pensando?»

Sbadigliando, Antares alzò gli occhi dalla tazza di caffè di fronte a sé e guardò l'amica che le aveva appena parlato.

«Essere una donna non è mai stato facile».

«Be', è una delle poche certezze in questa vita, da sempre. Come mai un pensiero così profondo durante la colazione?»

«Artemisia… hai mai pensato alla caccia alle streghe?»

L'amica la guardava incuriosita. «Ok, questa è una delle domande più *random* che tu mi abbia mai fatto, stai ancora smaltendo l'alcool di ieri sera?»

«No è solo… un pensiero, così».

«Be', non ne so molto, l'ho studiata a scuola e ho imparato qualcosa da film e libri, anche se non so quanto siano storicamente accurati. È di sicuro un argomento affascinante tanto quanto triste».

«Noi saremmo state bruciate, di sicuro».

«Non lo metto in dubbio. Certo che è proprio un bel pensiero per iniziare la giornata!»

«Scusa, hai ragione» le rispose Antares, sorridendo.

«Come mai questo improvviso interesse per la storia?»

Alzò le spalle, mordendo la fetta biscottata ricoperta di Nutella.

«Non so, magari ho letto qualcosa in giro e mi è rimasto in mente».

«A proposito di cose scottanti, stasera ho un appuntamento».

«Cosa? Oddio, cosa mi sono persa?»

«Hai presente quel ragazzo di cui ti parlavo?»

«Quello che pensava che Dr Martens fosse una catena di studi dentistici?»

«Non brilla di intelligenza, ok, ma è davvero dolce e gentile. E poi ha un fisico, Antares… potrei avere un trauma cranico solo appoggiando la mia testa sul suo petto! Ha più tette di me!» disse Artemisia.

«Allora te lo devi proprio godere perché immagino che trovare ragazzi dolci e gentili sia diventato raro. Però poi dammi l'indirizzo di casa sua, intesi?»

«Certo mamma, grazie!» esclamò Artemisia, dandole un bacio sulla testa prima di lasciare la cucina.

L'ultima volta che era andata in biblioteca era stato quando cercava un libro per un esame, un libro che costava sessanta euro e che per fortuna la biblioteca aveva, altrimenti sarebbe stata pronta a rinunciarci, all'esame.

«Non esiste spendere tutti quei soldi per un libro per un esame che neanche mi interessa più di tanto!» aveva detto quando aveva scoperto il prezzo del manuale.

«Antares?» non appena mise piede in biblioteca sentì qualcuno chiamarla.

«Mattia? Lavori qui?» chiese, sorpresa di vedere un vecchio compagno di corso. Uno dei pochi ragazzi con cui aveva legato e che sapeva sempre farla ridere. Artemisia era convinta che tra loro ci fosse qualcosa, ma la verità era che Mattia era gay e felicemente fidanzato con un ragazzo da molti anni.

«Sì, mi sono laureato l'anno scorso e ho vinto il concorso per dirigere questa baracca. Oddio, che bello vederti, Antares, ti trovo bellissima, come sempre!»

«Sei il solito gentiluomo».

«E ogni volta sono scioccato del fatto che tu non abbia un ragazzo o una ragazza che ti ripeta ogni giorno quanto sei bella. Comunque, cosa ti porta qua?»

«Libri?»

Mattia rise. «Domanda stupida, scusa. A furia di sentire cose assurde da parte degli utenti mi sto rincoglionendo. Hai già un titolo in mente?»

«In realtà no, mi servirebbe solo che mi dicessi dov'è la sezione di storia!»

«Pensavo che non andassi più in università».

«È una ricerca per interesse personale».

«Sei sempre stata una persona molto interessante, Antares. Comunque, trovi tutti i libri di storia in fondo sulla destra, di fronte all'uscita di sicurezza».

«Grazie mille, Mattia».

Non sapeva neanche lei cosa stesse cercando, come non sapeva perché si fosse svegliata con così tanta curiosità riguardo a un argomento al quale non aveva mai pensato prima di quel giorno.

Alcuni titoli attirarono la sua attenzione, *Aradia, o il Vangelo delle Streghe* di Charles Godfrey Leland e un paio di saggi sui processi di stregoneria in Italia e in Europa. Dopo averli consegnati a Mattia per farseli registrare sulla tessera, si avviò verso casa.

Appena entrò nell'appartamento, Antares sentì Artemisia piagnucolare dalla sua camera. Quando la raggiunse capì qual era il problema: metà dell'armadio dell'amica era sul pavimento.

«Ti prego, non dire che non hai nulla da mettere!»

«Non è che non ho nulla da mettere, è che non so cosa mettere!» sbuffò la ragazza. «Aiutami, ti prego, devo essere fuori di qui tra un'ora!»

Dopo cinque minuti passati a rovistare tra i vestiti che Artemisia aveva gettato ovunque, e che Aradia tentò più volte di rubarle, l'amica era finalmente soddisfatta dell'outfit che Antares le aveva suggerito.

«E pensare che era stata la mia prima scelta!» esclamò Artemisia, facendola ridere.

Dopo dieci minuti l'amica era pronta, truccata e pettinata.

«Sei stupenda, sono quasi gelosa!» fece Antares ridendo.

«Oh tesoro, ma noi siamo già sposate. Anche tuo papà lo dice sempre, non essere gelosa! Ti ho mandato un messaggio con l'indirizzo di questo ragazzo. Non credo che rimarrò a dormire, comunque. Prenderò un taxi per tornare, non aspettarmi sveglia!»

«Lo sai che lo farò!»

«È per questo che se mai vorrai dei figli sarai una mamma fantastica. Ok, vado!»

«Divertiti, Artemisia! E sfrutta il fatto che fare yoga ti abbia reso così snodata».

«Sarà fatto!» annuì l'amica, facendole l'occhiolino.

La credenza che esistono esseri quali le streghe è parte così essenziale della Fede cattolica che il sostenere ostinatamente l'opinione opposta sa manifestamente di eresia.

(Jacob Sprenger e Heinrich Institor Kramer, *Malleus Maleficarum*)

12

Erano passati giorni dall'ultima volta che si era recata in città, ma, dopo il suo incontro con il prete tedesco, il senso di angoscia e rabbia non l'aveva mai lasciata. Rabbia, sì, perché non era giusto. Non era giusto vivere nella paura. "Non hai fatto niente di male e qui tutti ti conoscono, non ti può succedere nulla!" continuava a ripetersi.

Ma anche le donne che in quel momento erano in prigione, o peggio, già morte, non avevano fatto nulla e persone che le conoscevano le avevano accusate. No, non era al sicuro, ma non poteva fare niente se non pregare.

"Potresti scappare!" le disse una voce nella sua mente. Ma a cosa sarebbe servito? Nessun posto era sicuro e una donna che viaggiava da sola avrebbe di sicuro destato sospetti.

La sua mente aveva bisogno di distrazione, di pace, e forse la giornata seguente gliene avrebbe data un po'. Il giorno dopo era San Giovanni, o, come sua madre lo chiamava, Litha, ossia Mezza Estate. Sua madre le aveva spiegato come quella notte fosse il momento migliore per raccogliere le erbe, soprattutto quelle medicinali: durante Litha la natura era al massimo della sua attività. Nel corso del solstizio d'estate il confine tra i mondi si assottigliava: le erbe erano più potenti, e la maggior parte di quelle piante erano al massimo della fioritura. Raccoglierle voleva dire accettare il dono che la natu-

ra dava, senza danneggiarlo.

Anni prima, proprio durante la notte di San Giovanni, Aradia era appena tornata dalla raccolta con sua madre, quando lei le raccontò una storia su Litha.

«La raccolta è legata a Belenos, dio del sole e della guarigione, patrono di tutte le piante dalle proprietà curative. Queste piante sono legate al dio, tanto che si pensa siano nate dalla sua stessa carne. I nostri antenati pensavano che la raccolta fosse una sorta di riflesso di quello che accadeva in un altro mondo, quello degli dei, un mondo spirituale. Le erbe erano il simbolo del potere del sole che a Litha raggiunge il suo apice. Come i druidi raccoglievano le erbe che garantivano la salute della tribù per tutto l'anno, così i contadini raccolgono frutti e cibo che sfameranno tutti fino alla prossima estate. Cogliere le erbe in questa notte significa raccogliere la luce e conservarla per affrontare l'oscurità».

Passò la giornata immersa nei ricordi d'infanzia, ripensando alle storie che sua madre amava tanto raccontare, aspettando con trepidazione l'indomani.

La mattina seguente, come le era stato insegnato, si alzò presto e andò a prendere il panno che la notte precedente aveva lasciato sul terreno in giardino. Prese un secchio e vi strizzò il fazzoletto, raccogliendo così la rugiada. Una volta che fu ben strizzato, si spogliò.

La sua casa era isolata e lontana dai sentieri, ed era troppo presto per rischiare che qualcuno la vedesse.

Usò la rugiada per bagnarsi i capelli, le gambe, i piedi, il pube e infine il viso, dopo di che, con le gocce di acqua che ancora le bagnavano il corpo, si stese sull'erba, sotto il sole che era da poco sorto.

Era troppo piccola, e sua madre non la faceva ancora partecipare al rito, ma si ricordava benissimo di quando sentì suo padre dire a sua madre: «Questa mattina ti guardavo dalla finestra, il sole faceva brillare la rugiada sul tuo bellissimo corpo e mi sembravi un angelo!»

Chissà se lo sembrava anche lei.

Quando arrivò la sera e uscì di casa, indossando la veste bianca che aveva cucito per l'occasione, decorata con delle linee gialle sulle maniche a rappresentare i raggi del sole, l'aria era fredda. Fredda come il coltello in ossidiana che suo padre le aveva regalato quando era piccola e che usava per ogni rituale.

Raccolse un po' di finocchio, perfetto per i dolori di stomaco, della ginestra, ottima per aiutare a calmare le persone ma anche per favorire lo svuotamento dell'intestino. Poco più in là trovò della ruta, le cui foglie alleviavano il mal di testa, e della verbena, ottima contro la febbre.

Le mani cominciavano a farle male, e le sue unghie erano ormai nere per via della terra sotto di esse, ma almeno il suo cestino era colmo. Si sentì soddisfatta.

Si era allontanata molto da casa sua; la maggior parte delle erbe crescevano nel cuore del bosco. Ma ormai mancavano solo pochi passi e sarebbe arrivata. Quando già poteva vedere benissimo la finestra della sua camera, sentì un rumore dietro di lei.

Si girò, sicura di scorgere un animale: ce ne erano sempre molti che si avvicinavano alla casa, in cerca di cibo. Con sua grande sorpresa, quello che vide non era un animale, ma una ragazza.

13

Doveva essersi addormentata sul divano mentre guardava un orribile film su Netflix; stentava a credere che qualcuno avesse speso dei soldi per produrlo. L'orologio segnava le tre del mattino e Artemisia non era ancora tornata.

Non era la prima volta che l'amica rientrava tardi: sapeva che non doveva preoccuparsi, eppure sentiva che qualcosa non andava. Non sapeva perché, ma il suo corpo era percorso da brividi.

Aprì la chat con Artemisia. Era online, tirò un sospiro di sollievo.

"Dove sei?" scrisse. Vide che Artemisia stava digitando. Significava che stava bene, magari stava tornando e si era preoccupata per niente. Si sentì così stupida.

"Per una domanda così semplice sta scrivendo una risposta bella lunga!" pensò, notando che l'amica stava scrivendo da un minuto ma nessun messaggio era ancora arrivato.

"Hai usato troppo le mani?"

Poteva benissimo immaginare l'amica che rideva a quel messaggio. Nel frattempo, Artemisia stava ancora scrivendo.

Forse la sensazione che aveva provato prima non era così sbagliata, pensò, facendo partire la chiamata. Al quinto squillo Artemisia rispose. Quella che sentì al telefono, però, non era la voce dell'amica: era una voce maschile.

Non riusciva a capire cosa stesse dicendo, ma

oltre al rumore della radio, poteva benissimo distinguere la voce dell'uomo e anche quella dell'amica. Poi sentì un rumore inconfondibile, un rumore che ogni giorno la svegliava o la teneva sveglia: la chitarra elettrica del vicino, quello che amava esercitarsi sul balcone o con le finestre aperte, a qualsiasi ora del giorno, pensando forse di deliziare il vicinato con la sua musica. Non aveva dubbi, Artemisia era lì fuori. Senza neanche indossare la giacca, uscì di casa. A pochi passi, proprio di fronte al cancello del vicino chitarrista, c'era un taxi fermo. Al suo interno poteva vedere un uomo di mezza età al volante e sul sedile posteriore, con il viso bianco come un lenzuolo, Artemisia. L'uomo sembrava così preso da qualsiasi cosa stesse dicendo all'amica, parole che di sicuro non stavano rassicurando Artemisia, che sobbalzò quando Antares picchiò con le nocche al suo finestrino. Si aspettava che a quel punto l'amica scendesse, ma quando l'autista abbassò il suo finestrino Antares notò che le porte erano chiuse.

«Salve signorina, se ha bisogno di un taxi purtroppo io ho finito il turno, ma un mio collega è nelle vicinanze. Le do il numero!»

Non appena Antares spostò l'attenzione da lui ad Artemisia, l'uomo aggiunse:

«Oh, lei è un'amica. Sa com'è, quando finisco il turno questa macchina diventa la mia limousine privata per gli amici!» aggiunse, ridendo.

Senza dire altro, Antares prese il cellulare dalla tasca e andò sul retro della macchina, dove fece una foto della targa, poi tornò dove era prima e ne fece una all'uomo.

«Che cazzo sta facendo?»

«Sto facendo delle foto per poter denunciare un maniaco. Ora, facciamo un patto: lei lascia scendere la mia amica e io cancello queste foto, così nessuno saprà che schifo di uomo è».

«Brutta troia!» esclamò l'uomo, sbloccando la porta e aprendo la portiera.

«Se fossi in lei non lo farei!» disse Antares, mostrandogli la schermata del cellulare, con le foto appena fatte e pronte per essere inviate a tutta la sua rubrica in bella vista.

«Ci metto un secondo, prima che scenda da quella macchina le foto saranno già in giro. Glielo ripeto, ora fa' scendere la mia amica e io gli farò la grazia di non denunciarla».

«Come faccio a sapere che è la verità?»

«Non può, ma se decide di non fidarsi, giuro che gli rovino la vita. Queste foto andranno ovunque. Lei ha figli? Provi a immaginare cosa penseranno sapendo che il padre è un maniaco sessuale!»

Sapeva che il suo piano era debole, stupido, e che poteva finire male. L'uomo poteva scendere dalla macchina e aggredirla, poteva mettere in moto e portare via Artemisia, o poteva far del male a entrambe. Ma era l'unica cosa che le era venuta in mente e stava pregando che funzionasse.

«Faccia scendere la mia amica o mi metto a urlare» disse, guardando l'uomo negli occhi.

Appena sentì il rumore della serratura aprirsi, non perse tempo. Aprì la portiera e aiutò l'amica a scendere. Non appena la richiuse, l'uomo sgommò via.

Camminò dietro Artemisia, che sembrava stesse per vomitare da un momento all'altro: infatti, appena la porta di casa si chiuse dietro di lei, l'amica crollò a terra singhiozzando. Antares si inginocchiò accanto a lei e l'abbracciò forte.

«Se n'è andato ora, va tutto bene!»

«Antares, avevo paura, non ho mai avuto così paura in tutta la mia vita!» disse lei piangendo. «Ha cominciato a comportarsi in modo strano un paio di minuti dopo che ero salita in macchina, mi parlava di sesso, Antares, si è messo a parlarmi di sesso e poi a farmi complimenti. Ero terrorizzata, ma quando ho visto che ero arrivata pensavo fosse finita. Invece mi aveva chiuso in macchina e continuava a parlare, quando gli ho detto di farmi scendere perché ero arrivata mi ha detto che si sentiva solo e voleva un po' di compagnia».

«Che figlio di puttana!»

«Ero pietrificata, non riuscivo a telefonarti o a rispondere ai messaggi, se tu non mi avessi chiamata...» fu interrotta da una crisi di pianto.

«La pagherà, Artemisia. Non voglio pensare a quante volte lo ha già fatto, ma di sicuro non lo farà più. Domani andiamo in centrale e facciamo la denuncia, io mostro le foto e tu racconti tutto, ho anche registrato la chiamata. Te la senti?»

L'amica annuì debolmente.

Svegliata dal pianto, Aradia le aveva raggiunte e ora leccava il viso di Artemisia.

«Ehi piccola!» esclamò Artemisia, abbracciando il cane. «Mi hai salvata, Antares» disse, prendendole la mano.

«Lo hai fatto anche tu una volta».

«Sì, ti ho salvata. A volte la sogno, quella notte. Non ne ho mai parlato con nessuno». Si sedette accanto ad Antares sul pavimento, appoggiando la schiena al muro, mentre Aradia si accoccolò ai loro piedi.

«Ne vuoi parlare?»

«Hai presente quando ti svegli improvvisamente per via di un rumore ma all'inizio non capisci se è nel sogno o nella realtà? Piano piano ti rendi conto che il telefono che sta squillando non è nella tua testa ma sta suonando davvero, però non lo capisci subito. Mi chiedo se sarebbe cambiato qualcosa se avessi realizzato prima che non stavo sognando, ma che il tuo cellulare stava squillando davvero e tu non rispondevi. Tu rispondi sempre al cellulare, sempre, a qualsiasi ora del giorno e della notte, perché ci sei sempre per gli altri. Per questo mi ero alzata dal letto per venire da te, e per fortuna l'ho fatto. Per un attimo, probabilmente ancora confusa dal sonno, avevo pensato che ti fossi tinta i capelli e ti fossi addormentata mentre lasciavi in posa il colore. Me lo sarei aspettato da te, soprattutto visto che un paio di giorni prima mi avevi detto che ti sarebbe piaciuto tornare rossa. Ma più mi avvicinavo più capivo che qualcosa non andava, che quella non era tinta, che tu eri troppo pallida e il tuo petto si muoveva debolmente. Avevo capito cosa era successo, cosa stavo guardando, ma ero così terrorizzata che il mio cervello mi voleva far credere che fosse un sogno, o meglio un incubo. Voleva convincermi che stavo ancora dormendo e che se mi fossi data un pizzicotto mi sarei svegliata nel mio letto. Mi ero data davvero un pizzicotto, chiudendo gli occhi, ma quando li avevo riaperti tu eri ancora lì, sul tuo letto, il sangue che usciva ancora dai tagli. Volevo vomitare, mi sentivo svenire, ma tu avevi bisogno di me, tu dovevi vivere, quello era il pensiero fisso nella mia mente, l'unica cosa che mi ha aiutata a non crollare e chiamare subito i soccorsi. Tu eri probabilmente svenuta, non credo tu possa ricordarlo, ma dopo che ebbi chiamato l'ambulanza l'operatore mi disse, mentre li aspettavo, di premere con dei vestiti sui tuoi polsi per fermare il sangue. Io lo avevo fatto, mi ero inginocchiata sul letto e avevo premuto sui tuoi polsi, e mentre lo facevo non hai idea di quanto ti insultavo, di quanto forte urlavo che tu dovevi vivere».

Ora era Antares a piangere.

«Mi hai odiato?»

«No. Ho provato a farlo, avrei forse avuto le mie buone ragioni per odiarti, per quello che mi avevi fatto passare, vedere, per gli incubi che mi hanno tormentata per notti. Ma non potevo, non era giusto. Non potevo odiarti perché tu non avevi colpe».

«Mi dispiace, mi dispiace così tanto!» singhiozzò Antares.

Artemisia l'abbracciò. «No, non ti devi scusare. Ora sei qui, ora stai meglio, e questo è quello che conta!» esclamò, dandole un bacio sulla fronte.

«Siamo proprio due streghe coi controcazzi!» aggiunse, facendola ridere.

«Sì, lo siamo».

Accompagnò Artemisia a letto, e mentre l'amica si metteva il pigiama e si struccava, preparò una tisana per entrambe. L'amica si addormentò abbracciata a lei, sul suo letto, e poco dopo anche lei la seguì nel mondo dei sogni, sperando non fosse popolato da incubi.

Qualsiasi donna che rifiuti credenza nella magia è da fuggire assolutamente. Questa sinistra incredulità la si avverte in lei ancora prima che apra bocca o scriva qualcosa. È un fragile *esprit fort* che le solitudini flagellano implacabilmente. È condannata a vivere come la strega, per aver rinnegato la stregoneria.

(Guido Ceronetti, *Pensieri del tè*)

14

Doveva essere poco più giovane di lei, i capelli ricci color miele erano pieni di foglie, il viso sporco di terra come i vestiti. La gonna, un tempo lunga, era ora tagliata, in malo modo, e mostrava le ginocchia sporche di sangue.

I loro sguardi si incrociarono per un istante e, prima che Aradia potesse dire qualcosa, la ragazza cadde a terra. Per fortuna era leggera e le braccia di Aradia erano abituate a muovere pesi da quando aveva cominciato a occuparsi della casa e degli animali. Una volta rincasata adagiò il corpo svenuto della ragazza sul suo letto e con un panno le pulì delicatamente il viso, un viso così bello che non poté fare a meno di ammirare. Gli occhi erano rossi e gonfi, doveva aver pianto. Le labbra erano screpolate, con tagli ancora freschi. Prese un fazzoletto pulito e lo imbevve di acqua, poi cominciò a tamponarle delicatamente le labbra, pulendole dal sangue. Il panno era ormai asciutto e lei si alzò per bagnarlo di nuovo, quando la ragazza aprì improvvisamente gli occhi e tossì.

«Calma, calma, non alzarti velocemente! Sei disidratata e forse anche ferita, quindi fai piano!»

«Dove sono?» chiese la giovane, la voce roca e tremante. Doveva farle male la gola.

«Al sicuro, a casa mia».

La ragazza si guardò intorno.

«Siamo solo tu ed io».

«Acqua, per favore!»

Mentre l'osservava bere un bicchiere di acqua come se non bevesse da mesi, notò per la prima volta i segni alle caviglie, segni di catene.

«Tuo marito è via per lavoro?»

«Non c'è nessun marito».

«Morto?»

«No, non c'è mai stato, vivo da sola!»

La ragazza la guardò sorpresa.

«Devi stare attenta, allora».

«Lo so. Da dove scappi?»

«Cosa ti fa credere che io stia scappando? Magari mi sono solo persa nel bosco».

Aradia rise.

«Ti sto aiutando e ti ho accolto nella mia casa, portami un minimo di rispetto, non mentirmi. Quando ti ho trovato eri terrorizzata, stanca, come se stessi correndo da giorni e quei segni sulle caviglie non te li sei fatti correndo nel bosco. Non ti sto chiedendo la storia della tua vita, ma sei nella mia casa, vorrei sapere se corro pericoli anche io oppure no».

«Hai ragione, scusami. Ti racconterò tutto, ma ho un ultimo favore da chiederti: potrei avere qualcosa da mettere sotto i denti? Altrimenti non credo che avrei le forze per spiegare...»

«D'accordo. Mentre ti preparo qualcosa da mangiare puoi lavarti. Il tuo vestito è rotto, credo che più o meno abbiamo la stessa taglia, puoi usare uno dei miei».

Aveva appena messo il porridge nella ciotola, quando la ragazza entrò in cucina. Indossava una semplice tunica verde che aveva cucito per stare comoda quando si prendeva cura della casa e degli animali, il viso era ora pulito e mostrava la pelle più diafana che avesse mai visto. I capelli, ancora bagnati, cadevano in riccioli scomposti fino ad arrivare ai fianchi. Era bella; era la prima cosa che aveva pensato non appena era comparsa in cucina.

«I tuoi vestiti... li fai tu, non è vero?»

Annuì, mentre appoggiava la ciotola sul tavolo.

Quando la ragazza si sedette il vestito si sollevò, mostrando le caviglie con i segni delle catene ancora ben visibili.

«Mangia pure. Io preparo qualcosa per le tue caviglie, prima che ti rimanga una brutta cicatrice».

«Sai curare le persone?»

«So quello che basta per aiutare le persone a stare meglio».

«Anche mia mamma era come te. Sapeva fare così tante cose, sapeva così tante cose».

«E tu?»

«Io non ho talenti».

«Tutti sanno fare qualcosa».

La ragazza fece una smorfia, che mostrò una fossetta accanto alla bocca. «Mio padre voleva tanto un maschio, ma, dopo di me, mia madre non poté avere più figli. Per un periodo il mio stesso padre non mi parlò: secondo lui avevo portato una maledizione, era colpa mia se mia mamma non poteva più rimanere incinta, io avevo messo fine alla sua discendenza. Crescendo capì che forse avere una figlia non era così male e mi insegnò cose che una ragazza non dovrebbe saper fare, almeno questo diceva mia nonna».

«Ad esempio?»

«Mio padre adorava cacciare: appena fui abbastanza grande mi portò con lui. In quanto donna sosteneva che le mie mani erano troppo delicate per un'arma da fuoco, così mi insegnò a tirare con l'arco. Quindi se mi chiedi qual è il mio talento, direi che tirare con l'arco è la risposta».

Aradia la guardò affascinata.

«Non è un talento da poco. Anche Artemide era una brava cacciatrice».

«Artemide?»

«Sì, una divinità venerata dai greci. Era la dea della caccia, della foresta, degli animali selvatici e anche del tiro con l'arco».

«Devi stare attenta a dire certe cose, ci sono uomini che ti ucciderebbero per molto meno. Sei troppo intelligente e sai troppe cose».

«Lo prendo come un complimento. Gli uomini, sono loro la ragione per cui tu stavi scappando?»

«Sapevo cosa stava succedendo, forse non nella mia città, ma intorno. Sapevo che le donne venivano accusate di cose assurde, persino uccise. Per quello mio padre mi aveva detto di stare attenta, di smettere di uscire così spesso da sola, ma io non l'ascoltai. Mio padre pensava che io uscissi di casa per andare al mercato, o per andare a cacciare, sapeva quanto amassi girare per il bosco con l'arco. Sai, me l'ha costruito lui stesso, era così bello».

«E invece perché uscivi?»

«Per andare nel bosco, con il mio arco, a cac-

ciare. Ma non ero sola come mio padre pensava. Mia madre credeva che stessi crescendo senza talenti... femminili, diciamo, per questo ogni domenica mi accompagnava presso la casa della donna che aiutava le povere fanciulle come me a imparare l'arte del cucito. Eravamo circa dieci ragazze, tutte molto belle e gentili, ma io ebbi occhi solo per lei fin da subito. Ogni volta che sorrideva mi sentivo bene, felice, ti è mai successo? Era quasi magica e mi faceva sentire speciale, in un modo che non avevo mai provato. Ogni volta che mi rivolgeva la parola sentivo il mio viso diventare più caldo e quando mi aiutava, essendo lei molto più brava di me, e le nostre dita si sfioravano, non so descriverti come mi sentissi... ma era una sensazione bellissima».

«Ti eri innamorata».

«Non so se quella era la parola giusta, non so se l'amavo, ma di sicuro mi faceva sentire in un modo che mai avevo provato prima. Mi faceva sentire cose che sapevo avrei dovuto provare solo con un uomo».

«E sai questo chi lo ha deciso? Gli uomini».

«Ero spaventata, ma anche emozionata, mi sentivo viva e ogni notte pregavo che anche lei sentisse lo stesso. Era un pensiero così stupido».

«No, non era un pensiero stupido. E tutto questo lo provava anche lei?»

«Sì, o almeno io pensavo di sì. Passavamo molto tempo insieme e spesso la sua mano trovava la mia, il suo viso era sempre sorridente quando ero con lei e ogni volta che mi invitava a casa sua passavamo il pomeriggio in giardino.

Appoggiavo la testa sulle sue gambe e mentre le raccontavo le mie avventure con l'arco, lei giocava con i miei capelli. Diceva sempre che amava i miei ricci».

«Ma?»

«Ma non eravamo mai sole, non c'era mai stata occasione per... capire bene. Per quello mi sorprese molto la sua proposta. Le avevo spesso parlato delle mie doti con l'arco e mi disse che era curiosa, curiosa di vedermi all'opera, ma anche desiderosa di passare del tempo con me. Puoi immaginare come mi sentii in quel momento? Ero così felice che avevo paura mi scoppiasse il cuore».

Aradia sorrise. Non aveva idea di come ci si sentisse a essere così felici per qualcuno, non sapeva neanche se l'avrebbe mai provato. Ma era sicura che fosse una sensazione bellissima.

«Mi propose di incontrarci nel bosco. Si era già messa d'accordo con la cugina, avrebbe detto alla madre che si sarebbe vista con lei, ma invece sarebbe venuta da me. Sembrava troppo bello per essere vero, non ci credevo. Ma poi la vidi, bella e sorridente come sempre, seduta su una pietra ad aspettarmi. Sembrava quasi una fata. Una fata che nascondeva un diavolo dietro quel sorriso, però. Avevo appena colpito un uccello: gli uccelli sono difficili da prendere e mi sentivo così fiera; lei mi guardava sorridendo e mi disse che meritavo un premio. Saltellò verso di me ed eravamo così vicine che potevo sentire il profumo della torta di limoni che aveva mangiato quella mattina per colazione. Le mie

labbra avevano appena sfiorato le sue, quando sentii delle voci maschili».

«Era una trappola!» esclamò Aradia, portandosi una mano alla bocca per lo stupore.

La ragazza annuì, i suoi occhi ora erano lucidi.

«Improvvisamente mi ritrovai con due mani che mi trattenevano: degli uomini mi stavano portando via. Quando chiesi cosa stesse succedendo mi rispose suo padre dicendomi che ero stata accusata di stregoneria per avere fatto un incantesimo a sua figlia, per averla sedotta e spinta a compiere atti osceni con me».

«Dove ti hanno portato? E la tua famiglia non ha fatto niente?»

«Non lo so, non so cosa sia successo ai miei genitori, se sono al corrente di quello che è capitato o no. Mi buttarono subito su un carro, c'erano altre due ragazze, mi legarono i piedi e il viaggio iniziò. Chiesi dove ci stessero portando ma mi dissero che una strega non aveva il diritto di fare domande e che dovevo tenere la mia boccaccia chiusa prima che me la cucissero, ma un giorno sentii uno degli uomini parlare, ci stavano portando via perché dove vivevo non c'erano giudici che potessero interrogarci».

«Per quanti giorni sei stata in viaggio?»

«Ricordo le prime sette notti, poi la fame era così forte che la mia mente era confusa».

«Come sei scappata?»

«Quei carri sono troppo pesanti e quando piove le strade diventano impossibili da percorrere con quelle ruote. Infatti si impantanarono, non importava quanto forte frustassero i due cavalli.

Neanche quei poveri animali riuscivano a muovere il carro, così chiesero aiuto. Lasciarono un uomo a guardia di noi prigioniere: eravamo solo delle donne affamate e deboli, in una gabbia, i nostri piedi erano legati, non potevamo andare da nessuna parte. Le catene alle mie caviglie erano grandi. Mia madre mi diceva sempre che le mie gambe sono magre come quelle di una gallina. La pioggia non smetteva di scendere; ero così bagnata che riuscii a far scivolare via le catene, seppur non senza problemi. Ecco perché ho questi segni. Potevo muovermi, avrei potuto correre, ma ero pur sempre ancora in gabbia, che però non resse quando gli uomini riuscirono a far ripartire il carro. Si capovolse poco dopo, un tuono spaventò i cavalli che cominciarono a scalciare e in un battito di ciglia la gabbia era a terra, e, cadendo, la porta si ruppe. Era la mia occasione, non persi tempo, mi alzai e cominciai a correre. Ovviamente non ci misero molto ad accorgersi che ero scappata. Io corsi sempre più veloce, sentivo le loro voci dietro di me, ma il tempo peggiorava sempre più. Probabilmente alla fine smisero di cercarmi, pensando che io fossi morta da qualche parte nel bosco».

«Le altre donne?»

«Avevo poco tempo, dovevo fuggire e forse loro non avevano più le forze necessarie per correre. Probabilmente avevano già perso ogni speranza».

«Ma tu invece hai lottato».

«Dovevo. La morte non mi spaventa, ma la cattiveria dell'uomo sì. Se devo morire non posso accettare che sia per mano di uomini che pen-

sano che ogni donna sia il demonio. Non potevo dargli questa soddisfazione».

Aradia annuì, avrebbe fatto lo stesso.

«Se non mi avessi trovata, non credo che avrei resistito per molto».

«Non ti ho trovata, tu hai trovato me. Forse è stato un miracolo di Litha».

La ragazza la guardò, incuriosita.

«Quando ti ho vista stavo tornando a casa dopo la raccolta di erbe della notte di San Giovanni».

«Allora forse dovrei ringraziare questo San Giovanni».

Aradia rise. «Oh no, non credo proprio che quest'uomo morto secoli fa sia la persona da ringraziare. Puoi rimanere qui per stanotte, e finché non ti riprendi».

«Non hai paura a ospitarmi?»

«Come hai detto anche tu, sono sicura che quegli uomini pensano tu sia morta. E poi sono una donna colta che vive da sola nel bosco, come puoi immaginare la mia vita non è priva di pericoli. Puoi dormire nel letto dov'eri prima, ho un'altra camera per me».

«Grazie, davvero. Non so nemmeno come ti chiami».

«Aradia, e tu?»

«Ofelia, mi chiamo Ofelia».

«Ofelia, colei che assiste, è un bellissimo nome».

«A quanto pare però sono io che sono stata aiutata, questa notte».

15

Antares sapeva quanto Artemisia amasse una fetta di focaccia con della coppa per colazione. Le ricordava la nonna, che quando era piccola e dormiva a casa sua le faceva sempre trovare questo pasto mattutino alternativo sul tavolo.

Così, quella mattina, sfruttò il fatto di essersi svegliata presto, dopo un sogno alquanto strano che l'aveva lasciata confusa, e, portando Aradia a fare una passeggiata, passò dal fornaio. Quando tornò a casa i piedi erano così gelati che quasi non li sentiva più, ma vedere il sorriso di Artemisia davanti alla colazione che le aveva preparato la ricompensò per il freddo patito.

«Devono succedere eventi traumatici per avere questa splendida colazione?» chiese Artemisia, masticando l'ultimo boccone.

«No, ma se ti prendessi la focaccia ogni mattina mi odieresti alla fine».

«Non ne sarei così sicura!»

Dopo aver pulito la cucina, Artemisia portò di nuovo Aradia fuori per fare i bisogni: a quanto pareva la vecchiaia l'aveva fatta diventare incontinente. Antares, invece, sperò che una bella doccia l'avrebbe aiutata a svegliarsi, lavando via i segni del sonno e i ricordi del sogno.

Era la prima volta che si ricordava così bene il viso di qualcuno che aveva sognato. Solitamente i ricordi erano sempre confusi, o svanivano velocemente, ma non quella volta, non con quella ragazza.

«Ofelia» sussurrò, ripensando al suo nome. Chiuse gli occhi mentre sciacquava lo shampoo dai capelli e l'immagine del viso della ragazza irruppe nella sua mente. Bella, era la prima parola che le veniva in mente pensando a quel viso circondato da una massa di capelli ricci color miele.

Con ancora in testa la voce squillante di Ofelia, accompagnò Artemisia a sporgere denuncia verso il tassista.

«Hai notato come ci guardavano?» chiese l'amica, non appena lasciarono la centrale.

«Sì, così come ho notato il tono con cui ci parlavano, come se gli stessimo facendo perdere tempo. Non mi meraviglierei se appena ce ne siamo andate avessero cancellato la denuncia» rispose tristemente.

Dopo quello che doveva essere un pranzo veloce, ma che si trasformò in un'abbuffata di sushi, Artemisia tornò a casa con il cane e Antares si recò al suo appuntamento con la terapista.

Si era appena seduta nella sala d'attesa, che altro non era che una vecchia sedia nel corridoio, quando qualcuno la chiamò.

«Antares, sei tu!»

Si girò verso la persona che stava camminando nella sua direzione, e sorrise nel vedere la vecchia compagna di stanza. Avevano condiviso la stessa camera solo per poco, ma non l'avrebbe mai dimenticata.

«Ma guardati, sei stupenda. Si vede che non sei più costretta a mangiare quella schifezza di cibo che ci servono qui!» esordì la ragazza.

«Andiamo, non era poi così male!»

«Forse te lo sei già dimenticato, ma meglio così. Allora come stai? Com'è il mondo lì fuori?»

«Come prima, le macchine non volano ancora e Beyoncé non è presidente degli Stati Uniti, il solito vecchio mondo noioso».

La ragazza rise. Era dimagrita dall'ultima volta che l'aveva vista. Lucia soffriva di disturbo bipolare fin da quando era piccola. All'inizio i genitori pensavano che fosse solo la reazione di una bambina che era stata costretta ad abbandonare il suo paese e i suoi amici per andare a vivere in un altro stato, dove tutto era completamente diverso. Solo quando Lucia ebbe raggiunto l'età adolescenziale si erano resi conto che c'era qualcosa di più.

Quando Antares era arrivata al centro Lucia si trovava lì da poco più di un mese e, vedendola per la prima volta, non aveva capito perché fosse lì. Lucia era bella, solare, amava raccontare della sua vita, del suo cane, che adorava e che le mancava, delle sue migliori amiche che una volta, per il suo compleanno, le avevano regalato un bellissimo viaggio in Grecia, e poi del suo ragazzo con cui stava da quando aveva sedici anni. Una vita normale, piena di persone che l'amavano. Poi un giorno la vide star male e si spaventò, perché quella ragazza non sembrava per nulla la Lucia con la quale aveva riso e scherzato fino ad allora. Quella ragazza che stava sbattendo la testa contro il lavandino fino a sanguinare sembrava un'altra persona.

Dopo aver conosciuto Lucia si era chiesta se

anche gli altri pensassero lo stesso di lei. Se tutti, dopo aver saputo cosa le era successo, si fossero detti: "Non lo avrei mai immaginato, sembra una ragazza così felice, non le manca niente!" Probabilmente sì.

«Mi manchi, sai? La nuova coinquilina è russa e adora guardare manga in piena notte!»

«Anime. Si dice anime, i manga sono quelli che si leggono».

«Ecco, vedi, sono persa senza di te!» esclamò Lucia. «Antares, qual è la cosa che uscendo di qua ti sei resa conto ti mancava di più? Ovviamente a parte gli affetti, la libertà e il buon cibo!» le chiese, con un sorriso triste.

«Sognare» rispose lei, senza pensarci due volte.

Lucia la guardò incuriosita.

«Quando ero qui non sognavo, o meglio, dormivo così profondamente per via dei medicinali che non potevo ricordare se sognassi o no. Mentre ora posso, ora mi sveglio la mattina con ancora il ricordo del sogno vivo nella mia mente».

«Solo tu potevi darmi una risposta del genere» disse Lucia, sorridendo. «Ma capisco cosa intendi. Ora che mi ci fai pensare, credo di aver smesso di sognare del tutto da quando sono qua».

«Antares, vieni pure!» la chiamò la dottoressa Fernandez dallo studio.

«Devo andare. È stato un piacere rivederti, Lucia!»

«Anche per me, ricordati la promessa!»

Quando erano compagne di stanza Antares le aveva promesso che quando si sarebbero viste fuori di lì le avrebbe offerto una cena al ristorante coreano, di cui aveva sempre parlato benissimo, incuriosendo Lucia.

«Tranquilla, non la dimenticherò!»

«Hai incontrato una vecchia conoscenza?» le chiese la terapista, non appena Antares fu seduta di fronte a lei.

Antares annuì. «Come sta Lucia, se posso chiederle?»

Sapeva che la dottoressa non poteva condividere con lei certe informazioni, ma Lucia le era stata vicina mentre era al centro e Antares era preoccupata per lei.

«Le abbiamo cambiato medicinali, non stava migliorando».

«E ora?»

«È troppo presto per dirlo, ma non si è più fatta del male».

«Grazie per avermelo detto».

La dottoressa sorrise. «Come stai tu, invece?»

Le raccontò di quello che era successo in quei giorni, della brutta avventura con il tassista, del fatto che, per la prima volta dopo quello che era capitato, Artemisia le aveva detto come si era sentita quando l'aveva trovata.

«E come è stato sentire le parole della tua amica?»

Antares si mordicchiò le pellicine delle labbra mentre ripensava a come si era sentita mentre Artemisia raccontava.

«Devastante, ma anche liberatorio. Sono felice che l'abbia fatto, che tra di noi non ci sia nessun segreto, nessuna cosa non detta. So che è stata male, so di averla fatta soffrire e mi dispiace, ma so anche che Artemisia non mi odia, non mi incolpa per quello che è successo».

«Perché hai usato quella parola? Incolpare, credi che avrebbe dovuto?»

Glielo aveva già chiesto, più di una volta, se si sentisse in colpa. La risposta puntualmente cambiava, ma il concetto era che se pensava alla se stessa di ora sì, si sentiva in colpa, ma se pensava a come stava in quel momento no: allora per lei quella era la soluzione giusta, un gesto che faceva per sé, ma anche per gli altri. Era difficile da spiegare e sapeva che non sarebbe mai davvero riuscita a rendere a parole quello che pensava al riguardo.

«No. Perché stavo male».

La dottoressa la guardò. A volte si chiedeva se ci fossero delle risposte giuste o sbagliate alle sue domande.

«Hai novità sui sogni?» le chiese, cambiando argomento.

«In realtà sì, e avrei una domanda. È possibile sognare persone che non conosciamo?»

«Basta incrociare una persona per strada per un secondo e la puoi sognare, quindi la risposta alla tua domanda è sì. Spesso i visi che sogniamo sono di persone che abbiamo visto da qualche parte, anche solo in foto e anche solo per un secondo».

Eppure Antares era sicura che se avesse visto un viso bello come quello di Ofelia se lo sarebbe ricordato benissimo.

«E se verso questa persona con il viso di qualcuno che ho incrociato per strada chissà dove e chissà quando provassi una certa sensazione?»

«Che tipo di sensazione? Comunque sì, è possibile, perché nel sogno quella persona presta solo il suo viso a un personaggio della tua fantasia. Se nel sogno quella persona ha il ruolo di un amico, è normale provare affetto, per esempio».

«Mi sento come se la conoscessi. Se penso a quel viso è come se stessi ricordando una persona che conosco».

«Magari stai davvero ricordando qualcuno che conoscevi, forse da piccola, e ora non te lo ricordi più».

Sapeva che quello che la dottoressa le stava dicendo aveva senso, molto più senso della confusione che aveva nella sua testa, ma allo stesso tempo sapeva anche che non era così.

Allora qual è la spiegazione? Continuò a domandarsi, mentre tornava a casa.

Quella sera cominciò a leggere uno dei libri che aveva preso in biblioteca, ma dopo un capitolo gli occhi si chiusero e senza accorgersene, ancora con il libro in grembo, si addormentò.

La stregoneria è la salsa piccante che gli idioti spargono sui loro fallimenti cercando di soffocare il sapore della propria incompetenza.

(George R.R. Martin, *Il Trono di Spade, La regina dei draghi*)

16

Il sole era alto nel cielo già da un bel po'. Aradia si era svegliata, aveva bevuto del tè bollente con alcuni fiori che avrebbe dovuto raccogliere di nuovo il prima possibile. Era anche andata a controllare le sue poche galline, rientrando in casa con due belle uova in mano, e Ofelia non si era ancora svegliata.

Il brontolio del suo stomaco l'avvisò che l'ora di pranzo era ormai vicina, e non avendo ancora visto la ragazza lasciare la sua camera, preoccupata, decise di andare a vedere come stava.

Le tende erano ancora tirate e dal respiro calmo e regolare di Ofelia capì che la ragazza stava ancora dormendo, ma almeno stava bene. Almeno respirava.

Aveva appena chiuso la porta dietro le sue spalle quando sentì un rumore, si voltò e si accorse che Ofelia aveva aperto gli occhi.

«Scusa, non volevo svegliarti. È tardi e volevo vedere solo se stessi bene».

«Ho dormito così tanto?»

Aradia annuì, ridendo.

«Mi dispiace, avrei dovuto alzarmi e aiutarti a preparare il pranzo!»

«Tranquilla. Eri affamata, disidratata e stanca, avevi bisogno di una bella dormita, non preoccuparti. Ti aspetto in cucina!»

Quando Ofelia entrò nella stanza, non poté fare a meno di fissarla. Ora che la luce del sole illuminava la casa si rese davvero conto di quanto la ragazza fosse bella.

«Ho qualcosa in faccia?» chiese lei timidamente, scostandosi i capelli dal volto.

«Cosa?»

«Mi stavi guardando».

Aradia si sentì avvampare, mentre una vocina dentro di lei rideva per il fatto che una donna della sua età stesse arrossendo per una cosa del genere. «Allora, hai dormito bene?» chiese, cambiando discorso.

«Sì e davvero non so come sdebitarmi, Aradia. Mi hai salvata, giuro che me ne andrò il prima possibile, hai già fatto tanto per me».

«E dove credi di andare?»

«Io... non lo so».

«Sei una donna sola, lontana dal tuo paese. Non saresti al sicuro da nessuna parte».

«Ma anche tu sei sola».

«E infatti non sono al sicuro, ma almeno ho un tetto sulla testa mentre attendo che...» non riuscì a finire la frase. Davvero si era arresa a quel pensiero?

«Credi davvero che toccherà a tutte?»

«Non a tutte, ma a molte sì».

«Ma non abbiamo fatto niente».

«Questo non li ha fermati dal prenderti».

«Be', nel mio caso stavo facendo qualcosa».

«È quello che pensi? Credi che abbiano fatto bene a prenderti?»

«No, non è quello che int...»

«Tu non hai fatto nulla di male, nessuna di quelle donne che era con te su quel maledetto

carro l'aveva fatto. Nessuna delle donne che hanno bruciato aveva fatto niente. Fare qualcosa che secondo loro noi non dovremmo fare, perché siamo delle donne, non è fare qualcosa di sbagliato. E poi chi decide cosa è giusto e cosa no? Chi decide che io, in quanto donna, non possa essere intelligente come un uomo? Perché devo per forza stare in casa a fare figli, sprecare la mia vita tra quattro mura con marmocchi che urlano, mentre mio marito è in giro a vedere il mondo e probabilmente anche a spassarsela con altre donne? Perché non posso baciare chi voglio o innamorarmi di chi voglio? Chi ha deciso che tutte queste cose sono sbagliate? Il loro Dio? Non credo proprio, al loro Dio poco importa di quello che facciamo su questa terra. Sai chi ha deciso cosa è giusto e cos'è sbagliato? Gli uomini, gli stessi uomini che ora ci stanno dando la caccia come degli animali, bruciandoci come se fossimo dei cinghiali».

«Sei arrabbiata».

«Sì. E anche spaventata, sono spaventata a morte, ma...»

«Ma?»

«Non posso lasciare che gli altri lo vedano».

«Perché? Perché penseranno che sei debole? Perché saresti come tutte le altre donne, spaventate e indifese?»

«Cosa intendi?»

«Ho capito che tipo di persona, o meglio, di donna sei».

Aradia rise.

«Sei nella mia casa da ieri notte e già pretendi

di conoscermi? Tu non sai niente di me!»

«Mentre raccontavo la mia storia vedevo il tuo viso, le tue espressioni mentre parlavo della mia vita. Pensi di essere migliore, di essere speciale solo perché non hai mai fatto cose che tutte noi donne siamo costrette a fare. Immagino che tua madre non ti abbia mai obbligato a imparare a cucire perché eri una donna, quello che sai lo hai imparato perché volevi, non perché dovevi. Per questo ti senti in diritto di giudicare me e tutte le altre donne solo perché non abbiamo avuto la tua fortuna. Per te era così facile? Credi che se io avessi detto di no mi avrebbero ascoltata? Solo perché vivi qui, sola e indipendente, non vuol dire che sei migliore delle altre, non vuol dire che sei migliore della donna la cui famiglia l'ha costretta a sposarsi con un maiale e ad avere i suoi figli, perché quello era il suo dovere».

«Io non penso quelle cose, non mi reputo migliore di nessuno. Se la pensi così vuol dire che non hai capito nulla. Ti ho salvato la vita, come osi dirmi certe cose?»

«Tranquilla, ora me ne vado!» disse Ofelia infuriata, alzandosi dalla sedia.

«E dove? A farti ammazzare?»

«Da quello che hai detto siamo tutte condannate, se tu vuoi startene qui seduta a raccogliere erbacce mentre aspetti che degli uomini puzzolenti vengano a prenderti e a bruciarti fai pure, io cercherò di vivere la vita, di godermi il mondo».

«Scappando?»

«Sempre meglio che...»

Qualcuno bussò e per un attimo il cuore di

Aradia smise di battere. Tutto ciò che riusciva a sentire erano i colpi alla porta. Ofelia la guardò terrorizzata.

«Aradia, sei in casa?» chiese una voce femminile che riconobbe subito.

Si appoggiò per un attimo alla sedia davanti a lei, tirando un sospiro di sollievo. Non erano gli uomini che avevano catturato Ofelia, era solo la moglie di un mercante di polvere da sparo che tutti in paese conoscevano e che più volte aveva aiutato, in particolare per l'allergia del figlio proprio alla polvere da sparo.

«Sì, arrivo subito!» gridò.

«Vai in camera e non fiatare, intesi?» sussurrò a Ofelia.

«Ma...»

«Fai come ti dico, per il bene di entrambe, poi te ne puoi andare!»

Non appena Ofelia scomparve in camera da letto, Aradia andò ad aprire.

«Scusami, devo essermi addormentata!»

«Oh, mi dispiace disturbarti!»

«Non preoccuparti. Cosa ti porta qui?»

«Ehm, dovrei parlarti in privato» rispose lei arrossendo e guardandosi intorno, come se qualcuno potesse sentirla.

«Entra pure, allora!»

«Ma la tua ospite?»

Aradia si irrigidì, lei e Ofelia stavano urlando e la donna le aveva sentite.

«Sono da sola, come sempre, nessuna ospite a tenermi compagnia!» disse, sorridendo.

«Ma ero sicura di averti sentito parlare!»

«Oh, perché stavo parlando, vedi, purtroppo soffro di sonnambulismo».

«Di cosa?»

«A volte mentre dormo parlo, mi muovo anche».

«Oddio, ma sembra spaventoso!»

«Ormai ci ho fatto l'abitudine. Vieni pure e dimmi tutto».

Quando la donna si sedette in cucina, Aradia si rese conto che sul tavolo c'erano due piatti. Per fortuna la sua ospite doveva essere talmente presa da quello che doveva dirle da non farci caso, così mentre lei cominciava a parlare, Aradia prese il secondo piatto e lo appoggiò nel lavandino.

«Vedi, io e mio marito vorremmo... un altro figlio».

«Sono felice per voi».

«Ma ci sono dei problemi».

Aradia si sedette accanto alla donna e notò come le sue guance erano sempre più rosse.

«In che senso?»

«Non c'è più... desiderio».

Aradia la guardò, sorpresa per la confessione.

«È da tanto tempo che io e lui non abbiamo momenti di intimità, per via del lavoro e di nostro figlio, ma ricordo bene come funziona, ricordo che... be', il pene si deve alzare, solo che... non succede più!»

Aradia dovette trattenersi per riuscire a non ridere. Non era una cosa da tutti i giorni sentire una signora parlare di erezioni e il modo in cui sussurrava la parola "pene", come se stesse pronunciando il nome di Dio invano, rendeva il tutto ancora più divertente.

«Avete provato a parlare con il medico?»

«No, mio marito non vuole. Ogni volta che ci proviamo ha questo problema, si scusa dicendo che è perché è stanco e quindi riproviamo la notte successiva. A volte invece dice che è colpa mia, che non lo eccito più come un tempo».

Un uomo non avrebbe mai ammesso di avere un problema del genere, avrebbe profondamente offeso la sua mascolinità. Dare la colpa alla moglie, che tra l'altro era ancora una bella donna, era la soluzione più semplice.

«È colpa mia, non è vero? Dopo il primo figlio il mio corpo è cambiato, non sono più la ragazza di una volta» disse la donna, con gli occhi lucidi.

«Non è colpa tua ed è vero, non sei più la ragazza di una volta: infatti sei una bellissima donna ora e non hai nulla che non vada».

«Come fai a sapere che il problema è solo suo e non è anche colpa mia?»

«Posso essere sincera e diretta con te?» chiese, schiarendosi la voce.

«Ma certo, per questo sono venuta da te, mi fido!»

«Tu stai bene, giusto? Intendo, provi ancora piacere quando ti tocchi?»

«T-toccarmi?»

«Sì, come quando ti tocca tuo marito, tra le gambe, ma lo fai da sola. Ti provoca piacere?»

La donna stava arrossendo sempre di più e si guardava in giro, per non incrociare il suo sguardo.

«Mio marito non... mi tocca, o almeno non più,

lui vuole solo avere un altro figlio».

Aradia non fu sorpresa da quella risposta, un altro uomo a cui non importava del piacere della sua donna. «Allora puoi farlo da sola, lo fai?»

La donna annuì, debolmente. «A volte, quando sono da sola».

«E ti piace?»

«S-sì».

«Quando lo fai, la tua mano è bagnata?»

«Sì!» rispose sorpresa.

«È normale, succede a tutte le donne quando provano piacere, il tuo corpo ti sta dicendo che è pronto per la penetrazione».

«Oh».

«Come ti dicevo, tu non hai nulla che non va».

«Come posso fare allora per aiutare mio marito?»

Senza dire nulla, Aradia si alzò e andò nella stanza dove teneva tutte le sue erbe, sia quelle che raccoglieva sia quelle rare che comprava al mercato, perché crescevano in altre parti del mondo. «Nel sacchettino con il fiocco blu c'è la mandragora. Mi raccomando, non mangiarne molta perché presa in dosi eccessive può uccidere, hai capito? Solo un poco, mischiala nella cena sia tua che di tuo marito, aiuterà entrambi. Mentre nel sacchetto con il fiocco rosso trovi del ginseng, è una radice che viene da molto lontano, ma aiuterà tuo marito a... be', a fare quello che deve, oltre a dargli più energia. Non scambiare i sacchetti, se ingerisci troppo ginseng l'unico effetto negativo che puoi avere è non riuscire a dormire perché ti sentirai agitata, ma con la mandragora...»

«Posso morire, lo so, ho capito. Grazie Aradia, grazie davvero, mio marito sarà così felice!»

«E tu? Tu lo vuoi un altro bambino?»

«Oh sì, sarò felice anche io!» rispose la donna, sorridendo. Non era brava a mentire.

17

Quella mattina si svegliò irritata e ne conosceva anche la ragione: la lite tra lei e Ofelia.

Ormai aveva rinunciato a farsi domande, anzi, ogni notte non vedeva l'ora di dormire per poter sognare: era come se aspettasse un nuovo episodio della sua serie preferita, solo che quella non era una serie tv, erano i suoi sogni.

Anche se la gente si rivolgeva a lei come Aradia e anche se sapeva che il suo aspetto era diverso, aveva visto il suo riflesso, e in qualche modo era sicura di essere lei la protagonista dei sogni. Quello che vedeva lo vedeva attraverso i suoi occhi: era lei a sentire odori e rumori, era lei a provare cose, quasi come se fosse uno spirito che possedeva il corpo di una donna di nome Aradia.

Quello che era successo nel sogno, la discussione con Ofelia, l'aveva turbata. Non solo perché odiava litigare, ma perché le parole della ragazza l'avevano offesa nel profondo: sapeva che non era così, o meglio sapeva che Aradia non era la donna che lei aveva descritto.

«Dormito male?» le chiese Artemisia non appena la raggiunse per la colazione.

«Mmh, un brutto sogno».

«Non può essere brutto come il mio, ho sognato Enrico».

«Oddio, era quello che…»

«Quello che aveva problemi di erezione, arrivava quando meno te l'aspettavi, ma mai quando serviva!»

«Magari della mandragora l'avrebbe aiutato».

«Della mandragora?»

«Sì, è una pianta che può aiutare in questi casi, così come anche il ginseng».

«Io bevo il caffè al ginseng, vuoi dire che se fossi un ragazzo avrei delle bellissime erezioni?» chiese l'amica.

«No, non credo sia così che funziona».

«Come mai sai queste cose?» le chiese curiosa.

«Devo averlo letto da qualche parte».

«A proposito di leggere, ho visto che sei andata in biblioteca l'altro giorno e non sei tornata a mani vuote. Come mai sei così interessata a quel tema ultimamente?»

Antares sollevò le spalle. «Non lo so, credo che abbia a che fare con i miei sogni».

«Sogni?»

Antares le raccontò tutto, ogni sogno che aveva fatto da quando era tornata, ogni cosa che ricordava.

«Porca troia, Antares! E me lo dici solo ora?»

«Sono solo sogni!»

«A me sembrano molto più di questo, è tutto molto strano».

Era vero.

«Non solo sono sogni strani, ma continui, ogni notte tu chiudi gli occhi e crei una cavolo di serie tv con una trama che certi sceneggiatori di Netflix possono solo sognarsi».

Antares rise, il caffè le andò di traverso.

«Ne hai parlato con la dottoressa?»

«Sì, e ovviamente mi ha dato diverse spiegazioni, scientifiche, sensate».

«Ma?»

«Non ho detto ma».

«Ma lo hai pensato».

«Artemisia, sono solo dei sogni, molto fantasiosi lo ammetto, ma niente di che, probabilmente è come il mio corpo sta reagendo alla mancanza dei farmaci che ero abituata a prendere».

«Mmh, forse è così» disse l'amica con tono dubbioso.

Quel pomeriggio Artemisia aveva un appuntamento dall'estetista. L'ultima volta che aveva provato a farsi la ceretta a casa si era strappata un sopracciglio e regalata un ematoma all'inguine, così aveva deciso fosse il caso di rivolgersi a una professionista.

Antares si sedette sul divano. Aradia le si mise accanto, scaldandole i piedi, e lei continuò a leggere il saggio che aveva iniziato.

Quando alzò gli occhi dal libro, si rese conto che il sole era già calato. In quello stesso momento Artemisia entrò.

«Leggere al buio non fa bene alla vista!» disse, non appena notò il libro tra le sue mani.

«Come è andato il disboscamento?» chiese, mentre l'amica si gettava sul divano accanto a lei.

«Doloroso, ma ne è valsa la pena. È una lettura interessante?» le chiese, indicando il libro.

«Oh sì, hai mai sentito parlare della storia di Aradia?»

Sentendosi nominare, il cane cominciò a scodinzolare.

«Del nostro cane? È famosa?»

«No» rispose ridendo «era una strega italiana, o almeno così si dice, è uno di quei casi in cui storia e leggende popolari si mescolano per bene».

Artemisia si rivelò essere molto interessata alla storia e l'ascoltò con attenzione mentre coccolava il cane. «Sentirti parlare così mi ha ricordato di quando tornavi a casa da una lezione che ti era piaciuta e non smettevi di ripetermi tutto quello che avevi sentito. Sai, eri brava, quando una cosa ti piace la sai raccontare e spiegare in modo perfetto. Non saresti male come insegnante».

«Non fa per me. Insomma, se insegnassi a dei bambini perderei la pazienza dopo un minuto e finirebbe molto male, non credo che urlare e insultare dei ragazzini sia ben visto, e se dovessi insegnare a degli adolescenti mi rispedirebbero subito al centro per esaurimento nervoso».

«Effettivamente ti ci vedo, perdere la pazienza con dei bambini di dieci anni, scoppiare a piangere dal nervoso e fare una gara con loro a chi urla più forte» disse, facendola ridere. «Quindi non stai pensando di tornare a studiare, vero?»

«Io non lo so… sto prendendomi del tempo per capire cosa voglio. So di non avere più voglia di studiare, la sola idea di aprire un libro e memorizzare date e guerre mi mette i brividi, ma allo stesso tempo mi dispiacerebbe sprecare gli anni in cui ho studiato non arrivando in fondo».

Artemisia si alzò dal divano, dandole un bacio in fronte.

«La cosa bella dell'università è che puoi anche

laurearti a sessant'anni».

«Oh, mi ci vedo proprio, sai? Il viso pieno di rughe e una bella dentiera, a seguire le lezioni».

«Con tutte le creme che metti sono sicura che non avrai rughe!»

Quella sera, una volta a letto, dopo una torta salata brutta, in quanto Artemisia aveva preso i dischi di pasta sfoglia di grandezza diversa, ma buona, e un pessimo film su un pesce geneticamente modificato che terrorizzava una città giapponese, Antares continuò a leggere. Aveva finito il libro su Aradia e ne aveva iniziato uno sui processi alle streghe in Europa, in particolare in Italia. Aveva sentito parlare di Triora, ma non si era mai davvero informata al riguardo. Quando si parlava di processi alle streghe tutti pensavano subito a Salem, ma anche in Italia c'era stato, purtroppo, un grande processo.

Nel 1587 a Triora, in Liguria, una grave siccità causò problemi nella raccolta del grano, provocando malcontento e preoccupazione nella popolazione, soprattutto perché quella zona era anche conosciuta come il granaio della Repubblica. Sospetti e malelingue riguardanti un sortilegio che aveva causato la siccità attirarono l'attenzione delle cariche pubbliche e religiose, che cominciarono a cercare un capro espiatorio. Inizialmente vennero arrestate venti donne, accusate di provocare tempeste, carestie, far morire bambini, bestiame, donne incinte e di unirsi al demonio in atti sessuali. L'inquisitore sequestrò case che adibì a prigioni e che usò come tribunale per interrogare, o meglio torturare, le povere donne. Una di queste, Isotta Stella, morì a sessant'anni per via delle sofferenze; un'altra si lanciò dalla finestra per fuggire al supplizio. E fu solo l'inizio, perché la lista delle accusate continuò ad aumentare fino ad arrivare a più di duecento nomi. Successivamente il processo venne trasferito a Genova, dove altre donne, quattro bambine e anche un uomo, vennero aggiunti alla lunga lista di accusati. Nel 1588 il processo si concluse con una condanna al rogo per tutti gli imputati, sentenza che venne annullata l'anno successivo. Non si seppe cosa portò gli inquisitori a cambiare idea. Chi riuscì a evitare il rogo venne trasferito a Roma e da lì non si seppe più nulla di loro.

Quando chiuse il libro, sbadigliando, non poté non pensare a quelle donne, a come dovevano essersi sentite. Un giorno vivevano la loro vita con la loro famiglia, e quello dopo si erano ritrovate accusate di stregoneria, torturate e bruciate, senza potersi difendere. Rabbrividì al solo pensiero. Private della libertà, dell'umanità, e infine della vita… Anche Aradia e Ofelia avevano provato quella paura?

Adorabile strega, ti piace chi è dannato?
Conosci ciò che è senza remissione,
e il Rimorso dai dardi avvelenati
cui per bersaglio serve il nostro cuore?
Adorabile strega, ti piace chi è dannato?

(Charles Baudelaire, *L'Irreparabile*)

18

«Quindi è questo quello che fai» esclamò Ofelia non appena la raggiunse in cucina. «La gente viene per chiederti consigli, per essere guarita, e tu l'aiuti».

«Ci provo».

«Mi dispiace per prima, per quello che ho detto, non lo pensavo davvero. Io... ho solo paura e sono arrabbiata».

«Lo so, ma grazie per avermelo detto».

«Non hai mai paura di sbagliare? Se dovessi dare l'erba sbagliata, se dovesse succedere qualcosa, sarebbe colpa tua».

«Ne sono consapevole, ma non posso dire di no, non posso chiudere la porta in faccia a queste persone».

«Potresti, Aradia, potresti semplicemente fingere di non essere in casa o dire che non sai cosa quella persona abbia o che non hai le cose giuste per guarirli. Potresti dire di no, ma scegli di non farlo perché sei una brava persona».

«O magari sono solo pazza».

Ofelia rise. «Su questo non ho dubbi, l'ho capito quando hai aiutato me e non mi hai buttato fuori di casa dopo che ti ho raccontato la mia storia».

«Quello che hai detto di me non è del tutto sbagliato. A volte quando queste donne vengono a chiedermi aiuto, per loro, per i figli, o i mariti, mi sento superiore. Mi chiedo come possano es-

sersi trovate intrappolate in una vita del genere. C'è sempre una scelta e loro hanno scelto quella vita, una vita in cui rinunciano a loro stesse, al loro piacere, alle cose che gli piacciono davvero, a tutto per fare da mamme ai loro figli e ai loro mariti. Poi mi rendo conto che sto facendo la stessa cosa che alcuni fanno con me, ossia le sto giudicando senza conoscere la loro storia. È vero che abbiamo sempre una scelta, ma a volte, per forze che non dipendono da noi, o addirittura per salvarci, dobbiamo prendere la strada che meno ci piace».

«Sei una donna saggia, Aradia».

«Suona come una cosa positiva, detta da te».

«Perché lo è. Quegli uomini hanno solo paura».

«Non c'è niente di più pericoloso di un uomo spaventato, mi diceva spesso mio padre. Comunque puoi restare, Ofelia, finché ne hai bisogno».

19

Quando la mattina seguente si svegliò, provò una sensazione di sollievo. Ofelia sarebbe rimasta con Aradia, al sicuro, per modo di dire, perché la situazione stava diventando sempre più pericolosa e lei lo poteva percepire. Se chiudeva gli occhi poteva sentire i pensieri di Aradia, e la donna era preoccupata.

Ma il dialogo tra le due non era l'unica cosa che aveva sognato e ne era molto sorpresa. Ricordava di essere in una casa, era piccola: una sala, che fungeva anche da camera da letto, con un bagno e una piccola cucina. Un'altra cosa che ricordava benissimo era il disordine generale e piante ovunque, poi ricordava di aver sentito un suono, una sveglia. L'orologio nel sogno segnava le sei di mattina e poi si era svegliata, convinta che a suonare fosse il suo cellulare.

«Antares, questa sera… cos'è quella faccia?» chiese la sua amica, irrompendo in camera sua, seguita da una scodinzolante Aradia.

«Niente, mi sono appena svegliata e sono confusa».

«Ti capisco, pensa che io mi sento così tutto il giorno. Comunque stasera tu esci».

«Io esco? Con chi? Dove? Perché?»

«Rallenta Fbi, ora ti dico tutto. Ma prima fatti una doccia, certe cose è meglio dirle davanti a una bella ciotola di avena e cioccolato».

«Così mi spaventi, Artemisia».

«Tranquilla, lo sai che mi piace fare la drammatica. Ci vediamo in cucina, intanto vado a portare Aradia fuori. Mi sta aiutando nella missione di infastidire il vicino che suona la chitarra a ogni ora del giorno facendogli marcire con la pipì l'aiuola davanti casa».

«Mi piace questa missione, andate e tornate vittoriose!» esclamò Antares, ridendo.

Quando andò in cucina, Artemisia era già tornata dalla missione distruggi-aiuola e stava preparando la colazione canticchiando.

«Vuoi farmi soffrire o posso sapere?»

«Ti ricordi il ragazzo che ho visto l'altra sera, prima che succedesse quello schifo con il tassista?»

Antares annuì. Artemisia parlava spesso di lui ed era una cosa rara: erano pochi i ragazzi, e le ragazze, che l'amica aveva ritenuto alla sua altezza e che l'avevano fatta sentire bene. Questo ragazzo non solo era bello, da quello che aveva visto in foto, ma anche dolce e simpatico, e Artemisia aveva un debole per chi la faceva ridere.

«Ha un amico».

«Oh, ho capito dove vuoi arrivare».

«Ha anche un'amica, in caso non dovesse andare bene con questo».

Antares rise.

«E volete accoppiarci?»

«Potrebbe essere una serata carina, magari scopri che è una persona interessante e puoi rispolverare quel bellissimo completino che ti avevo regalato anni fa, quello che probabilmente ora è sommerso dalla polvere».

«Non lo so, Artemisia».

«Forza, buttati, vedila solo come una serata in compagnia. Non ti sto dicendo di sposarti o altro, solo di uscire con me e altre persone, per chiacchierare un po' e mangiare del cibo offerto».

«Offre lui?»

«Sì, ci ha invitato al ristorante di un amico e ha detto che visto che gli farà un mega sconto pagherà lui».

«Con il cibo gratis mi hai convinta!»

Quel pomeriggio Artemisia venne presa da una voglia di cucinare improvvisa e, dopo averla aiutata a spargere farina e uova per tutto il tavolo, tra una vecchia canzone e l'altra, si sedettero sul divano a mangiare una buonissima torta al cioccolato.

Mentre l'amica dormiva, Antares prese il libro per continuare la lettura. Il capitolo che doveva iniziare riguardava il sabba delle streghe. Secondo alcune credenze medievali, le streghe erano solite riunirsi periodicamente in incontri notturni, che vennero chiamati sabba, dall'ebraico *Shabbat*: il termine metteva in risalto i pregiudizi diffusi in Europa nei confronti di tale religione, spesso accusata di riti occulti e violenti.

Durante i sabba venivano compiuti atti blasfemi, come orge o parodie della messa cristiana. Migliaia di donne affermavano di aver preso parte ai sabba, ma si trattava di confessioni estorte con la tortura, come la somministrazione di droghe, alcool o la privazione del sonno. A causa di tali torture, spesso alcune donne confondevano le proprie fantasie e paure con la realtà. Le descrizioni di ciò che accadeva durante i sabba erano molto varie, ma la sostanza era abbastanza costante. Le streghe si recavano agli incontri di notte, nascoste dalle tenebre, a cavallo di animali, manici di scopa o sulle spalle dei diavoli. Prima del volo erano solite ungersi con del grasso di bambino o altri unguenti magici che consentivano loro di librarsi in aria o addirittura di trasformarsi in animali.

I sabba erano il momento di incontro tra queste donne e il loro signore Satana, che salutavano con un bacio sul piede sinistro o sui genitali, al quale giuravano fedeltà e riferivano le loro attività malefiche, ricevendo in cambio consigli e lodi. Il diavolo chiedeva alle streghe di rinnegare la religione cristiana compiendo atti nefandi come la parodia della messa, bestemmiare, calpestare oggetti sacri. Durante questi riti, inoltre, Satana marchiava le donne, come una sorta di battesimo nella nuova fede, marchi che durante i processi di stregoneria venivano cercati dagli inquisitori che li definivano come una parte insensibile del corpo. Per questo spesso gli accusati venivano punti, su tutto il corpo, con degli spilloni.

Il rituale proseguiva con orge durante le quali tutti si accoppiavano. Infine cominciava il banchetto, seguito da danze e canti sfrenati. Al termine del sabba, al canto del gallo, il diavolo distribuiva pozioni e polveri magiche che conferivano poteri soprannaturali ai partecipanti.

Pierre de Lancre, un famoso inquisitore dell'inizio del XVII secolo, riportò molte descrizioni di feste orgiastiche nelle provincie basche, durante le quali le streghe succhiavano il sangue dei bambini e violavano tombe per divorare i cadaveri. De Lancre parlava di circa centomila partecipanti a questi sabba, anche se la maggior parte delle confessioni facevano riferimento solo a cinquanta o massimo cento streghe.

Era così presa da quello che stava leggendo da non accorgersi che Artemisia si era svegliata e stava sbirciando il suo libro.

«"Il sabba delle streghe", interessante. Donne nude, capezzoli al vento, cibo, canti, orge nel bosco, ci andrei subito» disse l'amica.

«Non erano proprio così, le fonti non sarebbero molto d'accordo con la tua visione dei sabba. Quello che hai descritto sembra più un rave party».

«Allora signorina, ha scelto cosa mettersi questa sera? Ovviamente no».

«Ti sei appena risposta da sola».

«Perché ti conosco benissimo».

«E io conosco te, so che anche se dicessi: "Ma Artemisia, è solo una cena senza impegno, non devo vestirmi come se andassi all'appuntamento con la mia anima gemella" tu risponderesti che non ci vestiamo per gli altri, ma per noi stesse. Poi mi trascineresti in camera mia per scegliere cosa mi dovrei mettere».

Artemisia applaudì. «Tutto corretto, ora andiamo in camera tua!»

«Ma guardati, Antares, poi mi chiedono perché mi piacciono anche le ragazze. Sei stupenda» esclamò Artemisia, una volta che Antares si era vestita e truccata, sempre seguendo i consigli dell'amica.

«Stai flirtando con me?»

«Ti piacerebbe. Ti amo, ma sarebbe come baciare mia sorella» rispose.

Antares si guardò allo specchio un'ultima volta prima di uscire. Indossava una gonna nera lunga e un body rosso a maniche lunghe con lo scollo a "v" che lasciava vedere il tatuaggio sotto la clavicola destra. Si era truccata con una sottile linea di eyeliner, aveva colorato le labbra di rosso con il suo rossetto preferito e poi, per dirlo con le parole di Artemisia, aveva rovinato tutto indossando gli anfibi.

«Non esiste che mi metta i tuoi stivali con il tacco!»

«Ma sarebbero perfetti per l'outfit!»

«Andiamo, prima di fare tardi. Non è bello far aspettare chi ci offre la cena!» aveva esclamato, cambiando discorso.

Il fidanzato di Artemisia, anche se lei non voleva ancora chiamarlo così, e il suo amico le stavano aspettando fuori dal ristorante. L'amica le aveva descritto il ragazzo, all'incirca, e aveva ragione, era carino: capelli lunghi, neri, barba che gli dava l'aspetto di un artista tormentato, insieme al piercing al naso. Ora capiva perché Artemisia le aveva detto che era il suo tipo. Aveva ragione, esteticamente le piaceva.

«Finalmente ti conosco. Artemisia mi ha parlato molto di te, io sono Francesco e lui è il mio amico Kiros!» si presentò il ragazzo, stringendole la mano.

«Piacere di conoscerti, Antares!»

Doveva ammetterlo, Kiros era simpatico, e molto interessante. Faceva il tatuatore e le fece vedere le foto dei suoi ultimi lavori. Il suo vero sogno, però, era diventare fumettista.

«Ho già la storia, devo solo sedermi a un tavolo e trasformarla in immagini!»

La cena era buona e, anche se non se ne intendeva, era sicura che quel cibo costasse caro. Era felice che non avrebbe dovuto pagarlo lei.

Avevano appena finito la seconda portata quando, dopo aver ordinato il dolce, Kiros si alzò dalla sedia. «Vado a fumarmi una sigaretta, se non vi dispiace. Antares, fumi?»

«Sì, ma non sigarette!» rispose l'amica per lei.

«Artemisia!» la rimproverò Antares.

«Oh, tranquilla, mi dispiace ma qua ho solo tabacco. Però se vuoi puoi venire a tenermi compagnia!»

Non appena furono fuori dal ristorante, Kiros proseguì: «Si moriva di caldo lì dentro!»

«E qua di freddo, ma sì, dentro era un forno!» disse lei, srotolando le maniche del body che all'interno del locale aveva tirato su fino ai gomiti per via del caldo.

«Ascolta, non voglio farti perdere tempo e mi piace essere sincero. Francesco e la tua amica hanno pensato che fosse una buona idea accoppiarci, ma tu cosa stai cercando?»

Antares fu sorpresa da quella domanda così diretta e sincera, e grata allo stesso tempo. Per quanto le sarebbe piaciuto avere una persona accanto a sé, avere quel genere di intimità e attenzioni, sapeva anche che non era il momento: non si sentiva pronta, era ancora in una fase in cui voleva mettersi al centro delle sue giornate e usare tutte le energie per se stessa. Kiros sembrava davvero un bravo ragazzo: le sarebbe dispiaciuto passarci solo una notte insieme per poi non sentirlo più o magari dover arrivare a bloccare il suo numero solo perché lei non si sentiva pronta.

Gli disse tutto, e lui le sorrise, comprensivo. «Direi che i nostri amici fanno schifo come dating app. Be', io sono asessuale, e mi sembra che il sesso sia l'unica cosa che tu vorresti in questo momento, quindi match sbagliato!» disse scherzosamente.

«Direi proprio di sì, ma sei davvero simpatico e apprezzo tantissimo le persone sincere, quindi grazie».

«Grazie a te per non avermi fatto mille domande quando ho pronunciato la parola "asessuale"».

«Posso solo immaginare, ma tranquillo. So che non vuol dire che fai parte di una strana setta che rapisce bambini».

Kiros rise. «Anche mia sorella ci è passata» disse improvvisamente. La sigaretta era quasi finita.

Antares lo guardò confusa.

«Scusami, so di essere inopportuno, ma ho visto i tuoi polsi prima a tavola».

«Ah, tranquillo. Spero che tua sorella stia bene ora».

«Sì, sta meglio. Sai, mia madre viene dall'Etiopia, mentre mio padre è italiano. Quando lei si è trasferita qua per lavoro si sono conosciuti e innamorati. Ma avere un genitore bianco non ci ha mai protetti dagli insulti e mia sorella, quando era più piccola, era molto sensibile al riguardo».

«Mi dispiace».

«Un giorno mi ha chiesto se potevo coprire i segni con dei tatuaggi, e ora sui polsi ha dei bellissimi fiori».

«Sembri davvero un buon fratello».

«Se vuoi posso farlo anche per te».

Non ci aveva mai pensato, ma si era accorta di come spesso gli occhi delle persone cadessero sulle sue cicatrici che poco lasciavano all'immaginazione.

«È una bella idea, ma in questo momento non sto neanche lavorando, magari più avanti, grazie Kiros».

«No, Antares, non ti farei mai pagare, figurati. Io adoro il mio lavoro, so che sono solo tatuaggi, ma spesso questi disegni sulla pelle fanno davvero felici le persone. Hanno un grande significato per loro, e sapere di aver reso felice qualcuno mi appaga quasi più dei soldi. So cosa starai pensando: la felicità degli altri non mi paga le bollette e hai ragione, infatti non è una proposta che faccio spesso, ma mi piacerebbe davvero farti questo regalo».

«Io non so cosa dirti, Kiros, non mi conosci neanche».

«Devo per forza sapere il codice fiscale di una persona per essere gentile?»

«Allora ok. Accetto il tuo regalo. Ma non ho idea di cosa voglio tatuarmi».

«Perfetto! Non ti preoccupare, ci penseremo insieme. Ti lascio il mio numero, così ci possiamo mettere d'accordo e quando sei libera vieni in studio, ok?»

Il dolce era una buonissima crostata fatta in casa, ancora calda. Continuarono la serata in un bar vicino e dopo un cocktail troppo dolce per i suoi gusti si salutarono.

Non appena arrivarono a casa Antares raccontò ad Artemisia quello che lei e Kiros si erano detti.

«Be', alla fine hai ottenuto il suo numero di cellulare, anche se non per quello che pensavo» disse ridendo. «Ma mi fa piacere che sia davvero un ragazzo così gentile e che ti abbia fatto questa bellissima offerta!» aggiunse, abbracciandola.

Quella notte si addormentò sorridendo, e con la cena ancora sullo stomaco.

Mai riporre la vostra speranza in un principe. Se avete bisogno di un miracolo, riponete speranza in una strega.

(Catherynne M. Valente, *The Orphan's Tales, In the Night Garden*)

20

Erano passati due mesi da quando aveva trovato Ofelia, ferita e affamata, nel bosco. Ofelia le diceva spesso che si sentiva in colpa, stava approfittando della sua ospitalità e che presto se ne sarebbe andata, ma ogni volta Aradia le chiedeva dove e Ofelia non sapeva mai rispondere.

«Il giorno in cui avrai una risposta che mi piace, allora potrai andare».

Entrambe sapevano che se Ofelia se ne fosse andata, l'avrebbero catturata nel giro di pochi giorni. Era una donna sola, senza una casa, un lavoro, e non poteva dire nulla su dove veniva o sulla sua famiglia, altrimenti avrebbe rischiato di essere riconosciuta come una fuggitiva. E poi Aradia ormai si era abituata alla sua presenza. Si era abituata a vedere la fossetta che compariva sul suo viso ogni volta che rideva, al suo profumo e alla sua voce.

La ragazza cercava sempre di darle una mano in tutto, e le chiedeva spesso di insegnarle a riconoscere fiori ed erbe. Aradia lo faceva con piacere, soprattutto vedendo che Ofelia non solo imparava velocemente, ma era davvero interessata.

Da quando era rimasta sola non aveva mai realizzato quanto le mancasse la compagnia di qualcuno. I pasti non erano più silenziosi ora, Ofelia le raccontava spesso del suo passato. Poi la sera, prima di andare a letto, bevevano sempre un tè caldo e Aradia le raccontava vecchie storie, come sua madre faceva con lei.

Ofelia era particolarmente affascinata dagli antichi miti greci. Aradia non si sarebbe mai dimenticata dei suoi occhi mentre le raccontava il mito di Apollo e Giacinto.

«Gli dei si innamoravano spesso degli umani e così il dio Apollo non poté fare a meno di infatuarsi di un giovane della Laconia, Giacinto, figlio di Amicla e di Diomeda. Tra i due nacque una profonda amicizia; il dio si innamorava del bellissimo giovane, e del suo corpo, ogni giorno di più. Si incontravano spesso sulle rive del fiume Eurota e si esercitavano al lancio del disco. Ma Apollo non fu l'unico a notare la bellezza di Giacinto. Zefiro, dio del vento di primavera e amico di Apollo, si ingelosì così tanto che quando il dio lanciò il disco, con un soffio ne deviò la traiettoria, facendolo finire contro la testa di Giacinto. Il colpo fu talmente forte che il giovane cadde a terra morto e dal sangue della ferita Apollo fece nascere un fiore, che porta tuttora il suo nome, il giacinto».

Terminato il racconto, notò che Ofelia aveva gli occhi lucidi.

«Stai bene?» le chiese, pensando di aver portato a galla vecchi ricordi.

«L'uomo che amava muore e lui lo rende immortale attraverso un fiore, puoi immaginare quanto deve essere forte un amore del genere? O quanto deve aver sofferto Apollo nel tenere tra le braccia la persona che amava mentre stava morendo?»

Aradia sorrise dolcemente di fronte a quel lato

così sensibile di Ofelia.

«Lo vorrei anche io un amore così, ma allo stesso tempo mi fa paura» continuò.

«Paura?»

«Sì, se amassi una persona in quel modo vivrei nella paura di perderla. Non mi importerebbe di vivere o morire, finché l'altra persona è salva. Se amassi una persona in quel modo, preferirei morire prima io, perché non sopravvivrei a vederla, o vederlo, morire».

«È un pensiero molto egoistico, ma sì, capisco cosa vuoi dire».

«C'è mai stato qualcuno che hai amato così tanto da essere pronta a morire per lui?»

«La mia famiglia, mio padre».

«Qualcuno che non era famiglia? Io credo di avere amato quella ragazza, o forse no, non lo so. Come faccio a capire se l'amavo o no se non ho mai amato nessuno?»

«Non lo so Ofelia, ma credo che lo avresti capito. Se si ama qualcuno in quel modo, credo che lo si senta».

Lasciare Ofelia a casa, quando si recava in città, o chiederle di nascondersi ogni volta che qualcuno andava da lei, era diventato troppo rischioso, così avevano deciso di dire che Ofelia era una sua cugina, il cui marito era morto in guerra e che lei si era offerta di ospitare.

Quel giorno erano al mercato e la moglie del commerciante di polvere da sparo la raggiunse per ringraziarla, a quanto pareva era incinta. Si stavano allontanando da una bancarella dove Aradia aveva comprato della stoffa blu per cuci-

re un abito a Ofelia, quando Aradia vide padre Gerhardt. Stava passeggiando, le mani dietro la schiena, e ogni persona, donna o uomo, che lo incrociava lo salutava con rispetto e calore. Tutti avevano paura di lui, in qualche modo.

Pregò che non la notasse, ma prima che lei e Ofelia svoltassero l'angolo il prete la vide. Affrettare il passo in quel momento sarebbe di sicuro risultato sospetto, così, sorridendo, Aradia salutò l'uomo che le si avvicinò.

«Siete sempre più bella!» esclamò il prete.

«Padre, vi state godendo questa bella giornata di sole?»

«Oh sì, Dio ci ha davvero benedetti oggi. E chi è questa bella donna accanto a voi?»

Aradia sentì Ofelia irrigidirsi; di sicuro la vista di un prete la stava turbando.

«Oh, lei è mia cugina. Purtroppo il marito è morto e non volevo lasciarla da sola».

«Certo, certo, capisco. Avete fatto una buona azione. Vero è che due donne da sole, di questi tempi... sono sicuro che un uomo vi aiuterebbe molto, non credete anche voi? Vostra cugina è molto bella, tutti noi abbiamo bisogno di tempo per compiangere i nostri cari che ci hanno lasciato, ma spero che non neghiate a un brav'uomo la possibilità di sposare una bella signora come voi, un giorno!» disse, guardando Ofelia.

Sperando che il prete non lo notasse, o comunque lo scambiasse per un gesto di affetto verso una cugina che aveva appena perso il marito, Aradia mise una mano sulla schiena di Ofelia, accarezzandola leggermente. Sperava di farla calmare e di darle il coraggio necessario per rispondere, o almeno dire qualche parola, al prete.

«Mio marito era davvero un brav'uomo, non amerò mai nessuno come lui e la ferita della sua morte è ancora aperta. Ma avete ragione padre, un giorno avrò la fortuna di avere un altro uomo accanto a me».

«Vostra cugina è proprio una donna intelligente come voi, mia cara. Vi auguro una buona giornata!»

Il prete proseguì con la sua passeggiata e non appena fu fuori dalla loro vista, Aradia vide Ofelia rilassarsi di nuovo.

«Stai bene?» le chiese, accarezzandole il viso.

Lei annuì debolmente.

«Sei stata brava. Vieni, torniamo a casa ora. Voglio portarti in un posto».

21

Era strano. Quando si svegliò rimase con gli occhi aperti a godersi il caldo del letto e la debole luce del sole che entrava dalla tapparella. Antares si rese conto di come potesse sentire ancora benissimo una sensazione di paura, quella che Aradia aveva provato quando il prete tedesco era apparso, e poi la sensazione della pelle di Ofelia quando le aveva accarezzato il volto.

Con un gesto quasi automatico si toccò la mano, portandosela al viso.

Poi ricordò qualcos'altro. Ricordò di come improvvisamente si era trovata di nuovo in quella casa che aveva già sognato: poteva sentire delle voci, all'inizio pensava che fossero di persone che parlavano, ma poi si rese conto che venivano dalla televisione. Non riusciva a capire quello che dicevano, la lingua era strana, le ricordava quasi il tedesco. Poi un cellulare che suonava, finché qualcuno rispose e sentì una voce femminile.

«*Hallo, ja ja, jeg kommer nu. Undskyld forsinkelsen*».

«Perfetto, ora faccio anche sogni in lingue straniere, grande!» esclamò, lasciando il letto per andare a lavarsi il viso.

Quando arrivò in cucina, con sua grande sorpresa, si accorse che l'amica non era sola.

«Ciao Francesco!» salutò, sorridendo al ragazzo, felice di essersi messa la tuta e di non essere andata in cucina in pigiama.

«Buongiorno Antares, scusami per il disturbo, lo so che avere ospiti in casa alla mattina è noioso. Stavo passando da queste parti e ho incontrato Artemisia a passeggiare con il cane e...» venne interrotto dal suo cellulare.

«Scusatemi, rispondo un secondo. È Kiros, vorrà sapere dove sono finito, dovevamo vederci per un brunch e be', gli ho dato buca a quanto pare!»

Mentre il ragazzo era al telefono, Artemisia le si avvicinò.

«Scusami Antares, l'ho incontrato e mi dispiaceva salutarlo così, andando ognuno per la propria strada. Così ho pensato di invitarlo per un caffè, spero che non ti dispiaccia!»

«Non è un problema, Artemisia, davvero, però magari la prossima volta mandami un messaggio, prima che io esca da camera mia come mamma mi ha fatta!»

«Promesso!»

«Antares, Kiros vuole parlare con te!» esclamò Francesco, dandogli il suo cellulare.

«Kiros? Ciao!»

«Ciao a te! Ascolta, io oggi sono in studio ma non ho clienti, sono libero come un elfo. Se vuoi venire qui, possiamo lavorare sui tatuaggi che ti avevo promesso!»

«Oh, per me non ci sono problemi, non ho impegni, se non ti disturbo!»

«Perfetto allora, fatti dire l'indirizzo dello studio da quel traditore di Francesco che mi ha abbandonato stamattina. Noi ci vediamo oggi!»

Visto che nel pomeriggio Antares sarebbe andata da Kiros, Artemisia chiese a Francesco se gli andava di rimanere per pranzo e poi di vedere un film insieme, occasione che ovviamente il ragazzo non perse.

Mentre Artemisia stava preparando la pasta, rifiutando il suo aiuto, perché «Voglio fargli vedere quanto sono brava a cucinare», Antares prese il computer per fare delle ricerche. La frase che aveva sentito in sogno, in una lingua che non conosceva, continuava a rimbombare nella sua testa. Si ritrovò a digitare parole il cui suono le ricordava quello che aveva sentito, un po' come quelle vecchie domande su Yahoo Answer, dove le persone scrivevano cose del tipo "Come si intitola quella canzone che fa *bumbumcha*?" Non si stupì del fatto che dopo dieci minuti di ricerca, e di parole inventate, non aveva trovato nulla che avesse senso.

«Stai studiando danese?» chiese improvvisamente Francesco, sbirciando sul suo computer.

«Cosa?» chiese confusa.

«Hai scritto: "*Hallo, ja, ieg commer nu. Undschilid forsinchelsen*". Ma credo che quello che in realtà volessi dire fosse: "*Hallo, ja, jeg kommer nu. Undskyld forsinkelsen*"».

«Sai il danese?» chiese Artemisia, stupita.

«Giusto qualcosina, ho studiato Lingue all'università e potevo scegliere anche lingue nordiche. Non ho mai dato l'esame, ma ho seguito il corso di danese».

«Wow, sei pieno di sorprese».

«Quindi ha senso? Cioè quelle parole esistono davvero?» chiese Antares.

«Sì, vuol dire: "Ciao, sì sto arrivando, scusa il ritardo"».

«Ed è danese?»

«Ehm sì, non lo sapevi?»

No, non lo sapeva perché non aveva mai sentito parlare in danese in tutta la sua vita, non sapeva mezza parola di quella lingua. Era già tanto se sapeva dove fosse la Danimarca, viste le sue scarse conoscenze geografiche, per cui doveva ringraziare la sua professoressa del liceo.

«Stai studiando il danese, Antares?» le chiese l'amica.

«Io no, l'ho sognato. Ho sentito queste parole in sogno».

«Vuoi dire che hai cambiato sogni o solo la lingua?»

«No, sto ancora sognando quello, ma anche altro».

«E in quest'altro parlano danese?»

«A quanto pare, ma io non lo so, il danese!»

«Scusate se mi intrometto, ammetto che non sto capendo nulla di quello che state dicendo, ma ricordo di aver letto che spesso sogniamo lingue che non conosciamo».

«Come mai?»

«Non lo so, non ho letto tutto l'articolo, mi dispiace» rispose Francesco, imbarazzato.

Ancora confusa per il fatto che a quanto pareva nel suo sogno sapesse il danese, dopo pranzo si avviò verso lo studio di Kiros, che distava una quindicina di minuti a piedi da casa.

Non appena entrò, della musica rock di sottofondo l'accolse, insieme a una ragazza i cui tatuaggi ricoprivano ogni centimetro della pelle che i vestiti lasciavano vedere.

«Hai un appuntamento?» le chiese sorridendo.

«È il mio appuntamento!» esclamò Kiros, comparendo da dietro una porta.

«Oh, e io che pensavo fossi asessuato!»

«Si dice asessuale, Paola, è completamente un'altra cosa e comunque non capisco il nesso tra la mia sessualità e il fatto che io abbia interazioni con persone al di fuori del lavoro». Rivolgendosi ad Antares aggiunse: «Pronta? Seguimi!»

Lo studio di Kiros era una piccola stanza che profumava di menta e dove, a differenza dell'ingresso, vi era della musica indie di sottofondo.

«Passo più tempo qui che a casa, quindi ho cercato di creare il mio piccolo regno. Ho fatto due disegni, ma non devi per forza scegliere questi, sono qui per fare quello che vuoi tu, per ascoltare le tue idee. Mi sono comunque permesso di disegnare questi due soggetti, sulla base di alcune cose che hai detto l'altra sera, pensando anche alla posizione dei tatuaggi».

Sul primo foglio che le diede c'erano disegnate le fasi lunari. Dalla luna crescente a quella piena e poi calante, tutte con i particolari dei mari lunari e sfumature.

«È bellissimo!» esclamò Antares.

«Ricordo che avevi parlato della luna e di quanto ti piacesse perché la vedi come un simbolo di femminilità, quindi ho pensato a questo tatuaggio. Cosa ne pensi?»

«Lo adoro, Kiros, davvero, è stupendo!»

«Mi fa davvero piacere. Un braccio, a posto. Ora, per il secondo, forse ho osato troppo ma è una mia specialità».

Sul secondo foglio c'era un serpente.

«Quando parlavamo di libri Artemisia ha accennato al fatto che stai leggendo dei saggi sulla storia della stregoneria, sui processi alle streghe e cose così. Sono abbastanza ignorante al riguardo, ma nella mia mente è scattato questo ragionamento: le streghe venivano accusate di accoppiarsi con il demonio, giusto? E nella cultura cristiana Satana è spesso rappresentato come un serpente, animale che, come ti dicevo, sono molto bravo a disegnare e che credo stia benissimo come tatuaggio sul polso».

Non aveva mai pensato a un tatuaggio del genere, ma più guardava il disegno di Kiros, più se ne innamorava.

«Lo trovo splendido, ed è perfetto, anche il secondo braccio è a posto!»

Mentre osservava Kiros preparare il tutto, l'occhio le cadde sull'ago e per un momento si chiese se era sicura di voler andare avanti. Non era il primo tatuaggio che faceva, ma non era certa di essere pronta a sentire di nuovo qualcosa di freddo sui polsi, qualcosa che entrava nella sua pelle.

«Sei pronta?» le chiese Kiros, distraendola dai suoi pensieri.

Alzò il braccio per appoggiarlo davanti a lei e mentre Kiros le puliva il polso con un liquido il cui odore le fece pizzicare il naso, guardò le cicatrici. Erano diventate parte di lei, sapeva che le avrebbe portate per sempre, come un ricordo, il ricordo di qualcosa che però voleva dimenticare.

«Sono pronta!» esclamò sorridendo.

Quando sentì l'ago sul polso sussultò, ma Kiros iniziò a parlare distraendola dal dolore, per fortuna sopportabile. Le raccontò di alcune esperienze assurde che aveva avuto con alcuni clienti, come quelli che volevano scritte in giapponese senza sapere il vero significato di ciò che si stavano per tatuare, oppure di una ragazza che le aveva chiesto di tatuarle un ritratto, se così si poteva chiamare, del pene del proprio ragazzo sull'interno coscia.

Dopo un'oretta le fasi lunari erano lì, sul suo polso, dove le cicatrici erano ormai invisibili.

«Ti piace?»

«È bellissimo, ancora più bello di quello che pensavo!» rispose Antares, osservando il tatuaggio.

«Devo dire che è venuto proprio bene. Ora, prima di passare al serpente, che sarà un lavoro più lungo, ti andrebbe un caffè?»

«Non dico mai di no a un caffè!»

Kiros adorava davvero parlare, ma era anche un bravo ascoltatore. Chiacchierarono per una mezz'oretta, il tempo di un caffè e una crêpe alla nutella. Kiros le raccontò del suo coming out, e di come spiegare e far capire agli altri cosa voleva dire essere asessuale era stato più difficile che farsi accettare.

«A volte penso che i miei mi abbiano accettato semplicemente perché ancora non capiscono quello che sento. Probabilmente pensano che io abbia scelto di non fare sesso per motivi morali, o religiosi. All'inizio pensavano fossi malato, che fosse qualche problema mentale, come una sorta di blocco dato da esperienze traumatiche. Oppure magari un problema fisico: per loro non era possibile che qualcuno non provasse nessun tipo di desiderio e attrazione sessuale».

«So che è una domanda che altre persone ti avranno fatto e che odi, quindi hai tutto il diritto di insultarmi: ma ti ha mai dato problemi in una relazione?»

«Direi di sì, calcolando che la maggior parte delle persone che ho incontrato o volevano solo quello, oppure vedevano il sesso come la componente più importante di una relazione. Ho provato a spiegarmi, soprattutto quando l'altra persona mi piaceva davvero, ma a quanto pare la gente non vuole capire».

«Non erano le persone giuste, ma non vuol dire che non ce ne siano là fuori, in caso volessi una relazione!»

«Che mi dici di te e dei tuoi genitori?»

«Quando ero al liceo mia madre mi beccò mentre baciavo la mia migliore amica, ma probabilmente non mi prese sul serio. Forse pensava che stessimo giocando o fosse un modo di salutarci tra noi, visto che due mesi prima mi ero lasciata con il mio fidanzato».

Non appena tornarono allo studio, il ragazzo si mise subito al lavoro con il secondo tatuaggio.

Antares si perse nel vedere il serpente prendere vita sul suo braccio, minuto dopo minuto, finché dopo circa due ore il rettile si avvolgeva intorno al suo polso, fino al gomito, in un vortice elegante e sinuoso.

«Ti dispiace se faccio una foto? Credo che sia uno dei lavori migliori che abbia mai fatto!» esclamò Kiros, felice.

«Assolutamente, lo adoro. Kiros, è davvero meraviglioso!»

Si era appena rimessa la maglietta quando Artemisia, insieme a Francesco, arrivarono allo studio.

«Si è fatto buio, non volevo farti tornare a casa da sola a piedi!» le disse l'amica, dopo averle chiesto di farle vedere i tatuaggi.

«Io non so davvero come ringraziarti, Kiros, sei sicuro che non vuoi che ti paghi?»

«Assolutamente no e non chiedermelo più o mi offendo. Se proprio vuoi ripagarmi fammi pubblicità!»

«Lo farò di sicuro, grazie ancora, davvero!»

«Allora? Sei felice?» le chiese Artemisia durante la cena. Tornando verso casa si erano fermate al ristorante cinese per prendere un po' di piatti, che già avevano divorato.

«Sì, i disegni sono bellissimi e...» fece una pausa, guardandosi i polsi. «È bello non vederle più!» disse, riferendosi alle cicatrici, ormai pressoché invisibili.

«Ora che siamo sole, parlami del tuo sogno in danese!»

Se ne era quasi dimenticata, tanto era presa dai tatuaggi. Raccontò ad Artemisia tutto quello che aveva sognato, aggiornandola su Aradia e Ofelia e poi sull'altro sogno.

«Diventa sempre più strano, Antares, e ti giuro che sto cercando di trovare delle spiegazioni razionali, ma è tutto troppo bizzarro».

«Sono sicura che ci sia una spiegazione razionale, deve esserci».

«Sì, concordo».

Quella sera, quando andò a letto e prese in mano il libro, si accorse che era arrivata al capitolo riguardante il processo alle streghe più famoso della storia, ossia quello di Salem. In realtà su Salem sapeva solo quello che aveva letto in qualche romanzo oppure visto in pessimi film horror, che immaginava non fossero storicamente molto accurati.

Nell'inverno tra il 1691 e il 1692 due ragazze di nome Elizabeth Parris e Abigail Williams cominciarono a comportarsi in modo strano. I dottori che le visitarono non riuscirono a dare alcun tipo di spiegazione. Uno di loro concluse che doveva trattarsi di possessione demoniaca, e ben presto anche altre adolescenti cominciarono a mostrare gli stessi sintomi. Elizabeth e Abigail, insieme ad altre giovani, furono obbligate a rivelare i nomi di altre donne che potevano essere streghe. Le ragazze accusarono una schiava di origine caraibica, Tituba, di proprietà del padre di Elizabeth. Furono accusate di stregoneria anche Sarah Osborne e Sarah Good. La prima era una signora anziana, con gravi problemi di salute, la seconda una mendicante. Durante gli interrogatori, le due donne si dichiararono innocenti, mentre Tituba, sotto tortura, confessò di essere una strega.

L'isteria che aveva colpito le ragazzine tuttavia non cessò e sempre più persone vennero accusate. Coloro che erano stati dichiarati colpevoli di stregoneria furono condannati a morte. Solo chi ammetteva la propria colpevolezza e faceva il nome di altri sospettati non fu giustiziato. In totale furono processate centoquarantaquattro persone.

«Alla faccia di donne che supportano altre donne!» rifletté tra sé e sé Antares, chiudendo il libro.

Una parola, bastava una parola da parte di qualcuno, un'accusa qualunque, e si poteva scatenare il caos. Dopotutto erano cose che succedevano ancora: bastava un pettegolezzo fatto girare per invidia, o vendetta, o semplicemente senza pensare alle conseguenze, e si poteva davvero rovinare la vita di qualcuno, il lavoro, le amicizie, i matrimoni. Magari ora le malelingue non ti portavano al rogo, ma potevano distruggerti la vita.

Non ci vuol arte per fare di una dea una strega o di una vergine una puttana; ma per l'operazione inversa, di dare dignità a ciò che è disdegnato e di rendere desiderabile ciò che è rigettato, per questo ci vuole o arte o carattere.

(Johann Wolfgang Goethe, *Massime e riflessioni*)

22

Quando arrivarono a casa, Ofelia era ancora turbata dall'incontro con il prete.

«Non ti preoccupare, non è successo nulla».

«Hai sentito quello che mi diceva e come mi parlava? Come se fossi una stupida».

«Lo so, ma non pensarci più. Quell'uomo mette i brividi anche a me, ma siamo attente, non ha scuse per farci del male. Ora rilassati, ti faccio un tè e poi dobbiamo prepararci».

«Prepararci? Dove andiamo?»

«Sai che giorno è oggi?»

«Il 21 settembre, e quindi?»

«Oggi è Mabon, l'equinozio d'autunno, e tu lo celebrerai con me».

«Aradia, hai appena detto che siamo attente. Tu stai per dare a quell'uomo una scusa per accusarci di stregoneria!»

«Non è stregoneria, celebriamo solo la nuova stagione. E poi non ci vedrà nessuno. Ofelia, fidati di me, non lo farei se fosse così pericoloso».

Mentre bevevano il tè, Ofelia le fece mille domande su cosa fosse Mabon.

«Nei tempi passati l'equinozio d'autunno era il momento della discesa di Persefone nell'Ade. Nell'antica tradizione Mabon, che significa "grande figlio", è un dio gallese: era un grande cacciatore con un agile cavallo e uno splendido cane da caccia. Mabon fu rapito alla madre, Modron, quando aveva solo tre giorni di vita, ma

fu salvato da re Artù. Come vedi gli antichi miti non muoiono mai: Mabon potrebbe rappresentare Persefone e Modron Demetra, sua madre. Questo dio dà il nome all'equinozio d'autunno, ovvero il giorno che si trova tra i due solstizi, un momento di equilibrio, in cui luce e buio sono uguali. Le foglie cominciano a ingiallire, gli animali fanno provviste per l'inverno in arrivo».

«E cosa si fa per celebrarlo?»

«Ora vedrai, fammi preparare il necessario. Andremo nel bosco, tu intanto indossa il vestito nuovo che ti ho messo su letto».

Gli occhi di Ofelia si illuminarono.

«Mi hai fatto un vestito nuovo?»

«Spero ti piaccia!»

Aveva appena finito di mettere quello che sarebbe servito in un cesto, quando Ofelia la raggiunse in cucina. Per la prima volta nella sua vita pensò davvero di aver di fronte una dea.

«Aradia, credo che sia il vestito più bello che io abbia mai indossato, non ci posso credere che tu l'abbia fatto per me!»

Il vestito aveva un bustino verde, stretto sul seno, che metteva in risalto le sue forme, mentre la gonna marrone scendeva larga e morbida fino alle sue caviglie, terminando con un orlo dorato.

«Sei bellissima!» esclamò, senza pensarci due volte.

Ofelia arrossì. «Grazie, è merito del vestito, è davvero perfetto!»

«Sono felice che ti piaccia. Ora andiamo».

Ofelia la seguì in silenzio nel bosco. Il sole stava calando e l'aria era sempre più fresca.

«Dove mi stai portando?» chiese, curiosa.

«Nel mio posto segreto!» rispose Aradia, facendole l'occhiolino.

Il suo posto segreto era un piccolo pezzo di bosco dove il ruscello scorreva lentamente per via delle numerose rocce, e intorno agli alberi crescevano dei bellissimi fiori che in primavera coloravano tutto di rosa e rosso.

«Aradia, questo posto sembra magico. E senti che silenzio!» esclamò Ofelia, saltellando in giro come una bambina felice.

Aradia mise il cestino a terra e cominciò a disporre quello che aveva portato con sé su una roccia piana, che aveva coperto con una tovaglia arancione. Vi mise sopra un paio di pigne che aveva raccolto il giorno precedente, poi il cibo: frutta secca, del pane, un paio di mele e una torta di carote ancora calda.

«Questo è per dopo!» esclamò, prendendo dal cestino una bottiglia di vino dolce, mentre Ofelia la guardava incuriosita. «Puoi riempirmi questi di acqua?» le chiese, dandole una ciotola e una coppa.

Quando Ofelia tornò con i due recipienti pieni, Aradia li appoggiò sull'altare che aveva creato e nella ciotola di acqua mise dei petali di rosa secchi. «Vieni qui, siediti accanto a me».

Ofelia prese posto davanti a lei e Aradia pose due ghirlande sulle loro teste. «Le ho fatte questa mattina mentre dormivi, ho intrecciato alcune piante e fiori sacri a Mabon».

Alzò il calice d'acqua e cominciò a recitare:

Alla terra: per la stabilità, per l'aiuto nel mantenere la casa, la salute e il benessere.
All'aria: per l'ispirazione che aiuta nella conoscenza e nella comprensione.
Al fuoco: per l'energia che ci dà ogni giorno.
All'acqua: per lo scorrere gentile che aiuta a mantenere la calma e l'equilibrio.

Mise una mano nella ciotola con l'acqua e i petali e si portò le dita bagnate alla fronte, poi fece lo stesso con Ofelia.

Sia benedetta la Signora.
Sia benedetto il Signore.
Sia benedetto il granturco.
Sia benedetto il raccolto.

Prese una mela, ne mangiò un morso e mentre il succo dolce le scendeva in gola, la passò a Ofelia, che la imitò.

Del granturco, dell'orzo e della segale Signore.
Sole dorato, del cielo dominatore.
Signora del latte, del miele e del vino.
Luna d'argento che guidi il mio cammino.
Passione e fuoco, frutto di campo.
Realizza il desiderio in breve tempo.
Siano benedetti il dio e la dea.

Poi iniziò a cantare. Era una canzone che le aveva insegnato sua mamma e ogni volta che la cantava, se chiudeva gli occhi, riusciva a sentire la sua voce:

I pasti sotto il mio tetto
saranno mescolati tra loro,
in nome di Mabon, figlio della luce
che ha dato loro il dono della crescita.
Latte, uova e burro,
i prodotti buoni del nostro gregge,
non ci sarà alcuna carenza nel nostro paese, né nella nostra dimora.
In nome del mio amore,
con la benedizione di Mabon e di sua madre.
Noi umili ai tuoi piedi,
sia il tuo santuario intorno a noi,
guardaci dagli spettri, dagli spiriti, dall'oppressione, e proteggici.
Consacra i prodotti della nostra terra,
donaci prosperità e pace.
Dente di leone, aglio liscio, digitale, guado e calendula.
Il sacro stallone, il tasso di montagna.
Io porrò acqua su tutti, nel prezioso nome del figlio e della dea.

«Ora possiamo mangiare!» esclamò quando il rumore dello stomaco di Ofelia si unì alla canzone.

«Questa torta è buonissima!»

«Andrà giù meglio con il vino, fidati!» disse Aradia, passandole la bottiglia.

Ofelia diede un paio di sorsi prima di tossire. «Non me lo aspettavo così forte!»

«Lo so, è quello che ho pensato anche io la prima volta che l'ho bevuto, ma è buonissimo!»

Quando Aradia si sdraiò, guardando il cielo stellato sopra di lei, Ofelia fece lo stesso, e le si stese accanto. La torta era finita, così come la maggior parte del cibo che aveva portato e la bottiglia di vino, di cui poteva sentire l'effetto.

«Eri bellissima prima, mentre cantavi, mentre celebravi il... posso chiamarlo rituale?»

«Sì, puoi chiamarlo così» rispose ridendo.

«Ecco, eri bellissima, sembravi una dea, come quelle di cui mi parli spesso nelle tue storie, emanavi luce e potere».

«Sicura che non avevi già bevuto?»

Ofelia rise.

«La tua risata, è un suono che adoro» disse, sempre ammirando il cielo. «Mi piacerebbe essere una stella, lassù nel cielo, senza pensieri, persa nel blu tra mille altre stelle». Mentre parlava sentiva lo sguardo di Ofelia su di sé.

«Saresti una stella luminosissima».

Aradia si girò sul fianco e la guardò. «C'è stato un momento, quando ti ho trovata nel bosco, in cui ho pensato che fossi una maledizione, ma più ti guardo più mi rendo conto che tu sei una benedizione, un dono che la dea ha voluto farmi prima di...»

«Non dirlo, ti prego, non dirlo. Non pensarci, non pensiamo a quello che succederà, o potrà succedere, ti prego. Godiamoci ogni giorno, ogni momento come questo» sussurrò, accarezzandole il viso.

Aradia chiuse gli occhi, godendosi la sensazione della sua mano calda sulla pelle. Quando li riaprì il viso di Ofelia era vicino al suo, così vicino che poteva contare le sue ciglia e sentire il suo respiro caldo.

Non servirono parole, solo uno sguardo e le labbra di Ofelia furono sulle sue.

Non aveva mai baciato una donna: in realtà la sua esperienza con i baci si limitava a un ragazzino, figlio di un amico del padre, che quando era più giovane trovava molto carino e che per curiosità, solo per sapere cosa si provasse a sentire la bocca di qualcuno sulla propria, aveva baciato.

La bocca di Ofelia sapeva di vino dolce e mele, e più la baciava, più ne voleva. Ofelia era leggera quando rotolò su di lei, continuando a baciarla. L'aria era fredda, ma era come se i loro corpi non la percepissero. Aradia si sentiva calda, ovunque, soprattutto quando Ofelia, guardandola negli occhi, sempre a cavalcioni su di lei, abbassò il suo vestito fino alla vita, scoprendo parte del suo corpo.

Non era la prima volta che la vedeva nuda. L'aveva aiutata a lavarsi quando, appena arrivata, era ancora ferita e troppo debole per farlo da sola; l'aveva vista quando si spogliava davanti a lei per provare i vestiti che le faceva.

Ma ora era diverso.

Appoggiò le mani sul suo viso, sulle sue guance rosse e calde, poi le fece scivolare, sul suo lungo collo, sulle spalle, sulle clavicole, fino ad arrivare al petto. Ofelia sussultò quando le mani di Aradia si chiusero a coppa sui suoi seni.

Stava per ripeterle di nuovo quanto fosse bella, ma Ofelia si chinò su di lei per baciarla, con le mani che scivolavano sotto il suo vestito, per sollevarlo fino alla coscia.

Gemette, con le labbra di Ofelia ancora sulle sue, quando sentì la mano di lei scivolarle tra le gambe.

Nessuna osava parlare, forse per paura di dire la cosa sbagliata e di rompere la magia del momento, forse perché non osavano spezzare il silenzio intorno a loro, un silenzio riempito solo dal rumore del ruscello, da quello degli animali che vagavano per il bosco, e dal respiro, e dai gemiti sempre più forti di Aradia, mentre Ofelia muoveva le sue dita dentro di lei.

Aradia chiuse gli occhi e fu come se il suo corpo, tutti i suoi sensi, fossero accesi. Poteva sentire ogni rumore del bosco intorno a lei, come se la natura stesse partecipando a quel momento magico e profondo: percepiva l'odore dell'erba, il suo cuore che batteva sempre più forte mentre una bellissima sensazione si faceva strada dentro di lei, sempre più intensa man mano che le dita di Ofelia la toccavano più velocemente. Fino a quando il silenzio e la calma l'avvolsero.

Ofelia si sdraiò su di lei, appoggiando la testa sul suo petto. Lei l'abbracciò, baciandole la fronte.

«Vorrei che il tempo si fermasse, vorrei che restassimo per sempre così, io e te» sussurrò Ofelia.

La strinse più forte.

«Anche io, lo vorrei tanto anche io».

23

Stava sognando, e il piacere che sentiva in tutto il corpo l'aveva distratta, non facendole realizzare che non era più nel bosco. Ora era in una stanza, ma non era la sua. Era la camera che aveva già sognato, con vestiti gettati a terra e su una sedia che ormai non si vedeva più, tazze che ancora profumavano di caffè sulla scrivania piena di libri e con sopra un quaderno con schizzi e frasi scarabocchiate qua e là. Le parve che quei disegni le ricordassero qualcosa, o meglio qualcuno: voleva guardare meglio, ma la sua attenzione venne catturata da qualcos'altro.

Sul letto c'era una ragazza, i lunghi capelli ricci rossi erano sparsi sul cuscino, altri erano appiccicati al viso e aveva le guance arrossate, quasi come se avesse la febbre. Non poteva vederle gli occhi, chiusi per il piacere che stava provando, ma era sicura che quella ragazza fosse bellissima. Le ricordava una fata.

La ragazza gemeva, una mano sotto la maglietta, sul seno, l'altra sotto la coperta che le copriva le gambe.

Antares si sentiva un'intrusa, come se stesse guardando uno spettacolo proibito, ma non riusciva a staccare gli occhi da quella ragazza. Sapeva che era un sogno, ma cercò di trattenere il respiro per non farsi scoprire.

Poi la sveglia suonò e quando aprì gli occhi era nel suo letto. Si sentiva il viso in fiamme, come quando da piccola si sedeva davanti al camino per ammirare il fuoco. Per un attimo pensò che le fosse arrivato il ciclo, si sentiva bagnata tra le gambe. Eppure, anche se non era mai regolare, mancavano ancora due settimane prima che le mestruazioni arrivassero.

Come se la sua mente le volesse dare una risposta, le immagini di quello che aveva sognato le inondarono la mente. La sensazione dei seni di Ofelia tra le mani, la bocca sulla sua, sul suo collo, le dita di Ofelia dentro di lei; poi la ragazza sul letto.

Si sentì avvampare ancora di più; non era bagnata perché le era arrivato il ciclo. Scoppiò a ridere. Si sentiva come un'adolescente in piena crisi ormonale; era sicura che neanche in quella fase le fosse mai successo di sentirsi così per un sogno. In realtà non aveva mai neanche fatto sogni del genere. Ma sperò tanto che quella non fosse la prima e ultima volta.

Andò a farsi una doccia per schiarirsi le idee e per lavare via il sudore. Man mano che l'acqua le raffreddava il corpo e lo spirito, ripensò ad alcuni dettagli dell'ultima parte del sogno. Era la terza volta che sognava quella stanza: questo voleva dire che quella ragazza era la persona che aveva parlato in danese, quella doveva essere la sua casa, ma chi era? Un'altra persona che aveva visto un giorno per strada?

«Sei distratta!» esclamò Artemisia.

Avevano appena finito di pranzare e l'amica si era seduta accanto a lei per studiare.

«Io? Tu dovresti studiare e invece guardi me, direi che sei tu quella distratta!»

«È da questa mattina che ogni tanto sembra che ti perda nei tuoi pensieri e arrossisci, sai che noto tutto!»

«Sei peggio di un agente della Cia!»

Antares le raccontò dei sogni, anche se Artemisia la interrompeva ogni due secondi per commentare tutto, come se stesse guardando un film.

«Sono così invidiosa, credo di non avere mai avuto sogni così interessanti! Neanche quando pensavo ai miei ex mi bagnavo come hai fatto tu, ed erano solo sogni, dei gran bei sogni!»

«È stato così strano» arrossì Antares «ma bello».

«Ti credo. E comunque, Antares, qui c'è qualcosa sotto. Insomma, se non fosse per i precedenti sogni direi che è solo la tua frustrazione che ti parla, ma qui c'è qualcosa di più grande, e la tua frustrazione sessuale è già grande, quindi».

«Non metto in dubbio che sono sogni strani e sono confusa, molto confusa, ma se hai qualche idea che abbia senso ti prego di condividerla con me!»

L'amica si alzò e sotto lo sguardo curioso di Antares prese il suo laptop per portarlo sul divano.

«L'altro giorno, mentre stavo studiando, mi sono imbattuta in questo articolo» disse, girando il computer verso di lei.

«*Emdr, la tecnica degli occhi che debella i traumi*» lesse, poi alzò lo sguardo verso Artemisia, confusa.

«Leggilo».

L'articolo spiegava come l'Emdr, ovvero *Eye*

Movement Desensitization and Reprocessing, fosse impiegato per risolvere disturbi dati da traumi e di come fosse stato usato con successo su numerosi veterani di guerra o sopravvissuti di vario genere. Il terapeuta, attraverso alcuni movimenti delle dita, induceva il paziente a muovere gli occhi in un modo tale che lo aiutava a rielaborare situazioni traumatiche.

«Suona tutto molto fantascientifico!» commentò Antares dopo aver letto.

«Credo che il processo sia più semplice di quello che sembra, in realtà. I movimenti oculari spostano il ricordo del trauma dalla zona del cervello in cui è emotivamente attivo a un'altra in cui, invece, verrà memorizzato come un evento passato, e quindi non farà più soffrire».

«Ne parli come se fosse una cosa che fai tutti i giorni!»

«Perché non provi a parlarne con la dottoressa? Magari è la chiave!»

«Artemisia, non capisco, io non ho traumi. Cioè, c'è stato un evento che potrei definire traumatico, ma lo sto affrontando, l'ho affrontato. Questa tecnica mi sembra di aver capito che serva quasi a scongelare un vecchio trauma che la nostra testa ha archiviato per proteggerci, ma che in realtà è ancora lì a tormentarci, senza che ce ne accorgiamo».

«Ok, ma questi sogni? Se fossero legati al tuo passato?»

«Il mio passato? Artemisia, non sono mai stata in Danimarca e credo anche di non essere mai stata nel… non so, forse '600? Perché i miei sogni non sono ambientati nella contemporaneità».

«Appunto. È molto strano, Antares, e se fossi in te darei una chance a questa cosa. Magari è una cazzata, ma non lo so, sono sicura che nella tua mente ci sia qualcosa da scongelare!»

«A proposito di cose da scongelare, hai tolto il pollo dal freezer? Altrimenti la vedo dura fare il pollo al curry per cena stasera, con il pollo ancora ghiacciato!»

«Cerchi di distrarmi, ma non… cazzo, il pollo è ancora in freezer!» esclamò Artemisia, fiondandosi in cucina.

Artemisia le fece promettere che il giorno seguente avrebbe parlato alla dottoressa dell'Emdr, poi si concentrò di nuovo sullo studio.

Antares non era sicura che l'idea dell'amica avesse senso, ma non era neanche sicura che i suoi sogni avessero senso, così quel pomeriggio cercò ulteriori informazioni sulla terapia. A quanto pareva, dopo una o più sedute i ricordi disturbanti legati all'evento traumatico perdevano la loro carica emotiva; un cambiamento molto rapido, indipendente dagli anni passati dall'evento. Inoltre, l'elaborazione dell'esperienza traumatica avrebbe permesso al paziente di cambiare prospettiva e dopo il trattamento non avrebbe presentato più la sintomatologia tipica del disturbo post-traumatico da stress.

Sembrava una bella cosa, e si era convinta che funzionasse, dati i numerosi articoli positivi che aveva trovato al riguardo. Ancora, però, non capiva come avrebbe potuto aiutare lei.

L'Emdr agiva su un ricordo, un trauma, qualcosa che aveva vissuto, ma lei, come aveva detto ad Artemisia, stava solo sognando. Erano sogni strani, non capiva come la sua mente potesse generarli, ma erano pur sempre sogni, non ricordi.

Eppure quella sera, prima di andare a dormire, cercò su Google se ci fossero stati dei casi in cui tecniche del genere avessero rivelato ricordi di vite passate, o cose simili. Si sentì ridicola mentre cliccava un articolo dietro l'altro, la maggior parte riguardanti gente pazza che credeva di essere la reincarnazione di Alessandro Magno o Beethoven. Ma la situazione era così assurda che era disposta a inoltrarsi anche nelle interpretazioni più fantasiose.

Le streghe non sono mai esistite, tranne che nella mente delle persone. Tutto quello che c'era nei tempi antichi era alcune donne e uomini che hanno creduto nelle cure a base di erbe e nel folklore e nella voglia di volare. Streghe? Siamo tutti streghe in un modo o nell'altro. Siamo tutti streghe sotto la pelle.

(Ian Rankin, *The Flood*)

24

L'ultima volta che aveva condiviso il letto con qualcuno era stato quando era piccola e la nascita della sua prima sorella era stato un evento inaspettato. Così, mentre suo padre costruiva un nuovo letto per lei, dovette dormire con la nuova arrivata.

Le prime notti fu strano, quasi non dormì, perché aveva paura che girandosi nel letto avrebbe potuto colpire Ofelia, cosa che in realtà la stessa Ofelia fece. Quelle successive non riuscì a chiudere occhio perché si perdeva ad ammirarla: il suo viso, il modo in cui il suo petto si alzava e abbassava mentre dormiva tranquilla. Ogni volta che Ofelia apriva gli occhi e la scopriva a fissarla, Aradia arrossiva, come se fosse stata colta sul fatto mentre faceva qualcosa che non avrebbe dovuto. Ma la ragazza rideva, si chinava su di lei e la baciava dolcemente, facendola arrossire ancora di più.

La sua mente era sempre piena di pensieri e preoccupazioni, soprattutto nelle ultime settimane. Sempre più notizie di donne accusate di stregoneria e processate giungevano da altre città, ma la notte, quando si sdraiava e sentiva il corpo caldo di Ofelia accanto al suo, il suo respiro sul suo collo mentre l'abbracciava, la tempesta nella sua mente si placava.

La giornata era quasi finita, il sole era tramontato da un paio di ore e l'ora di cena si avvicinava, ma invece di cucinare Ofelia le aveva chiesto se le poteva insegnare a creare un unguento di cui le aveva parlato una volta.

«Mia madre lo teneva nascosto, ogni volta che le chiedevo cosa ci fosse in quel barattolo mi rispondeva che erano cose per i grandi. Così, una volta cresciuta, rispose finalmente alla mia domanda. La consistenza era quella del miele, per questo veniva chiamato unguento, ma in realtà era commestibile e si poteva far sciogliere nell'acqua calda. Non più di un cucchiaino, però. Mi disse che al suo interno vi erano belladonna, stramonio, mandragora, giusquiamo nero, aconito e colchico, tutte piante che possono alterare la mente delle persone, creando allucinazioni».

«Allucinazioni?» chiese Ofelia, curiosa.

«Sì. Vedi, mia mamma, quando mio padre partiva per lunghi viaggi di lavoro, non stava bene. Passava le giornate a letto o alla finestra, a volte si dimenticava persino di mangiare, soprattutto negli ultimi tempi. Mi prendevo io cura di lei: quell'unguento la calmava, lei diceva che le faceva sentire tutto e niente».

«Com'era possibile?»

«All'epoca non lo capivo, ma quando lo provai compresi perfettamente cosa intendesse mia madre. La mente si svuota, come una candela che si spegne, tutto è buio, ma allo stesso tempo è come se sentissi il mondo intorno a te, ogni rumore, ogni profumo, il tuo corpo si accende e ti sembra di fluttuare. È bellissimo, ma anche pericoloso,

soprattutto se non si conoscono gli effetti di queste erbe e se non si sa come tornare indietro dal mondo fluttuante in cui ti portano».

«E tu sei capace? Di tornare indietro?»

Annuì.

«Voglio provare, posso?»

Ofelia era così eccitata che Aradia non riuscì a dirle di no. Le promise che glielo avrebbe fatto provare la notte del 31 ottobre, quando il velo tra i due mondi si assottiglia, e avrebbero festeggiato i cari persi.

Mancava poco più di una settimana e le erbe dell'unguento avevano bisogno di lavorazione e riposo, così quella sera si erano messe al lavoro insieme. Ofelia ascoltava ogni istruzione che Aradia le dava, con attenzione.

«Mi raccomando, non toccarti gli occhi o la bocca con le mani mentre tagli le erbe!»

«Tranquilla, Aradia, me l'hai già ripetuto dieci volte!» disse Ofelia ridendo.

«Lo so, scusa, non voglio che tu ti faccia male».

Ofelia la guardò sorridendo, uno sguardo così dolce che sentì le sue gambe farsi quasi molli.

«Non mi succederà mai niente mentre sono con t...»

Qualcuno stava bussando alla porta, e le fece sobbalzare. Certa che fosse un'altra donna della città che cercava aiuto, Aradia aprì, ma quando vide chi aveva davanti le si gelò il sangue.

«Padre Gerhardt, che sorpresa!» esclamò, cercando di controllare la voce tremante, e guardando l'altro uomo in piedi dietro il prete.

«Mia cara signora, mi scuso per questa visi-

ta improvvisa, sono un vero maleducato. Spero che mi possiate perdonare, ma non vengo a mani vuote e senza un buon motivo. Lasciate che vi presenti il signor Rémy, ha fatto un lungo viaggio dalla Francia per venire in mio aiuto in questa parte del mondo».

Il signor Rémy era sulla sessantina, aveva un naso piccolo e due occhi tondi e neri che la fissavano con sguardo severo.

«Signor Rémy, è un piacere conoscervi» esclamò Aradia, con un lieve inchino.

«Possiamo entrare? Come le dicevo, sappiamo di giungere all'ora di cena, per questo non siamo a mani vuote!» disse il prete, porgendole un cestino dal quale proveniva profumo di pane.

«Ma certo, accomodatevi pure. Ofelia, i signori saranno nostri ospiti a cena!» disse entrando e guardando Ofelia negli occhi.

«Quindi è lei» disse Rémy, squadrando Ofelia dalla testa ai piedi. «È bella come mi dicevate» aggiunse, sorridendo al prete. Un sorriso che la fece sentire a disagio e in pericolo.

«Vi abbiamo forse interrotte, care signore?» chiese il prete, indicando il tavolo pieno di erbe e utensili che stavano usando per preparare l'unguento.

«Oh no, no! Venite, sedetevi pure!» esclamò Aradia, cercando di distrarre gli uomini da quello che stavano facendo.

«Ho sentito dire che siete una donna molto colta e conoscete le erbe della zona, che usate per aiutare le persone» disse il francese, guardandosi intorno.

«Ci provo, ma potrei fare di più».

«Oh cara, voi fate già tanto. Purtroppo ci sono dei limiti a ciò che una donna può fare, ma non vi preoccupate. Dove una donna non arriva, ci sarà sempre un uomo ad aiutarla!» disse il prete, sorridendo.

Fu una cena silenziosa, interrotta solo dagli apprezzamenti del prete sul suo cibo e dal rumore del signor Rémy che mangiava la carne: una scena che le fece passare la fame, a lei come a Ofelia. Anche la ragazza aveva a malapena toccato il cibo nel piatto.

«Una cena deliziosa, grazie» disse il prete sorridendole, mostrando dei denti gialli e storti. «Un cibo così buono che mi ha quasi fatto scordare il motivo per cui io e il signor Rémy siamo venuti qui questa sera. Vedete, non mi sono dimenticato del nostro incontro al mercato, quando mi avete presentato la vostra bella cugina. Come vi dicevo, è un peccato che una ragazza così bella venga privata della gioia di avere un buon marito. La stessa cosa vale anche per voi, ma mi è stato detto che nel vostro caso sprecherei solo tempo. Lungi da me metterla a disagio, Dio ha un piano per tutti noi, anche per le donne: magari il suo non prevede nessun uomo».

Vide Ofelia irrigidirsi. Si pentì di aver aperto la porta ai due uomini, ma sapeva di non aver avuto scelta.

«Il mio amico qui accanto, come vi dicevo, è venuto dalla Francia per aiutarmi nel compito per cui io stesso ho lasciato il mio paese. Il signor Rémy si è laureato in legge ed è stato anche

un professore, immaginate la sua grande cultura. Avete mai sentito parlare del Daemonolatreiae libri tres*? No, ovviamente no, non è una lettura per donne».*

Invece sì, ne aveva sentito parlare: era un trattato su demoni, streghe e stregoni.

«Il signor Rémy è un esperto nel suo campo, sa come trattare i casi di stregoneria e per ora è riuscito a catturare...»

«Duecento streghe» lo interruppe l'uomo, con tono fiero.

«Che Dio vi benedica, davvero. Grazie ai suoi studi e alla sua esperienza il signor Rémy sa riconoscere le creature maligne e sa anche come aiutarci a liberarci da questa piaga. Ma ora basta parlare di queste brutte cose, non vorrei mai che due gentili fanciulle avessero degli incubi stanotte. Dicevo, il signor Rémy non solo è un uomo colto, amato da Dio, ma sta anche cercando moglie. Non è vero?»

«Sì. Vedete, ero sposato una volta: lei era bellissima, una donna squisita, ma purtroppo la peste me l'ha portata via. Pace all'anima sua».

«Pace all'anima sua. Quando mi ha raccontato la sua storia e parlato del suo desiderio di avere un'altra donna accanto, ho subito pensato a vostra cugina: non solo per la sua bellezza, ma perché anche lei come il signor Rémy conosce il dolore di perdere la persona amata. Ho pensato che magari potrebbero consolarsi a vicenda».

Aradia voleva urlare. Si sentiva come un insetto intrappolato nella tela di un ragno.

Le donne non rifiutavano mai le proposte di

matrimonio, a meno che non fossero i loro padri o fratelli a farlo. Soprattutto quando la proposta veniva da un uomo potente, come il signor Rémy. Soprattutto davanti a due uomini che avevano consacrato la loro vita a uccidere donne come loro.

«Cosa ne dite? Sapete, io mi sento molto solo, il mio è un lavoro stancante, mi piacerebbe tanto avere una donna che si prenda cura di me alla sera, quando arrivo a casa» disse Rémy, guardando Ofelia, che era diventata pallida.

«Avete mai pensato di prendere una domestica?» chiese Ofelia, a denti stretti.

Aradia guardò spaventata i due uomini: si sarebbero offesi davanti al comportamento spavaldo di Ofelia? Con sua grande sorpresa e sollievo, però, entrambi si misero a ridere.

«Una domestica non potrebbe mai darmi le stesse cose che mi aspetto da una moglie, un figlio, ad esempio» rispose il signor Rémy.

A quella frase, la mano già tremante di Ofelia fece cadere il bicchiere che si stava portando alla bocca.

«Oh cielo. Tutto bene signorina?»

«S-sì, son solo molto sorpresa!» rispose Ofelia.

«Ma certo, certo, immagino. Non è cosa da tutti i giorni ricevere proposte di matrimonio da uomini come il mio amico!»

«Esatto, è stata davvero una grande e bella sorpresa. Immagino che mia cugina sia in preda a molte emozioni in questo momento!» esclamò Aradia, mettendo una mano sulla spalla di Ofelia, sperando che questo contatto potesse aiutar-

la a calmarsi.

«Capisco perfettamente e non dovete rispondermi in questo momento. Io resterò in città ancora per molto, e mi piacerebbe conoscervi meglio, signorina Ofelia!»

«Certamente, mi... farebbe molto piacere!» disse Ofelia, sorridendo. Aradia conosceva i suoi sorrisi e sapeva quanto falso e sofferente fosse quello appena apparso sul volto della ragazza.

«Si è fatto tardi e immagino che voi signore sarete stanche. Togliamo subito il disturbo, con la promessa di vederci presto, o almeno così sarà per due di noi!» esclamò ridendo il prete.

Non appena i due uomini se ne furono andati e rimasero sole, Ofelia si lasciò andare, cadendo sul pavimento, tremando e piangendo. Aradia corse da lei e l'abbracciò. «Non lo permetterò, non ti lascerò a lui, non succederà mai».

«Non puoi fermarlo, non posso dire di no, Aradia, non ho scelta».

«Troveremo una scusa. Ofelia, guardami!» esclamò, prendendole il viso rigato di lacrime tra le mani. «Non ti lascerò sposare quel mostro! Scapperemo... non lo so, penseremo a qualcosa, ma non ti lascerò mai. Ti proteggerò sempre, te lo prometto».

«Ci sono cose che neanche tu puoi fermare, Aradia, ci sono cose che non potremo mai fermare, a cui non potremo mai opporci».

«Niente è impossibile. Sono solo uomini, non possono distruggere la nostra vita, non possono prenderti, non lo permetterò!»

La paura, la sorpresa, la rabbia, dovevano aver sfinito Ofelia, che si addormentò non appena si sdraiarono a letto. Aradia l'abbracciò, stringendola forte a sé.

Non sapeva cosa fare: erano in trappola, in una situazione in cui dire no era troppo rischioso. Ma "no" sarebbe stata l'unica risposta che quell'uomo avrebbe ricevuto.

25

L'ultima immagine che vide prima di aprire gli occhi fu quella della ragazza dai capelli rossi nel suo letto: stavolta gemeva ma non di piacere, stava piangendo. Tutto quello che voleva era andare da lei e consolarla, dirle che qualsiasi fosse il problema sarebbe andato tutto bene, ma prima che potesse raggiungerla si svegliò.

Si toccò la faccia e si rese conto di aver pianto anche lei.

Come presa da un improvviso raptus, prima che la sua mente dimenticasse quel nome, afferrò il computer e cercò: "Rémy".

Ovviamente i risultati furono tanti e diversi tra loro, ma uno in particolare attirò la sua attenzione.

«Nicolas Rémy» lesse ad alta voce. A quanto pareva era stato un magistrato: durante la sua carriera avrebbe condannato alla pena capitale duemila o forse addirittura tremila persone con l'accusa di essere delle streghe. Questi numeri avevano come fonte primaria il trattato dello stesso Rémy, il *Daemonolatreiae libri tres*, all'interno del quale, in varie parti, l'inquisitore si soffermava sul numero degli imputati per stregoneria che avrebbe mandato a morte.

Antares cercò altre notizie riguardo all'uomo che aveva sognato, ma che era realmente esistito. Non era possibile. La testa cominciò a farle male, probabilmente perché stava cercando di trovare una spiegazione razionale a una cosa così assurda. Quei sogni erano davvero sogni? Erano legati al passato? Ma soprattutto, erano legati a lei?

Troppe domande e nessuna risposta, e non aveva neanche idea di come fare a cercare. Ma forse la dottoressa poteva aiutarla.

«Ha mai sentito parlare dell'Emdr?» chiese alla terapista quel pomeriggio, non appena si sedette nello studio.

«Dove ne hai sentito parlare?»

«Da un'amica: ha trovato degli articoli sull'argomento mentre stava studiando, mi sono incuriosita e ho letto un po' al riguardo».

«È una tecnica che si usa sempre più spesso e che dà ottimi risultati».

«Crede che si potrebbe provare su di me?»

«Come mai?»

Voleva dire la verità, voleva dirle che sperava che quella pratica potesse darle qualche risposta sui sogni, ma sapeva che la dottoressa non avrebbe capito, o avrebbe pensato che era letteralmente pazza.

«Quello che è successo quella notte… è vero che ci stiamo lavorando, ma è come se ci fosse dell'altro, sotto».

«In che senso?»

«È come se quello che ho pensato, fatto, quella notte fosse solo la superficie, la punta dell'iceberg».

La dottoressa la guardò, o meglio, la studiò. «È la prima volta che mi dice una cosa del genere. Perché proprio ora? Cosa è successo?»

«Credo che parlare di quello che è accaduto

con Artemisia mi abbia aiutato a sbloccarmi, a capire che c'è ancora qualcosa lì, qualcosa che mi turba, ma non capisco cosa sia. O forse non voglio capirlo, perché mi spaventa».

Sentiva gli occhi della dottoressa fissi su di sé. Cercò di sorridere, di sembrare tranquilla, doveva riuscire a sottoporsi a quella terapia, non poteva mandare all'aria tutto.

«Ammetto che ci avevo pensato, ma mi sono sempre chiesta se tu fossi pronta. Antares, questa terapia potrebbe portare a galla ricordi in modo molto violento. Non sarà facile. Sarà quasi come essere al cinema, ma il film sarà un evento traumatico della tua vita. Riproverai quel dolore, come se fossi di nuovo lì. Sei sicura di essere pronta?»

Antares annuì.

«Lo penso anche io. Ti vedo sicura, intenzionata a stare bene e forse è il momento giusto per poterla provare. Bene, allora iniziamo. Adesso voglio che tu chiuda gli occhi. Pensa a quel momento, focalizzalo nella mente. Prenditi tutto il tempo che vuoi, e quando sei pronta apri gli occhi e fissa la mia mano. Dovrai seguire ogni movimento che farò con estrema attenzione e rispondere alle mie domande, d'accordo?»

Antares annuì e chiuse gli occhi.

Per un attimo la sua mente andò a quella notte, al sangue, e alle urla di Artemisia quando l'aveva trovata, ma non era lì per quello. Fece un respiro profondo e pensò ai suoi sogni, pensò al viso di Ofelia, alla voce di Aradia, alla sensazione che provava quando erano insieme, al sapore delle labbra di Ofelia, e poi alla loro paura, alla loro felicità. Quando riaprì gli occhi, la mano della dottoressa era davanti al suo viso e cominciò a muoversi. Fissò le dita che si muovevano, prima verso destra, poi verso sinistra, e ancora destra e poi sinistra.

«Visualizza il luogo. Dove ti trovi?»

Non rispose subito, perché in quel momento tutto ciò che vedeva era la mano della donna muoversi. Era rapita dal movimento di quella mano, così piccola e delicata. Le ricordò quella di Ofelia.

Ora poteva vederlo: non era più nello studio della dottoressa. Il suo corpo era lì, ma la sua mente era tornata indietro.

Era in una stanza, davanti a lei c'era un tavolo e, dietro, un uomo. Non riusciva a vedere bene la sua faccia perché aveva qualcosa in testa, forse un sacco, non capiva bene, che le faceva vedere tutto sfocato.

«Sono in una stanza, ma non riesco a vedere bene».

«Perché?»

«Ho qualcosa sugli occhi, sulla testa».

«Come mai? Come mai hai gli occhi coperti? Non vuoi vedere?»

«Loro non vogliono che io li guardi, hanno paura» rispose e fu confusa dalle sue stesse parole, perché non sapeva di cosa o chi stesse parlando. Eppure sapeva che era la risposta giusta, qualcuno le aveva detto quelle cose.

«Loro? Chi, Antares? Non sei a casa tua, vero?»

Percepì la sorpresa della dottoressa. La donna

si aspettava che lei parlasse di quella notte, di quando aveva cercato di farla finita. Era ovvio pensare che fosse quello il suo trauma.

«Degli uomini, hanno paura di me».

«Però sembri spaventata anche tu».

«La loro paura li rende pericolosi e anche io sono in pericolo. Fa male».

«Cosa fa male? Quegli uomini ti stanno facendo del male?»

«No, non ancora. Ma ho le mani legate e fa male, la corda mi sta tagliando i polsi».

«I polsi? Sicura che sia una corda, Antares?»

«Sì». La poteva sentire, la corda ruvida sulla sua pelle. Le braccia le facevano male, erano legate dietro la schiena da troppo tempo.

«Sei da sola?»

«Ora sì».

«Chi c'era con te prima?»

«Quegli uomini, mi facevano domande e poi c'era qualcun altro, ma non è qui adesso».

«Ti ricordi cosa ti hanno chiesto quegli uomini?»

«Se sono stata io, se è colpa mia e se sono...»

«Se sei?»

Una strega, stava per dire, ma poi si ricordò perché era sicura di non essere andata lì da sola, si ricordò perché aveva così paura.

«Ofelia» sussurrò.

«Ofelia? Chi è?»

«Lei è speciale per me, lei è tutto per me e io la voglio salvare».

«È lì con te?»

«Sì, ma non in questa stanza, non ancora. Presto sarà il suo turno e la devo salvare».

«Da cosa? Da quegli uomini?»

Antares annuì, sentiva le lacrime scenderle sulle guance.

«Antares, perché piangi?»

«Perché è finita, perché so che anche se lotterò non potrò cambiare nulla».

«E quegli uomini faranno male a te e a Ofelia?»

«Ci uccideranno».

Ci bruceranno, pensò. Eppure non era quello a farle paura, sapeva che la morte sarebbe stata bella, che presto l'avrebbe agognata. Non voleva che Ofelia la seguisse.

«Non voglio, non voglio, non è giusto!» cominciò a piangere.

«Antares, sei al sicuro, rilassati. Ricordati che non sei lì, quegli uomini non possono farti del male. Ora cerca di visualizzare altri dettagli».

Improvvisamente, come se la sua mente si fosse ricordata di qualcosa d'altro, tutto cambiò. Questa volta il suo viso non era più coperto, ma la vista era ancora annebbiata: doveva abituarsi alla luce del giorno, dopo aver passato tanto tempo al buio.

«Sono in una piazza, il sole è bellissimo e caldo sulla mia pelle».

«È una piazza che conosci?»

«Ci andavo sempre al mercato, lo adoravo, soprattutto quando ero in compagnia di Ofelia. Lei si guardava sempre intorno entusiasta come una bambina. La voglio vedere sorridere per sempre così, ma ora sta per finire».

«Ofelia è lì con te?»

Sì, Ofelia era con lei, era accanto a lei. Il suo

viso, quel viso che tanto amava baciare, era sporco, con gli occhi gonfi, il labbro rosso per via del sangue secco.

«Sì, almeno siamo insieme».

«Insieme per cosa?»

«Per andarcene».

«Dove?»

«Via, per sempre. Spero solo che non soffriremo troppo, sono stanca di soffrire».

Faceva caldo, così caldo. Poi la puzza.

«Antares, cosa sta succedendo? Il tuo viso, sembra che tu stia soffrendo».

«Fa male».

«Cosa sta succedendo?»

«Brucia, stiamo bruciando» rispose lei piangendo. Le mancava quasi il fiato, la gola le bruciava.

«Il fuoco ti fa male?»

«Sì, ma vedere lei fa più male. Voglio solo che finisca, voglio solo dirle che va tutto bene e abbracciarla».

Era un dolore che non aveva mai provato. Non solo il fuoco le stava bruciando la pelle, il corpo, e voleva morire per farlo smettere, ma vedere Ofelia accanto a lei, vederla bruciare, senza poterla aiutare, quello faceva ancora più male.

Non riusciva a smettere di piangere.

«Antares, respira. Ora smetterò di muovere le dita e tu sarai di nuovo qui, nello studio. Nessun fuoco, nessun dolore».

Fu strano. Piano piano smise di sentire caldo, smise di sentire quel dolore, smise persino di piangere.

«Fai dei respiri profondi e cerca di calmarti. So che può essere molto forte come esperienza, rilassati. Vado a prenderti dell'acqua, o forse preferisci del tè?»

«Del tè va benissimo, grazie» rispose Antares, con voce tremante.

«Rimani sdraiata, potrebbe girarti la testa se ti alzi. Aspettami qui, faccio veloce».

Si asciugò il viso con le maniche della maglietta.

«Cosa cazzo è appena successo?» si chiese ad alta voce.

Era come se stesse sognando, ma a occhi aperti. Si guardò intorno, come per accertarsi che fosse davvero lì, che fosse al sicuro e nessuno stesse bruciando. Notò il quaderno che la dottoressa usava per prendere appunti sulla sedia accanto a lei.

La macchinetta del tè era alla fine del corridoio e, se non l'avevano cambiata, era molto lenta, aveva tempo per una sbirciata.

«Dolore ai polsi, ricordo dei tagli, gruppo di uomini, rapimento, stupro, chi è Ofelia, incendio» lesse.

Quasi ogni parola era seguita da un punto di domanda. Sorrise amaramente. La dottoressa aveva cercato una logica dietro le sue parole; non avrebbe mai potuto intuire che quella stanza non apparteneva al mondo moderno, che quegli uomini non erano dei rapitori o stupratori, anche se non erano migliori di questi. Pensava che il fuoco fosse quello di un incendio.

Ora doveva solo trovare il modo per uscire dalla bugia che aveva creato, creandone altre, mentre la sua testa era ancora confusa.

L'Emdr portava a galla i traumi, qualcosa che lei doveva aver vissuto, eppure non era mai stata imprigionata da uomini che la volevano bruciare, di questo era certa. Quello non era il suo trauma.

Antares ripose il quaderno dove l'aveva trovato e pochi secondi dopo la dottoressa entrò nello studio.

«Come ti senti, Antares?» le chiese, porgendole il bicchiere di tè bollente.

«Confusa e stanca, come se avessi appena corso per chilometri».

«Sì, è normale. Te la senti di parlare di quello che hai visto? Ho giusto un paio di domande, poi potremo approfondire meglio la prossima volta. So che in questo momento parlare non deve essere semplice per te».

Antares annuì.

«Hai mai per caso assistito a un incendio quando eri piccola? O magari ti sei bruciata in modo grave?»

Odiava mentire, ma se avesse risposto no a tutte le domande della dottoressa sapeva che lei avrebbe cambiato strategia. Le avrebbe chiesto se si era inventata tutto, avrebbe pensato che era impazzita e Antares aveva paura. Per quanto non volesse mentire, ed era consapevole dei rischi di quello che stava facendo, non voleva tornare in quel posto, specialmente non ora. Doveva stare attenta a quello che diceva.

«Quando ero piccola ero in vacanza con i miei genitori in un agriturismo. Un giorno la stalla prese fuoco. Mi ricordo che mi misi a piangere perché pensavo che tutti gli animali al suo interno stessero morendo, anche se mia madre mi disse che la stalla era vuota, per fortuna. Almeno, questo è quanto ricordo».

«O quello che la tua mente ha voluto creare per proteggerti dal vero ricordo».

«Credo che quegli animali fossero davvero là dentro e che siano morti nell'incendio, e in qualche modo fu un evento che mi lasciò molto turbata, così turbata da creare una versione con lieto fine nella mia mente».

La dottoressa prese appunti su quello che Antares aveva detto e sembrò soddisfatta della sua risposta. Spiegare il fuoco era la parte più facile, ora doveva pensare a cosa dire per tutto il resto.

«Chi è Ofelia? Non mi hai mai parlato di lei. È forse un'amica d'infanzia?»

«Io credo di sì».

«Credi?»

«Quando ero piccola i miei genitori mi lasciavano a casa dei nonni quasi ogni fine settimana perché erano molto impegnati con il lavoro. Spesso mi trovavo a giocare con i bambini del palazzo: non ricordo i loro nomi, ma ero molto legata a una bambina. Forse lei è Ofelia».

«Credi che i tuoi nonni si ricordino di questo nome?»

«Potrei provare a chiedere».

«Mmh, sì, potresti provare. E hai parlato di uomini che volevano farti del male, a te e anche a Ofelia. Eri spaventata, terrorizzata, addirittura. Cosa puoi dirmi riguardo a questo, Antares?»

Era di sicuro la parte più difficile da spiegare.

Di persone da incolpare ce n'erano, ma Antares sapeva che erano già morte tempo fa, probabilmente senza neanche pagare per gli orrori che avevano commesso.

«Non mi ricordo, sono molto confusa. Ma non credo che qualcuno mi abbia mai fatto del male, ne sono abbastanza sicura».

«Certo, capisco. Magari ne possiamo parlare la prossima volta, quando sarai più riposata e tranquilla. Va bene?»

«Sì, grazie dottoressa».

Una volta fuori dal centro, prese un bel respiro, godendosi l'aria fresca sul viso. Poi prese il cellulare per chiamare sua madre, che aspettava che lei la contattasse per andare a prenderla.

«Mamma, ho finito ora. Ma non venire a prendermi, torno a casa a piedi!»

«Sei pazza? Non siamo mica in estate e a piedi ci vuole una mezz'ora buona. Vengo subito a prenderti!»

«No, mamma, davvero, è una bella giornata e ho voglia di camminare».

«Va tutto bene? È successo qualcosa con la dottoressa?»

«Tranquilla, non è successo nulla. Sto bene, ho solo voglia di camminare per schiarirmi un po' le idee, davvero».

«Ok, ma mandami un messaggio non appena arrivi a casa!»

Aveva bisogno di pensare e camminare l'aiutava sempre a chiarire il caos che aveva in testa. Non capiva cosa stesse succedendo, non capiva se avesse senso, ma ormai era sicura di una cosa:

quello non era il suo trauma e probabilmente quei sogni non erano sogni, ma ricordi. Solo che non erano suoi.

A ogni passo risposte razionali e irrazionali affioravano nella sua mente.

«Forse sto davvero impazzendo!» si disse, mentre apriva la porta di casa.

Aveva appena appoggiato la giacca sull'appendiabiti quando ricevette un messaggio da parte di Artemisia, che l'avvisava si sarebbe fermata da Francesco a dormire e sarebbe tornata il giorno seguente.

«Siamo solo io e te questa sera, a quanto pare!» esclamò, dando un bacio ad Aradia.

Quello che era successo dalla dottoressa e la lunga camminata l'avevano stancata. Invece di cucinare decise di ordinare una pizza, che si gustò guardando degli episodi di una serie tv su una ragazza che per pagarsi gli studi faceva la dominatrice e aveva coinvolto anche il suo migliore amico gay.

«Magari dovrei farlo anche io, tanto per guadagnare qualcosa. Aradia, mi ci vedi vestita in pelle dalla testa ai piedi e con una frusta in mano?»

Il cane abbaiò, come se volesse risponderle.

«Già, hai ragione, non farebbe per me!» disse Antares, ridendo.

Dopo cena si sdraiò sul divano, computer sulle gambe, musica di sottofondo, bicchiere di vino rosso a portata di mano e Aradia accucciata ai suoi piedi.

A quanto aveva capito grazie alle informazioni ricavate nei libri che aveva preso in biblioteca, i documenti con i nomi di donne accusate e processate per stregoneria erano stati distrutti o comunque non ne erano sopravvissuti abbastanza. Sapeva benissimo che se avesse cercato informazioni su una strega italiana di nome Aradia non avrebbe trovato nulla o si sarebbe imbattuta in notizie che riguardavano tutto tranne quello che voleva. Ma provare non costava niente, dopotutto.

Ormai era sicura: non sapeva come fosse possibile, e soprattutto perché, ma i suoi sogni erano ricordi. Tutto quello che aveva visto era successo davvero, secoli prima, a una donna di nome Aradia.

L'orologio del computer segnava pochi minuti a mezzanotte, gli occhi cominciavano a bruciarle e il bicchiere di vino era stato riempito e svuotato tre volte, ma le sue ricerche non avevano ancora portato a nulla.

La maggior parte dei casi di persecuzione in Italia ebbero luogo tra la fine del '400 e gli inizi del '500 e furono condotti dagli inquisitori medievali, mentre l'Inquisizione romana operò in modo più controllato dalla fine del '500 alla fine del '700. Le condanne capitali avvennero prevalentemente nelle regioni centro-settentrionali dell'Italia, mentre nel Meridione ce ne furono pochissime.

Soltanto durante la metà del '700 il movimento illuminista riuscì a modificare lentamente queste dottrine e credenze religiose, che avevano portato alla morte numerose donne. L'ultima esecuzione capitale legale per stregoneria in Europa avvenne il 18 giugno 1782 in Svizzera.

Era sicura, da quel poco che le sue conoscenze storiche le avevano permesso di capire, che Aradia era vissuta verso la fine del 1500, se non inizio '600.

Cercò notizie sulle streghe italiane processate, ma il nome di Aradia non compariva da nessuna parte. Lesse del processo a due donne che avvenne a Bormio. Nel 1630 la peste bussò alle porte degli abitanti e per evitare che l'epidemia dilagasse, venne emanata un'ordinanza che vietava a chiunque di varcare i confini. Nel mese di agosto un giovane contadino si accorse che la moglie era malata e subito sospettò che fosse vittima di qualche maleficio. Si recò così fuori città per consultare un famoso astrologo, violando il divieto di espatrio. Per questo venne chiamato dalle autorità per rendere conto della trasgressione. Nel corso dei primi interrogatori emersero i nomi delle presunte autrici del sortilegio: Domenica Trameri e la figlia, che portava lo stesso nome. Visto il caso di omonimia negli atti del processo, per non essere confuse, le due donne vennero indicate come "la vecchia" e "la giovane".

Nel settembre 1630 vennero effettuati decine di interrogatori nel corso dei quali, in modo pressoché unanime, paesani, vicini di casa, conoscenti riferirono della pessima nomea che accompagnava le due donne, le quali erano comunemente conosciute come streghe. Fecero un elenco di tutte le nefandezze attribuite alle due, come aver causato la morte di un prete, le malattie e il decesso di bambini, morie di bestiame, slavine e disastri naturali, oltre naturalmente ad aver gettato un maleficio sulla giovane moglie del contadino, la cui trasgressione aveva dato avvio all'indagine.

Gli interrogatori vennero condotti in prevalenza dal podestà inquisitore, Giasone Fogliani. Raccolte le testimonianze a carico, il Consiglio decise di procedere all'arresto: il giorno 12 ottobre le due donne vennero condotte in carcere.

L'inquisitore Fogliani adottò una strategia differenziata nei loro confronti. Nei riguardi della madre, che era già stata imprigionata per stregoneria una decina d'anni prima, l'atteggiamento dell'inquisitore era quasi morbido: fingeva comprensione e le promise la libertà in cambio della confessione. La figlia invece venne condotta nella sala della tortura sin dal secondo interrogatorio. Il metodo di Fogliani non era nulla di nuovo, si trattava di una procedura molto usata dagli inquisitori.

Era evidente che le due donne si erano promesse che non avrebbero ammesso nulla davanti al giudice. La figlia tenne fede all'accordo, nonostante le ore passate appesa per i polsi legati dietro la schiena. Negò sempre, con un'ostinazione sorda e disperata che fece sì che l'inquisitore, infastidito, si facesse sempre più feroce nei suoi confronti.

La madre, al contrario, ritenendosi forse più astuta del giudice, si lasciò andare ad alcune ammissioni, in cambio di una promessa di libertà. Ma l'inquisitore non si accontentava di confessioni parziali, voleva un'ammissione di colpa totale, e soprattutto voleva conoscere il ruolo della figlia nella vicenda dei malefici. Nel corso degli interrogatori, che avvenivano ormai ogni giorno, il giudice cambiò i toni con la madre, abbandonando le lusinghe e la compassione, per arrivare a minacce di tortura. Fu così che la madre si trovò incastrata nel gioco dell'uomo, che la costrinse ad ammissioni sempre più ampie, fino a farle riconoscere che la figlia era una strega. Dopo questa confessione, la notte tra il 7 e l'8 novembre 1630, l'inquisitore si precipitò nella cella dove era rinchiusa la giovane e la interrogò, di nuovo, citando un particolare: il dettaglio di un rituale, noto solo a lei e alla madre. Fu così che la ragazza capì di esser stata tradita, e da quel momento in poi entrambe ammisero tutto. Non contento della vittoria ottenuta grazie alle confessioni delle donne, Fogliani convocò madre e figlia per metterle a confronto, un momento davvero straziante. La madre si gettò ai piedi della figlia, implorando perdono per il tradimento che le aveva inflitto. Durante gli interrogatori e le torture che seguirono, le due furono chiamate a dichiarare i nomi delle complici.

Il 5 dicembre si svolse l'ultimo interrogatorio prima dell'esecuzione. Prima di morire le loro confessioni consentirono all'inquisitore di procedere all'arresto di altre streghe. A seguito di quella caccia del 1630 e 1631, morirono in tutto poco meno di una quarantina di persone, per lo più decapitate e poi bruciate.

Antares rabbrividì e non poté non pensare a quello che aveva visto, o meglio ricordato, nello studio della dottoressa. Quelle due donne, madre e figlia, erano morte una accanto all'altra come era successo ad Aradia e Ofelia?

Cosa voleva dire vedere la persona che amavi, un'amante, una figlia, una madre, morire accanto a te, senza poter fare niente?

Era sicura che un dolore del genere fosse così grande che probabilmente aveva ucciso quelle donne prima del fuoco.

Era davvero stanca, gli occhi le bruciavano così tanto da lacrimare. Aveva bisogno di riposare, di stendersi comoda sul letto, ma la camera le sembrava così distante. Si addormentò non appena chiuse gli occhi.

Oltre a ciò, pensiamo a quante innocenti sono perite sotto altri giudici che si distinguevano per la loro severità contro questo delitto e hanno poi confessato di essere loro stessi colpevoli di stregoneria, finendo così sul rogo!

(Friedrich von Spee, *Cautio criminalis*)

26

Il loro peggior incubo fu allo stesso tempo la loro salvezza, o quanto meno diede loro più tempo.

Carri pieni di povere donne accusate di stregoneria continuavano ad arrivare, settimana dopo settimana, dalle province vicine. Aradia sentì dire che ovunque le prigioni erano piene e non sapevano più dove mettere le donne in attesa dei processi. Così, visto che da loro i casi erano pochi rispetto al resto del paese, padre Gerhardt e Rémy si erano resi disponibili per occuparsi dei processi di quelle donne, interrogandole loro stessi.

L'atmosfera in città era cambiata: si vedevano sempre meno donne in giro, forse per paura, o forse per ordine dei mariti, e l'aria puzzava di morte e terrore.

Lei stessa aveva cominciato ad andare al mercato sempre meno, e soprattutto senza Ofelia. Si sentiva più tranquilla a saperla al sicuro a casa.

L'unica cosa positiva di quella situazione terribile era che Rémy era così impegnato con i processi da aver messo da parte, per il momento, la proposta di matrimonio. Venne lui stesso a dirlo, un pomeriggio. Ogni volta che sentivano bussare alla porta i loro cuori sussultavano: quel giorno, quando Aradia aprì e lo vide, dovette fare un respiro profondo per calmarsi.

«Posso rimanere da solo con la signorina Ofelia?»

«Mio caro signore, lo sapete anche voi che non è bene lasciare da sola una signorina con un uomo, anche se si tratta di un personaggio rispettabile come voi. Da queste parti teniamo molto a usanze del genere. Resterò nella stanza, ma fate come se io non ci fossi».

Vide Ofelia guardarla con riconoscenza.

«Credo che abbiate saputo quello che sta succedendo e quanto io sia terribilmente impegnato ultimamente. Dio mi ha dato questo compito e io lo porterò avanti, nonostante mi stia molto stancando, fisicamente e non solo. Sembra che la mente delle donne sia così debole da cadere facile preda della lussuria e delle promesse di Satana, per questo il mio lavoro è fondamentale e non mi fermerò finché non avrò bruciato ogni singola strega. Purtroppo non so quanto tempo questo infame ma importante compito mi terrà occupato. Sono passato per dirvi che ci tengo davvero a sposarvi, e succederà, dovrete solo essere paziente. Potete farlo per me?»

Aradia voleva ridere. Davvero pensava che Ofelia non aspettasse altro che sposarlo? Era l'ennesima dimostrazione di quanto poco gli uomini osservassero, perché era ovvio che la ragazza avrebbe preferito morire piuttosto che sposarlo.

«Questo ci darà più tempo per pensare a cosa fare» esclamò, abbracciando Ofelia non appena Rémy se ne fu andato.

«Se non ci bruciano prima!» mormorò l'altra.

Quella sera, mentre Ofelia dormiva, lasciò la casa, a piedi nudi, con indosso uno dei vestiti che aveva fatto sua madre prima di morire. Si incamminò nel bosco, e giunse fino al luogo presso cui la madre si ritirava sempre quando era triste o doveva pensare. Crescendo ne aveva compreso il motivo.

In quell'angolo del bosco non si sentiva nulla, il silenzio era profondo. Si udiva il vento tra le foglie e nient'altro.

Avvolgendosi nel mantello che profumava di casa, si inginocchiò nell'erba ancora umida per la pioggia della mattina, e non appena le sue ginocchia toccarono il suolo scoppiò a piangere. Erano giorni, settimane che voleva farlo, ma non voleva che Ofelia la vedesse crollare. Voleva essere forte per lei, ma ogni mattina quando si svegliava pregava di potersi sdraiare di nuovo in quel letto, con Ofelia tra le braccia, alla fine della giornata.

«Madre, aiutami. Ho paura, sento che non ce la farò. Sono stanca, sono così stanca» gridò piangendo, guardando il cielo, come se la madre potesse davvero risponderle. Quanto avrebbe voluto che lei fosse lì. Era sicura che avrebbe avuto i giusti consigli da darle, avrebbe saputo cosa dirle.

«Ma tu non sei qui, sono sola».

«Non sei sola, Aradia» proruppe una voce dietro di lei, spaventandola.

Ofelia era lì: i capelli disordinati, indosso solo la vestaglia, bella e pallida come la luna, che quella notte era piena.

«Ofelia, cosa ci fai qui? Fa freddo!» esclamò, andando subito da lei e abbracciandola, così da

coprirla con la sua mantella.

«Mi sono svegliata e non ti ho trovata: un giorno mi avevi parlato di questo posto, mi avevi detto che tua madre veniva sempre qui per pensare».

Aradia sorrise e la baciò.

«Non sei sola, Aradia. Non devi nascondere la tua paura o le tue lacrime» disse Ofelia, asciugandole il viso con la manica del vestito. «Sei umana, e va bene avere paura. Io sono terrorizzata, ma sono con te e questo mi basta».

L'abbracciò. «Anche a me».

Per quanto cercasse di andare in città il meno possibile, c'erano cose che poteva trovare solo lì, specialmente ora che era inverno e cacciare carne fresca era diventato impossibile. Aveva anche bisogno di stoffe pesanti per nuovi vestiti più caldi, essendo la temperatura calata improvvisamente.

Quando arrivò al mercato alcuni fiocchi di neve avevano cominciato a cadere.

Per via del freddo e di quello che stava succedendo c'era poca gente in giro: la piazza era più silenziosa del solito, per questo poté sentire benissimo quello che due donne stavano dicendo, un paio di bancarelle più in là.

«Ha perso così tanto sangue che il marito è svenuto e il dottore si è chiesto come abbia fatto a sopravvivere, deve essere stato un miracolo!»

«Assolutamente, Dio l'ha salvata! Peccato non abbia potuto fare lo stesso con il figlio».

«Povera anima innocente!» esclamò una delle

due donne, facendosi il segno della croce.

«Hanno detto che il bambino era già morto quando è uscito».

«Lo aveva dentro di sé, morto? Ma è impossibile, a me sembra tanto una stregoneria!» disse la donna, abbassando la voce alla parola "stregoneria".

«Ma certo, la stregoneria è la causa di tutto questo, non lo sapevi? La cara Florenza aveva problemi a restare incinta e a quanto pare aveva chiesto aiuto, ma non al dottore».

«Mi stai dicendo che...?»

«Già, povera donna, era così desiderosa di voler un altro figlio che la sua mente era offuscata. Se solo avesse ascoltato il marito! Una donna è troppo debole, si lascia facilmente influenzare dal proprio cuore. Per questo esistono gli uomini!»

Aradia si sentì gelare il sangue nelle vene. Stavano parlando della donna che aveva aiutato, la moglie del commerciante di polvere da sparo.

Una volta riacquistato il controllo del suo corpo, che per la paura era rimasto paralizzato, cominciò a correre verso casa. Non le importava se la gente la guardava: sapeva già che cosa pensavano quelle persone. Sapeva che avrebbero dato la colpa a lei. Non avrebbero mai creduto che la donna avesse perso il bambino per via di una complicazione che poteva essere stata causata da tantissimi fattori. No, dare la colpa a lei, che non aveva fatto altro che cercare di aiutarla, sarebbe stato più semplice.

Doveva correre a casa, doveva avvisare Ofelia e dovevano andarsene il prima possibile, non le importava dove. Sarebbero dovute scappare prima che i pettegolezzi raggiungessero le orecchie sbagliate.

La gola le bruciava, il cuore batteva così forte che le faceva male il petto e i capelli le si erano appiccicati sulla fronte sudata, ma non si fermò finché non arrivò a casa.

«Ofelia, dobbiamo and...»

Le parole le morirono in gola. Quando aprì la porta vide Rémy, in compagnia di due uomini, in casa sua.

Era troppo tardi.

«Signor Rémy, ma che sorpresa».

«Vi sentite bene? Avete il viso molto rosso».

«Oh sì, ho camminato velocemente per tornare a casa».

«Come mai tanta fretta?»

«Stavo per pagare ma mi sono resa conto di avere lasciato i soldi a casa, quindi sono corsa qui».

Rémy la stava fissando.

«A cosa dobbiamo il piacere di questa visita?»

«In realtà sono qua proprio per voi, Aradia. Avete saputo del parto della signora Florenza?»

«No, ha partorito? Spero sia un bel maschietto, come desiderava il marito!»

«Il bambino è nato morto. Il dottore ha detto che era già morto da un paio di giorni».

«È terribile!»

«Già, eppure non la vedo sorpresa».

«Come avevo già detto, nel corso degli anni ho imparato a prendermi cura delle persone grazie ad alcuni studi. Se non ricordo male ho letto da qualche parte che purtroppo queste cose posso-

no succedere durante il parto».

«È vero che la signora venne a chiedervi un rimedio per rimanere incinta?»

Mentire non aveva senso: a quell'uomo non interessava se Aradia diceva la verità o no, l'aveva già condannata. Tanto valeva dire il vero.

«La signora mi parlò dei suoi problemi privati con il marito, e del desiderio di entrambi di voler avere un altro figlio. Ci sono delle erbe, dei fiori, che possono dare una mano al corpo in questi momenti intimi tra marito e moglie, utili in particolare per aiutare l'uomo».

«Voi non siete mai stata sposata, non è vero? Mi chiedo come facciate a sapere di certe questioni che riguardano quello che accade tra un uomo e una donna».

«Ho studiato, signor Rémy. State forse insinuando qualcosa?»

«Questo non è il luogo adatto per insinuare niente, mia signora, ma ho molte domande per voi. Vi prego quindi di seguirmi».

«Potete fare tutte le domande che volete anche qui».

«Signora, sto cercando di essere gentile con voi, in onore del fatto che presto sposerò vostra cugina, ma dovete collaborare».

Ofelia scoppiò a ridere.

«Presto mi sposerete? Ne siete davvero così sicuro?»

In un'altra situazione Aradia l'avrebbe fermata, ma ormai non c'era più niente da fare, lo sapeva anche Ofelia.

«Io non vi sposerei mai, signor Rémy. Mi uc-

ciderei, piuttosto. Avete davvero pensato che io sposassi un mostro come voi? Siete un assassino!» aggiunse, sputando a terra con disgusto.

«Cosa le avete fatto? Avete stregato anche la vostra povera cugina?»

«Stregato, stregato, stregato, solo questo sapete dire?»

«Prendete anche lei, poi mandate qui degli uomini per cercare gli attrezzi delle streghe!»

Si trattenne dal gridare mentre un uomo la spingeva fuori da casa sua. Cercò di guardarsi intorno il più possibile prima che la mettessero su un cavallo. Sapeva che quella sarebbe stata l'ultima volta che avrebbe visto quella casa e quel bosco.

Sorrise, pensando a quanti bei ricordi le mura racchiudevano. Ricordi con la sua famiglia, con Ofelia.

«Addio» sussurrò, poco prima che il cavallo cominciasse a galoppare conducendola verso il suo destino.

27

Poco prima di svegliarsi piangendo, quello che vide fu un tavolo pieno di disegni. C'erano fogli ovunque, anche a terra, e riconobbe subito i soggetti perché quei disegni non erano altro che ciò che aveva sognato poco prima. Aradia al mercato, Aradia che correva verso casa, Rémy con due uomini in casa sua, Ofelia che rideva di Rémy e le due donne che venivano portate via.

Notò anche come alcuni fogli fossero bagnati. Con la testa appoggiata sul tavolo, tra le carte, c'era la ragazza. Doveva essersi addormentata mentre disegnava, ma ora, nel sonno, stava piangendo e le sue lacrime bagnavano i fogli.

Quando Antares aprì gli occhi umidi realizzò di essersi addormentata sul divano: la sua schiena glielo avrebbe ricordato per tutto il giorno.

Non erano neanche le nove di mattina. Si alzò e, dopo essersi lavata i segni del sonno e del pianto, indossò una tuta e portò fuori Aradia.

Una volta tornata a casa mandò un messaggio ad Artemisia, chiedendole se sarebbe tornata per pranzo. Probabilmente l'amica stava ancora dormendo.

Mentre aspettava che l'acqua per il tè bollisse, prese il computer che la notte precedente, addormentandosi, aveva quasi rischiato di far cadere, e lo appoggiò sul tavolo della cucina.

«Devo essere impazzita ieri notte» esclamò, notando la quantità di pagine internet che aveva lasciato aperte. Non poté fare a meno di intristirsi, ricordando che tutte quelle ricerche non avevano portato a nulla.

Era sicura di quello che stava succedendo. Per quanto assurdo potesse essere e per quanto fosse certa che non avrebbe mai trovato risposte, si era convinta. Avrebbe dovuto accettare che ogni notte i ricordi di una donna vissuta secoli prima entrassero nei suoi sogni, doveva accettare che nonostante sapesse, ancora prima di Aradia, quello che le sarebbe successo, non avrebbe potuto fare niente. Quelli non erano altro che ricordi di una vita passata, di una persona che era morta con la donna che amava, probabilmente bruciata insieme a lei.

Stava per chiudere l'ultimo articolo che aveva letto la notte precedente, quello riguardante il processo straziante di madre e figlia, quando nelle note qualcosa attirò la sua attenzione. In fondo alla pagina, infatti, vi erano riferimenti a casi simili, su sorelle, madri e figlie processate insieme: c'erano nomi, date dei processi, un paio di righe al riguardo e alcuni titoli di libri e link di siti dove poter leggere ulteriori informazioni.

«Fine XVI - inizio XVII secolo, probabilmente centro Italia, Arcadia (nome incerto) e Ofelia, sorelle bruciate insieme dopo lungo processo. Alcuni studiosi non sono d'accordo sul dire che fossero parenti. Per maggiori informazioni leggere *Streghe e stregoni italiani* di Anna Chiesa» lesse.

Erano loro, lo sapeva. Nonostante il nome sbagliato, nonostante le fonti le ricordassero come sorelle, Antares sentiva che erano loro. Per un attimo sorrise, anzi, si mise a ridere dalla felicità.

Sapeva che non poteva fare niente, sapeva che

non poteva salvarle, ma quello provava che non era pazza, che in qualche modo lei e Aradia erano collegate e i suoi sogni erano i suoi ricordi. Aradia e Ofelia erano vissute davvero.

«Anna Chiesa» ripeté. Era sicura che quel nome le ricordasse qualcosa.

In quel momento sentì la porta aprirsi e Artemisia, con un bel sorriso stampato in faccia, entrò in cucina.

«Buongiorno mia splendida amica, non mi sento più le gambe e non perché ho camminato. Mi fa male ovunque, ma mi sento così viva! Perché stai sorridendo? Oh, sei felice per me, grazie!»

Antares rise. «Be' sì, anche. È ovvio che mi fa piacere sapere che la mia migliore amica sia appagata sessualmente. Artemisia, il nome Anna Chiesa ti dice qualcosa?»

«Anna Chiesa? Ma certo, credo che sia l'unica professoressa del nostro ateneo che riesce sempre a ottenere i fondi per le sue ricerche. È molto brava, so che ha scritto dei libri, perché?»

«Sai se insegna ancora?»

«Mmh, sì, conosco una ragazza che segue il suo corso, ma ripeto, perché me lo chiedi?»

«Abbiamo tante cose di cui parlare, e non credere che non voglia sapere com'è andata la tua serata!»

Artemisia voleva sapere subito cosa Antares stesse nascondendo, ma lei le disse che era meglio parlare prima della serata trascorsa: quello che doveva dire non solo era una bomba, ma avrebbe probabilmente rovinato l'atmosfera. Questo rese l'amica ancora più curiosa, ma la convinse a parlare, davanti a un piatto di lasagne.

«Sono così felice per te, Artemisia, davvero. Francesco sembra un ragazzo simpatico, buono, ma soprattutto mi sembra molto preso!»

«Pensavo che stessi per dire "ma soprattutto mi ascolta quando dico cosa mi piace a letto", ma sì, sono davvero felice anche io. Bene, ora parla o niente bis di lasagne. Ho visto come stai adocchiando la teglia!»

Antares le raccontò tutto, a partire da quello che era successo dalla dottoressa, fino alle sue ricerche della sera prima, e alla scoperta di quella mattina. Sapeva che chiunque le avrebbe dato della pazza sentendola dire cose del genere, ma tra lei e l'amica non c'erano segreti. Sapeva che le avrebbe potuto raccontare anche la storia più assurda e Artemisia non l'avrebbe mai giudicata.

«Porca troia, Antares, ma ti rendi conto? Sei una... non lo so, strega? Maga? Sensitiva? Veggente? Divinità?»

«Non ho ancora trovato una spiegazione razionale, ma no, Artemisia, sono solo un'umana, purtroppo!» rispose Antares ridendo.

«È incredibile! I tuoi sogni sono ricordi di una donna, lesbica, morta secoli fa! E non è tutto: come ti spieghi i sogni della ragazza danese?»

Antares doveva ammettere che, presa da tutto quello che stava succedendo e dalle sue teorie, si era quasi dimenticata di quel particolare.

«Magari è solo la mia mente che sempre sognando crea cose, non lo so».

«Ho una teoria, e visto che il mio suggerimento riguardo all'Emdr ha portato frutti, ora te la dirò.

Tu sei collegata ad Aradia, ma lo è anche quella ragazza. Ne consegue che tu sei collegata a lei, una sorta di orgia lesbica, in pratica».

Antares non poté fare a meno di ridere. «Non lo so… se fosse un'altra situazione ti direi che stai dicendo una cavolata, ma ormai non so più cosa sia possibile e cosa no».

«La tua idea quindi è di andare a parlare con quella professoressa?»

«Sì, devo avere la certezza che le mie teorie sono fondate. Ho guardato gli orari di ricevimento e proverò a vedere se riesco a parlarci».

«Ma come farai? Insomma, non credo che tu possa andare semplicemente lì dicendo "Ehi, mi scusi, ha presente le due donne su cui ha scritto un libro di storia? Be', io sogno i ricordi di una di loro"».

«Ho già pensato a tutto mentre cuocevi le lasagne».

«Ecco perché fissavi il vuoto in quel modo, stavi pensando».

«Le dirò che è per una tesi e prenderò in prestito il tuo badge. Quello vecchio, che non ha la foto. In caso di problemi avrò una prova che attesta che sono una studentessa».

«Ok, mi sembra un buon piano!»

«Davvero? Non hai paura che possa causarti problemi?»

«Posso sempre dire che il mio badge è stato rubato da una pazza!» rispose, con un sorriso furbo.

«Mi sembra giusto».

La professoressa riceveva solo il martedì, il giovedì e il venerdì, dalle due di pomeriggio. Il giorno dopo sarebbe andata in università e avrebbe scoperto, una volta per tutte, se Aradia era davvero esistita o era solo frutto della sua mente.

Le streghe ammettevano nei processi di aver avuto rapporti col diavolo. Ci si rivolta il sangue! Come era possibile costringervele, se il diavolo non c'è! Ma la voce del buonsenso ci dice: "Non è vero, non è vero!" Il diavolo esiste, era appunto l'inquisitore.

(Jerzy Lec Stanilław, *Pensieri spettinati*)

28

Il cammino della vergogna. Se fosse stata un'autrice e avesse scritto un racconto su quello che stava succedendo in quel momento, quello sarebbe stato il titolo.

Rémy cavalcava conducendo con una lunga corda anche il cavallo di Aradia; dietro, un uomo faceva lo stesso con quello che portava Ofelia, mentre un terzo uomo chiudeva il corteo. Quando arrivarono in città lo sguardo della gente fu come una pugnalata. Le stesse persone che quella mattina le avevano sorriso e rivolto la parola, ora sputavano a terra o si facevano il segno della croce al suo passaggio.

«Stupidi» mormorò, guardandosi intorno.

«Silenzio!» le urlò Rémy, che a quanto pare l'aveva sentita, nonostante il vociare sempre più alto delle persone.

I cavalli si fermarono davanti alla casa del prete, a pochi passi dalla parrocchia. Aveva sentito dire che stavano utilizzando la sua dimora, vecchia e grande, per i processi.

«Seguitemi» intimò Rémy.

Camminarono dietro di lui fino a raggiungere una porta.

«Ci sono altre donne che devo interrogare entro la fine della giornata, nel frattempo starete qui» disse, conducendole in una camera spoglia, dove c'era solo un letto. Era piccolo, ma almeno per quella notte non avrebbero dovuto dormire

a terra.

«Perché dobbiamo stare qui?»

«Dovrò farvi delle domande».

Aradia rise.

«Guardatemi negli occhi, e ditemi la verità. Siamo accusate di stregoneria, non è vero?»

«Prima regola, mai guardare una strega negli occhi» rispose lui, lasciando la stanza.

«Godetevi questa camera, perché presto vi dimenticherete di cosa sia un letto!» aggiunse un altro, chiudendosi dietro la porta.

«Sta succedendo» mormorò Ofelia, sedendosi sul letto.

Aradia la raggiunse. «Non appena potremo parlare con Rémy gli dirò di lasciarti andare. In fondo hanno qualcosa solo contro di me, sono io che ho dato quelle erbe alla signora che ha perso il bambino. Tu non hai fatto nulla».

Ofelia le prese le mani e se le portò alla bocca per baciarle.

«No, non lo farai, Aradia».

«Ma...»

«Credi davvero che me ne andrei? Cosa dovrei fare? Tornare a vivere a casa tua mentre tu vieni bruciata? Sposare Rémy e dimenticarti? No, preferisco stare con te fino alla fine. E poi sarebbe solo questione di tempo, non direi mai di sì a quell'uomo, e uno come lui non accetterebbe un no come risposta. Troverebbe una scusa per uccidermi».

«Ofelia, mi dispiace. Se solo non ti avessi trovato quella notte non saresti qui ora».

«No, sarei già morta. La fame e il freddo mi

avrebbero uccisa, nel migliore dei casi. Nel peggiore, qualcuno mi avrebbe trovata e portata alle autorità. A quest'ora sarei già stata bruciata. Aradia, io sono felice: mi hai salvata e da quando mi hai preso con te mi hai cambiato la vita. Non mi sono mai sentita così viva e amata e lo devo solo a te. Potrò morire sapendo cosa significa essere innamorati».

Aradia non riuscì a trattenere le lacrime nel sentire quelle parole. Ofelia l'abbracciò, e continuò ad accarezzarle i capelli mentre l'altra si sdraiava con la testa sulle sue gambe.

«Cosa diremo? Loro si aspettano le confessioni di due streghe» chiese Ofelia.

«La verità. Diremo la verità. Qualsiasi cosa diremo verrà cambiata e non ho le energie per mentire, non servirebbe a nulla, soprattutto perché non abbiamo nulla da nascondere».

«Ho paura, Aradia. Farà male?»

«Vorrei dirti di no, Ofelia. Vorrei dirti che andrà tutto bene».

Ofelia si sdraiò, accanto a lei.

«Posso chiederti una cosa?»

«Tutto quello che vuoi, Ofelia, tutto quello che vuoi».

«Stringimi, ti prego. Stringimi forte».

Sentì dei passi e delle voci sempre più vicine. Non era riuscita a dormire, almeno non come voleva, ma per non sentire la fame aveva chiuso gli occhi, e si era appisolata. Quando i rumori la svegliarono, per un momento si guardò intorno confusa.

Si chiese dove fosse, poi ricordò. Guardò Ofelia accanto a lei: stava dormendo, ma dal modo in cui continuava a muoversi non sembrava un sonno pacifico.

Le dispiaceva svegliarla, ma qualcuno era sempre più vicino, ormai sentiva i passi dietro la porta.

«Ofelia, sta arrivando qualcuno!» le sussurrò, accarezzandole il viso.

Nello stesso momento in cui aprì gli occhi, Rémy e un altro uomo irruppero nella stanza.

«Portate qualcosa da mangiare alla signorina Ofelia, sua cugina intanto verrà con me».

«Aradia» sussurrò Ofelia, guardandola disperata.

«Va tutto bene, tornerò presto!» le disse Aradia, sorridendo, mentre Rémy la spingeva fuori dalla stanza.

Seguì l'uomo lungo un corridoio che puzzava di umidità e cibo andato a male. Ogni tanto sentiva dei lamenti o dei pianti, il corridoio sembrava condurre alle porte dell'inferno.

«Sedetevi!» le ordinò Rémy quando furono in un'ampia stanza, con una sedia al centro . Davanti alla sedia c'era un lungo tavolo, di solito usato per i banchetti, e dietro al tavolo sedevano padre Gerhardt, intento a scrivere, e un altro uomo.

«Non avrei mai pensato di vedervi su quella sedia, mia cara. Ma il diavolo non guarda in faccia nessuno, e sa come camuffarsi bene» esclamò il prete non appena Aradia si fu seduta. Rémy prese posto accanto a Gerhardt.

«E io pensavo che voi foste più intelligente, ma a quanto pare ci siamo sbagliati entrambi».

Il prete stava per risponderle, ma Rémy, con un gesto della mano, lo interruppe.

«Parlatemi di voi. Chi siete?» le chiese.

«Sono quello che vedete, una donna che vive fuori città, nella casa lasciatale dalla famiglia».

«È vero, ma non siete solo questo. Sapete leggere e scrivere, conoscete cose che solo i dottori sanno, per non parlare della vostra grande conoscenza di erbe e fiori, che come sappiamo le streghe usano spesso per i loro intrugli».

«Da quando studiare e essere colti è una colpa? Mio padre mi ha sempre insegnato quello che c'era nei libri, così come mia madre, e io ho fatto tesoro delle loro parole. Sì, so usare fiori ed erbe, come tutti dovrebbero fare. Spesso spendiamo soldi in medicinali provenienti da altri paesi o in frutti esotici, quando il bosco e la natura intorno a noi hanno così tanto da offrire. Ora ho io una domanda per voi: cos'è una strega?»

«Voi siete qui per rispondere alle domande, non per farle!» intervenne il prete.

«Non vi preoccupate» esclamò Rémy. Poi, guardandola, rispose: «Una strega è una donna che ha stretto un patto con il demonio, che in cambio del suo corpo, della sua anima e di blasfemie e atti malvagi, le conferisce alcuni poteri».

«Quindi le streghe usano i loro poteri, le loro conoscenze, per fare del male. Giusto? Io ho sempre fatto il contrario, ho sempre aiutato tutti, senza rifiutare nessuno. Chiunque bussasse alla

mia porta chiedendo aiuto lo riceveva».

«Sapevo che avreste parlato di questo. A tal proposito, mi sono permesso di interrogare tutte le persone che voi avreste aiutato. Mi passate gentilmente le confessioni dei testimoni?» chiese, sollevando una mano verso l'uomo intento a scrivere, che gli porse dei fogli. «La sarta mi ha riferito di come un paio di anni fa vi chiese aiuto per delle strane macchie che suo figlio aveva sulla pelle. Voi le deste un unguento che sembrò funzionare inizialmente, ma poi peggiorò solo la situazione: il bambino cominciò ad avere le macchie su tutto il corpo, gli venne anche la febbre. Poi ho parlato con quel buon uomo che vende la frutta: mi ha raccontato di come vi avesse chiesto aiuto per dei dolori al ventre. Dopo aver assunto il vostro tè, il poverino vomitò per giorni». Rémy appoggiò il foglio appena letto per passare a un altro. «Aiutaste una donna la quale, prossima al parto, era in preda a dolori così forti che tutti in città ne sentivano le urla: il parto andò bene, ma la bambina che nacque è stata recentemente accusata di stregoneria». Continuò a sfogliare quelle carte, senza neanche leggerle, e arrivò all'ultima. «Andiamo direttamente alla testimonianza più recente, quella che ha portato alla luce la vostra vera natura. Mesi fa, una signora venne da voi per chiedervi dei rimedi che la aiutassero a rimanere incinta. Parlatemi di lei, di quello che vi disse, voglio sapere tutto. E non vi preoccupate, la signora mi ha già riferito anche i particolari, ma ora voglio sentire la vostra versione».

«Mi disse che suo marito avrebbe voluto avere un altro figlio, ma ogni volta che si concedevano un momento di intimità aveva un problema: un problema fisico che non aiutava l'atto. Le diedi delle erbe che stimolano il flusso sanguigno e che possono non solo risolvere il problema dell'uomo, ma aiutare anche la donna ad avere maggior desiderio e a essere più fertile».

«Voi non siete mai stata sposata. Mi chiedo come possiate sapere cose che riguardano solo marito e moglie».

«O che riguardano le donne di malaffare, quelle che si danno ai piaceri della carne!» aggiunse il prete.

«Mi chiedo la stessa cosa quando vedo voi uomini di chiesa mettere bocca su relazioni amorose. Il vostro sacerdozio non vi permette di avere una moglie, o un'amante, non è vero?»

«Solo una strega si permetterebbe di parlare così a un prete!» rispose lui, paonazzo in volto.

«No, solo una persona stanca di tutto questo. Non è necessario essere una strega».

«Avete mai avuto rapporti?»

«Non credo che siano affari vostri».

«Qualsiasi cosa diciate, o non diciate, verrà messa per iscritto. Se vi rifiutate di rispondere alle domande, la mia opinione su di voi non migliorerà di certo».

Aradia rise. «Niente di quello che dirò vi farà cambiare idea. Mi chiedo perché stiate qua a perdere tempo, quando entrambi sappiamo che presto mi brucerete, o mi farete qualsiasi cosa vogliate. Ma va bene, volete giocare? Allora continuiamo il gioco. Continuerò a rispondere, nel modo più sincero possibile, alle vostre domande. Sì, ho avuto rapporti sessuali».

«Puttana» mormorò l'uomo che scriveva.

«Voi siete sposato?»

«No» rispose l'uomo, sorpreso che le stesse rivolgendo la parola.

«Avete avuto dei rapporti sessuali? Oh, immagino di sì. Dovrei quindi chiamarvi usando lo stesso titolo che voi avete appena usato con me? Forse dovrei usarlo per tutti voi qui in questa stanza. Una stanza di puttane!»

«Come osate?» gridò il prete, indignato.

«Non vi agitate, padre, sapete come sono queste streghe. Farà di tutto per entrare nella nostra mente. Riguardo alle confessioni che vi ho appena letto, non avete niente da aggiungere? Dichiarate di essere colpevole di avere causato problemi ai malcapitati che vi avevano chiesto aiuto? Per farli star male, utilizzaste le conoscenze fornite da Satana?»

«Non ho fatto nulla per farli stare male, sono stati effetti indesiderati che possono presentarsi. Qualsiasi medico vi direbbe la stessa cosa. L'unguento che diedi al bambino per la sua pelle era quello giusto, lo avrebbe aiutato. Avete mai sentito parlare di allergia? È una reazione che il corpo può avere quando entra in contatto con una sostanza, o la ingerisce: può causare macchie e anche febbre, oppure altri malesseri. Non potevo sapere che il suo corpo avrebbe reagito così: queste reazioni non sono mortali, sempre che l'erba non venga ingerita. Vale lo stesso

per l'uomo del tè. Anzi, è stato meglio che abbia avuto quella reazione: sapete come si dice, meglio buttare tutto fuori. Per quanto riguarda l'ultimo caso, di cui sono venuta a conoscenza solo ieri e mi dispiace molto, ho una spiegazione anche per questo: si chiama natura. A volte i bambini muoiono prima ancora di venire alla luce. Quello che io diedi alla donna, per lei e il marito, non ha dato altro che benefici, niente di più. Noto che non avete citato tutti gli altri casi in cui non ci sono stati problemi. E poi vorrei farvi notare una cosa: questi casi sono tutti collegati da odio e invidia».

«Cosa intendete?»

«La sarta ha sempre invidiato i miei vestiti, sa che sono più brava di lei. E l'uomo della frutta? Una volta discutemmo perché io osai dire che la frutta che raccoglievo nel bosco era più buona della sua. Per quanto riguarda Florenza, non ho mai avuto problemi con lei, ma suo marito potrebbe essersi infastidito».

«Per cosa?»

«Immagino che sua moglie gli abbia riferito quello che io avevo detto a lei, ossia che il problema alla base delle difficoltà durante l'intimità era lui. Sicuramente si sarà sentito offeso nella sua mascolinità. Voi siete un uomo, come vi sentireste se una donna vi dicesse che il vostro pene non funziona?»

«Solo una strega userebbe un linguaggio del genere» esclamò il prete, facendosi il segno della croce.

«Quindi state accusando tutte quelle persone

di aver mentito?»

«Le sto accusando di aver colto l'occasione che voi e altri uomini avete creato per vendicarsi e farmi sparire. Voi non vi rendete conto, signor Rémy, che l'unica persona che non vi sta mentendo sono io».

«Allora ditemi la verità».

«Intendete "ditemi quello che voglio sentirmi dire", forse».

«Aradia, siete una donna intelligente, lo so. Non è colpa vostra se il diavolo vi ha sedotta perché...»

«Perché sono una donna e quindi sono debole di fronte alle tentazioni?»

«Esatto. Ma sono sicuro che siete ancora lì, dietro tutta la blasfemia e la malvagità che il diavolo vi ha piantato dentro con il suo seme».

Aradia non poté fare a meno di ridere. «Sembrate dei pazzi, quando parlate così».

«Questa risata... non siete voi a ridere».

«E chi? Un angelo? O no, forse un demone?»

«State annotando tutto? Forse la donna è posseduta in questo momento, vediamo se riusciamo a parlare con il suo signore».

Aradia stava ridendo perché sapeva che ormai avere paura era inutile: ormai la speranza era morta, come lo sarebbe stata anche lei molto presto. Tutto quello che le rimaneva era dire a quegli uomini ciò che aveva sempre pensato, e ridere di loro.

«Ma come facciamo a far parlare il demone, signore?» chiese il prete.

«Ho i miei metodi. Satana farà di tutto per pro-

teggere il corpo di questa donna. Ma prima di procedere dovrò accertarmi di un particolare, per essere sicuro di non fare del male a una persona innocente. Spogliatela e andate a chiamare il medico» ordinò, guardando un uomo a guardia della porta.

Quest'ultimo lasciò la stanza, poi altri due entrarono e si diressero verso di lei.

«Non osate toccarmi, non toccatemi!» disse, con voce ferma.

«Se avete così paura di far vedere il vostro corpo al medico, vuol dire che state nascondendo qualcosa!» esclamò il prete.

«O forse non voglio che degli uomini mi spoglino contro il mio volere. Come reagireste, mio caro padre, se ora vi chiedessi di fare lo stesso? Di togliere la vostra umile tunica davanti a degli sconosciuti?»

«Spogliatela, ho detto!» ripeté Rémy.

«No, fermi!» urlò Aradia, sentendo le mani degli uomini su di lei.

«Mi spoglio da sola, non toccatemi!»

Rémy fece un cenno agli uomini, che si allontanarono.

Quando rimase nuda le venne un groppo alla gola. Si sentiva così umiliata, soprattutto notando lo sguardo dei due uomini e i sorrisi che si scambiavano. Ma si promise una cosa quel giorno: non avrebbe mai pianto, qualsiasi cosa fosse successa. Non voleva dare loro questa soddisfazione.

In quel momento entrò il medico.

«Buongiorno signori» disse, guardando gli uo-

mini. «Stendetevi lì sopra» le ordinò, indicando un tavolo che era stato portato nella stanza.

«Quando il diavolo si lega a una strega, per sigillare il patto la donna riceve un marchio, lo stigma diaboli. *A volte è il segno dei suoi artigli, altre del suo bacio o della lingua. Per questo spesso lo si trova in zone come i seni o tra le gambe» spiegò Rémy, mentre il dottore la esaminava.*

Aveva le mani fredde, ruvide, così diverse dalle mani che era abituata a sentire sul suo corpo.

L'uomo le osservò il volto, il collo, le braccia, la pancia, le gambe, e quando passò ai seni Aradia notò il sorriso del prete.

«Non ditemi che non avete mai visto un seno, padre!» esclamò.

Tutti guardarono il prete, che era arrossito.

«Siete voi, è il vostro incantesimo!»

Il dottore le spalancò le gambe e lei dovette conficcarsi le unghie nei palmi delle mani per trattenere il pianto. L'umiliazione che provava era troppo forte, per questo cercò di distrarsi torturando, a suo modo, il prete.

«No, padre, non è un incantesimo. È natura, non dovete vergognarvi. È naturale che a un uomo succeda: anche se siete un prete, avete pur sempre un pene, non è vero? È solo vergognoso che un uomo pio come voi non sappia controllare degli impulsi così terreni. Si guardi, un medico sta esaminando una strega e voi vi eccitate!» disse ridendo e fissandolo, in modo che tutti vedessero l'erezione evidente attraverso la tunica.

«Padre, forse è meglio che usciate» disse

Rémy, con tono freddo.

«Ma io...»

«Uscite» ripeté, con un tono che non ammetteva repliche.

«Meretrice diabolica!» la insultò il tedesco, uscendo dalla stanza.

Non appena il prete ebbe chiuso la porta alle sue spalle, Rémy si avvicinò a lei, e la colpì in volto con uno schiaffo che le tolse il respiro per la sorpresa.

«D'ora in poi parlerete solo quando lo dirò io!»

«Credete che basti uno schiaffo per farmi stare zitta?»

Rémy era pronto a risponderle, forse a colpirla di nuovo, quando il dottore esclamò: «Trovato!»

Alzò la testa, per vedere cosa stesse indicando il dottore. Quando vide dove entrambi gli uomini stavano guardando, capì.

Notò la piccola macchia sulla coscia destra che aveva da quando aveva circa tredici anni. All'epoca il suo corpo stava cambiando, e lei osservava ogni cosa nuova che vedeva, ogni nuova curva e dettaglio. All'iniziò aveva pensato di essere sporca, aveva sfregato un panno bagnato sulla macchia, ma si era resa conto che non sarebbe mai andata via. Così aveva chiesto a sua madre cosa fosse.

«Dicono che la macchia prenda la forma di qualcosa che la madre agognava tanto durante la gravidanza, una voglia che non ha potuto soddisfare».

«Ma la mia macchia non ha forma, è solo una macchia!»

Sua mamma rise. «Hai ragione, e sai perché? Perché io ho sempre avuto tutto quello che volevo, ovvero una famiglia che amo. Non ti preoccupare Aradia, tanti bambini ce l'hanno, può succedere. Non è niente di brutto!»

«Il marchio del diavolo!» esclamò Rémy.

«È una macchia della pelle. Se pensate che quello basti per accusare qualcuno di essere una strega allora i vostri tribunali si riempiranno in fretta!»

Rémy la guardò, poi prese una candela dal tavolo vicino. Prima che Aradia potesse capire le sue intenzioni, l'uomo le versò della cera bollente sul seno. Non pianse, mantenne fede alla sua promessa, ma il dolore fu così inaspettato che urlò.

«Ho detto che non dovete parlare!» disse Rémy. Dopo aver congedato il medico, proseguì: «Abbiamo una nuova prova sulla vostra colpevolezza, abbiamo il marchio che il vostro oscuro signore ha lasciato quando ha preso possesso della vostra anima. È lì che il diavolo vi ha baciato? Tra le cosce? E ditemi, vi è piaciuto?»

«Perché volete saperlo? Penserete al diavolo tra le mie cosce questa notte mentre vi toccherete? Signor Rémy, così mi offendete, pensavo che voleste sposare mia cugina!»

«Presto non avrete più la forza di parlare, presto non sarete più così impertinente. Griderete tutto quello che vorrò! Rivestitevi».

Si sentì nuda anche quando indossò di nuovo i vestiti. Il tessuto del corpetto le sfregava contro la scottatura sul seno.

«A proposito di vostra cugina, presto sarà il suo turno. Ma non preoccupatevi, se non troveremo nessun segno sul suo corpo, avremo la certezza che almeno lei non è stata influenzata dall'oscuro potere di Satana».

«Non dovete toccarla!»

«Non preoccupatevi. Se Ofelia non è una strega, nonostante abbia un legame di sangue con una di loro, mostrerò a tutti il mio buon cuore e la sposerò comunque. Vederla nuda quindi è quasi mio diritto, se alla fine sarà mia moglie!»

Si era promessa che non avrebbe pianto, ma non che non avrebbe lottato. Prima che l'uomo che stava per condurla fuori dalla stanza facesse un passo verso di lei, Aradia schiaffeggiò Rémy.

«Lei non sarà mai vostra, mai!» urlò, mentre l'uomo l'afferrava.

«Vi scaldate facilmente per proteggere solo una cugina, non è vero? Mi nascondete altri segreti, e li scoprirò presto!» disse Rémy, mentre l'uomo trascinava fuori Aradia di peso.

29

Come sempre, poco prima di svegliarsi, la scena del suo sogno cambiò, come se qualcuno avesse schiacciato il tasto "cambia canale" di un telecomando.

La camera della ragazza non era più così disordinata, tranne per il tavolo, ancora ricoperto da fogli pieni di disegni e note che non capiva, dato che erano probabilmente in danese. Riuscì a leggere nomi che conosceva bene anche lei: Aradia, Ofelia, Rémy e molti altri. La stanza era vuota, il letto disfatto, si avvicinò e si accorse che era ancora caldo: la ragazza doveva essersi appena svegliata.

Si guardò intorno e notò una sorta di divisa appoggiata su una sedia. Sulla giacca c'era una targhetta con un nome: Magnhild Ravn.

«È questo il tuo nome?» chiese, tra sé e sé. Nell'esatto momento in cui la ragazza apparve in camera, con il corpo coperto solo da un asciugamano e i capelli ancora bagnati, Antares si svegliò.

La prima cosa che fece fu prendere il taccuino che ormai lasciava sempre accanto al letto e scrivere il nome che aveva letto sulla targhetta, prima che potesse dimenticarlo. Ci avrebbe pensato quella sera. Ora la sua priorità era scoprire se Ofelia e Aradia erano davvero esistite, cosa di cui ormai era convinta.

Si alzò dal letto e andò a farsi una doccia. Era un'abitudine che aveva preso da quando era tornata a casa, da quando aveva cominciato a fare quei sogni: come se l'acqua potesse lavare via le sensazioni, le paure, i pensieri che i sogni le lasciavano, insieme al sudore e alle lacrime che versava dopo certe scene.

Si stava asciugando quando l'occhio le cadde sulla sua coscia, dove una piccola voglia risaltava sulla pelle bianca.

Quando era un'adolescente quella macchietta, che passava in realtà inosservata, le sembrava gigante, tanto che per quasi un anno l'idea di mettersi in costume l'aveva turbata. Crescendo si era resa conto che nessuno, a parte lei, la notava.

«Oh mio Dio!» esclamò, ricordando il sogno di quella notte. Rivisse le sensazioni di Aradia: la vergogna, la rabbia, la frustrazione, ma ricordò anche la macchia sulla coscia, il marchio del diavolo. Altro non era che una voglia, proprio come quella che aveva anche lei. Esattamente identica a quella che aveva lei.

«Hai una voglia sulla coscia? Davvero?» le chiese Artemisia, quando lei le raccontò tutto.

«Sì, l'ho sempre avuta. Non l'hai mai notata?»

«No, e ti ho visto nuda diverse volte. Forse non ti ho guardato bene tra le gambe!»

«A volte mi chiedo cosa penserebbe la gente se ci sentisse parlare senza conoscere il contesto» disse, ridendo insieme all'amica.

Quando raggiunse l'università, nel pomeriggio, le sembrò strano essere lì. Era il luogo in cui si recava ogni giorno, aveva passato più tempo in quelle aule che a casa, e ora vi tornava, ma come ospite.

Sperando che nessuno la riconoscesse, camminò lungo i vecchi corridoi: incontrò gruppi di studenti in pausa caffè che insultavano il professore per finire sempre troppo tardi la lezione e ragazzi che studiavano.

La porta dello studio della professoressa era chiusa e poteva sentire delle voci provenire dall'interno. Si sedette in attesa. Sapendo che non avrebbe potuto presentarsi dicendo la verità o senza aver preparato un discorso, durante il pranzo, grazie all'aiuto di Artemisia, che le avrebbe anche prestato l'identità, aveva pensato bene a cosa dire. Aveva architettato un piano nei minimi dettagli, per non destare sospetti.

Dopo circa dieci minuti, e un paio di video di animali su Instagram che le tennero compagnia durante l'attesa, la porta dell'ufficio si aprì e ne uscì un ragazzo.

«Buongiorno professoressa, è occupata?» chiese, facendo capolino dalla porta.

«Venga pure!»

La professoressa era una donna di mezza età, capelli lunghi biondi, così chiari da sembrare bianchi, gli occhi truccati con ombretto azzurro che si abbinava a una ciocca di capelli dello stesso colore.

«Mi dica pure».

«Sto lavorando alla tesi, riguarda i processi di stregoneria in Europa, in particolare in Italia».

«Mi complimento per l'argomento scelto, signorina, immagino che sia qui per i libri che ho scritto».

«Sì, avrei qualche domanda su alcuni nomi precisi. Vede, ho voluto concentrarmi su alcuni casi in particolare oltre a parlare dell'inquisizione in generale e dei suoi metodi. Durante le mie ricerche mi sono imbattuta in Arcadia e Ofelia. So che lei ne ha parlato nel suo libro *Streghe e stregoni italiani*».

«Oh, ma certo! Signorina, ammiro sempre di più il lavoro che sta facendo. Ma prima di parlare di loro volevo chiederle… come mai ha scelto proprio queste due donne? Ci sono tanti altri personaggi storici su cui la bibliografia è più ampia, e le fonti più certe e complete».

Antares si stupì, non si aspettava quella domanda.

«Io, ehm… vede, so che può sembrarle stupido, ma quando ero piccola mia nonna mi raccontò di una donna di nome Aradia vissuta tanto tempo fa. Mi disse che faceva parte della nostra famiglia e che venne bruciata sul rogo. So che probabilmente mia nonna si era inventata solo una storiella, ma quando ho letto di Arcadia, o Aradia, e di Ofelia, ho pensato a mia nonna e a quello che mi raccontava da piccola».

Artemisia le diceva sempre che non era brava a mentire, non lo era mai stata: quando studiava non copiava mai nulla perché veniva sempre scoperta, ma avere risposte dalla professoressa era importante. Sperò che almeno per quella volta la sua bugia fosse credibile.

«Non è stupido, la trovo una bella motivazione, in realtà. Anche io ero molto attaccata a mia nonna materna e spesso mi raccontava storie per farmi addormentare. Allora, mi dica, cosa vuole sapere?»

«In alcune fonti viene detto che Aradia e Ofelia erano sorelle, ma il loro legame di parentela non è sicuro, giusto?»

«Esatto, almeno questo è quello che io, e altri studiosi, sosteniamo. Vede, i documenti che ci sono rimasti relativi a quel periodo sono soprattutto trattati di demonologia e manuali che gli inquisitori scrivevano per condividere con altri cacciatori e uomini del mestiere le conoscenze che avevano appreso sul campo. Abbiamo poi i verbali degli interrogatori, ma quello che ci manca sono fonti che ci raccontino il punto di vista delle vittime, di tutte quelle donne e uomini processati e, nella maggior parte dei casi, uccisi. Ora, come lei immagina e come di sicuro avrà capito durante le sue ricerche, le fonti di cui disponiamo non sono oggettive: li chiamiamo verbali, è vero, ma non sono come quelli che intendiamo noi oggi, dove viene riportata ogni parola così come viene detta durante il processo. Questi verbali delle streghe venivano, potremmo dire, romanzati, esagerati, amplificati attraverso le credenze dell'epoca. Non solo: spesso i dati riportati non erano neanche veri, le confessioni venivano scritte sotto tortura e quelle persone piuttosto che soffrire arrivavano a un punto in cui erano disposte a dire di tutto. Confessavano atti che mai avevano commesso, ma che avevano sentito dire che le streghe erano solite compiere; per questo abbiamo uno schema ricorrente nelle confessioni. Tanti morivano ancora prima di arrivare alla fine del processo, per via delle pesanti torture. In questi casi succedeva che le informazioni di cui gli inquisitori erano in possesso non fossero complete, o fossero confusionarie. Ciò vale anche per le informazioni di carattere personale. Essendo la persona ormai morta, non potevano far altro che inventarsi i dettagli mancanti, rendendo il tutto ancora più confuso».

«Crede sia quello che è successo con Aradia?»

«Forse sì, o semplicemente nel corso dei secoli le notizie originarie sono state cambiate, magari da persone che non capivano quello che stavano copiando. È così che Aradia è diventata Arcadia».

«E che due persone senza legami famigliari sono diventate sorelle».

«Esatto. La mia teoria è che chiunque si fosse occupato del loro processo non avesse scritto nulla riguardo al loro rapporto: nel corso degli anni qualcuno potrebbe aver aggiunto quel particolare della parentela. In realtà ho sempre pensato che fossero una coppia, sa?»

Oh sì, lo sapeva.

«Le informazioni scarseggiano, ma sembra che la più giovane delle due, Ofelia, si sarebbe potuta salvare: non fu trovato il marchio della strega su di lei, così come non risultarono atti malevoli a suo carico».

«Ma venne comunque bruciata insieme ad Aradia?»

La professoressa annuì.

«Non sappiamo il perché, ma io ho una teoria personale. Come le dicevo, le due donne probabilmente non erano sorelle, bensì amanti: credo che Ofelia non potesse lasciare andare al rogo la donna che amava da sola, voleva stare al suo fianco, anche durante la morte».

«Quindi sono esistite davvero!» mormorò Antares, emozionata.

«Come, scusi?»

«Ha ragione, condivido la sua teoria e mi dispiace che la loro storia sia pressoché sconosciuta».

«Concordo con lei. Sa, ho spesso immaginato quelle due donne. Nella mia testa appaiono sempre come delle figure femminili intelligenti, piene di vita e di conoscenza, e con tanta rabbia dentro. Se fossero vissute adesso, sarebbero state in prima fila a tutte le parate per i diritti delle coppie omosessuali e delle donne».

Antares sorrise. Poteva immaginarlo benissimo anche lei.

«Non si sa nulla sulla loro morte e di quello che avvenne durante e dopo il processo?»

«A tal proposito, questa mattina stavo sistemando tutte le scartoffie e i testi che avevano ormai preso il sopravvento in questo ufficio e ho trovato delle fotocopie di documenti che utilizzai per scrivere il libro. Credo che tra quelli, se non ricordo male, potrebbe trovare la risposta alla sua domanda!» rispose la donna, alzandosi dalla sedia e rovistando tra alcune scatole alle sue spalle. «Eccoli!» esclamò, porgendole una cartelletta rossa che sembrava stesse per scoppiare. «Li prenda pure, sono tutte cose che ho salvato anche sul computer. Mi farebbe solo piacere!» aggiunse.

«Li posso davvero prendere?»

«Ma certo!»

«Glieli restituirò non appena avrò finito con la tesi!»

«Non si preoccupi, li tenga, davvero. Le chiedo solo una cosa: mi piacerebbe molto leggere la sua tesi, una volta conclusa!»

Antares si sentì in colpa: era vero che stava mentendo per una buona causa, e la donna sembrava davvero felice di darle quella cartelletta, non l'aveva chiesto lei. Però vedere la professoressa così entusiasta alla prospettiva della sua tesi su quell'argomento le fece un po' rimpiangere di averle mentito.

«Assolutamente. Grazie mille, professoressa, davvero, mi è stata di enorme aiuto!»

Una volta arrivata a casa, Artemisia le mandò un messaggio per avvisarla che era appena uscita. Il cane lo aveva già portato fuori lei, doveva solo darle da mangiare.

Dopo aver riempito la ciotola di crocchette per Aradia e tostato una fetta di pane cosparsa di crema Milka per sé, si sedette al tavolo della cucina e aprì la cartelletta che le aveva dato la professoressa. La maggior parte dei fogli all'interno erano delle fotocopie di libri, spesso dalle pagine ingiallite e scritte con una grafia per lei quasi incomprensibile. Dovevano essere fotocopie di documenti antichi. Tra quei fogli la professoressa aveva lasciato anche degli appunti, per fortuna.

In due ore passate a scartabellare, Antares provò più sensazioni ed emozioni di quante ne avesse provate in anni della sua vita. Era felice, perché non era pazza: la sua teoria, per quanto assurda e per quanto ancora non trovasse una spiegazione soddisfacente, era vera. Aradia e Ofelia erano esistite; i suoi sogni non erano sogni, erano davvero ricordi. Tutto quello che vedeva di notte era successo davvero, era come se lei fosse lì, secoli fa. Era confusa, continuava a chiedersi come fosse possibile. Perché proprio lei? Perché sembrava essere collegata a una donna vissuta secoli prima?

Era anche arrabbiata e triste, perché sapere come era finita la storia di Ofelia e Aradia le aveva lasciato un senso di angoscia e impotenza. Aveva anche paura: se leggere certi dettagli aveva potuto turbarla così tanto, non osava immaginare come si sarebbe sentita quando avrebbe visto tutto. Ed era sicura che prima o poi sarebbe successo.

Se solo i sogni avessero riguardato qualcosa nel futuro, come una sorta di premonizione, avrebbe potuto salvarle. Ma quello che vedeva era passato: era già successo, e non c'era niente che avrebbe potuto fare.

Come già la professoressa le aveva accennato, dai pochi documenti ritrovati si leggeva che inizialmente Ofelia non era stata accusata di stregoneria, ma era stata interrogata per avere informazioni su Aradia. Quest'ultima, invece, era stata subito additata come strega, per via del marchio – la voglia che le era stata trovata sulla coscia –, delle sue conoscenze e delle testimonianze di altre persone.

Ofelia però si era autodenunciata. Non potendo

sapere quello che Aradia diceva all'inquisitore, in quanto durante gli interrogatori le due donne erano state separate, Ofelia aveva utilizzato le notizie che lo stesso inquisitore le aveva fornito per confessare cose che non aveva mai fatto, ma che l'avrebbero portata al rogo insieme alla donna che amava. Rémy le aveva ripetuto quello che Aradia aveva confessato, oltre a inventare eventi di sana pianta, sperando che la donna, per salvarsi, raccontasse di come aveva visto l'amante compiere uno o più atti diabolici. Quando le aveva chiesto se avesse mai visto Aradia ballare nuda nel bosco invocando il diavolo, ad esempio, Ofelia aveva detto di sì, perché anche lei aveva partecipato al rito.

Aradia era stata torturata fin dai primi interrogatori. All'inquisitore non bastava sapere che fosse in grado di curare la febbre con le erbe o che conoscesse il nome di antiche divinità pagane. Voleva che rivelasse come le streghe facessero a volare, quali incantesimi usassero per ammaliare gli uomini e accoppiarsi con loro, quali fossero i loro luoghi di ritrovo, cosa succedesse durante i sabba, di cosa sapesse la carne dei bambini che uccidevano per poi mangiare. Tutte cose che Aradia non avrebbe mai potuto confessare, dato che non le aveva mai fatte.

Rémy stava semplicemente seguendo la procedura, la stessa che lo aveva portato a bruciare donne e uomini innocenti: prometteva la fine dei tormenti, addirittura la libertà, se l'imputato ammetteva di aver fatto tutto quello che gli si attribuiva. Dalla disperazione, spesso gli accusati confermavano ciò che l'inquisitore voleva sentirsi dire. Ma una volta raggiunto il suo scopo, non manteneva la parola data.

Antares si accorse che stava tremando, mentre scorreva un documento che, secondo la professoressa, riportava una pagina del verbale originale.

Una delle prime torture a cui Aradia era stata sottoposta fu la pulizia dell'anima. Si pensava che l'anima degli eretici, quindi anche quella delle streghe, fosse sporca e corrotta: si usava quindi fare ingerire all'imputato dell'acqua bollente, del sapone, a volte persino del carbone.

Nel caso di Aradia, la donna era stata costretta a bere da una bacinella piena di acqua calda e sapone, che le aveva provocato immediati conati di vomito: quella era stata la conferma, per l'inquisitore, che la sua anima fosse davvero sporca.

«Vorrei vedere lui a non vomitare dopo aver bevuto una cosa del genere!» esclamò Antares.

La povera Aradia aveva subito molto altro, ma tra tutti gli orrori un particolare raggelò il sangue ad Antares. Non sapeva con che criterio i sogni scegliessero cosa mostrarle, quali episodi farle rivivere con gli occhi di Aradia. In quel momento pregò con tutto il cuore che chiunque ci fosse dietro a quello che stava vivendo – un dio, una dea, più divinità, o semplicemente l'universo – non le mostrasse i dettagli di quella tortura, una delle peggiori cose che potessero accadere a una donna.

Il verbale riportava che l'inquisitore si era visto costretto a far indossare ad Aradia una cintura di castità, dopo che qualcuno aveva cercato di stuprarla nella sua cella. Le sue urla avevano attirato l'attenzione e avevano permesso di cogliere l'uomo sul fatto, con i pantaloni abbassati, il membro eretto, mentre trascinava la donna, i cui vestiti erano stati strappati.

Avendo sostenuto che la strega lo aveva sedotto, l'uomo non era stato punito e tutta la colpa era ricaduta su Aradia.

Per evitare che altri cadessero sotto l'incantesimo di lussuria della donna, Rémy aveva pensato che umiliarla, facendole indossare la cintura di castità, sarebbe stata la giusta soluzione.

«Basta, basta» mormorò Antares, scoppiando a piangere. Prese tutti i fogli e li rimise nella cartelletta.

Aveva ottenuto le prove che cercava. Aradia e Ofelia erano esistite e prima di morire avevano sofferto. Forse sentirsi in quel modo per una donna che non aveva conosciuto e che ormai era polvere da secoli era stupido, oltre che inutile. Ma non poté trattenere le lacrime. Non poteva cambiare quello che sentiva in quel momento.

Sapeva che Aradia era un'estranea, non c'entrava nulla con lei, ma da quando quei sogni erano cominciati era come se ogni notte Antares scomparisse e la sua anima volasse nel corpo della strega innocente. Provava tutto ciò che provava lei, sentiva le sue emozioni, le sensazioni, tutto, come se davvero fosse nel suo corpo. Sapere che proprio quel corpo aveva subito torture indicibili la faceva stare più male di quanto avrebbe mai pensato.

«Mi dispiace, mi dispiace così tanto, Aradia!»

esclamò, tra le lacrime. Pianse fino ad addormentarsi con la testa appoggiata al tavolo della cucina.

«Sì» sospirò. «Faccio parte di una strana famiglia. Dormiamo di giorno e voliamo di notte, come aquiloni neri sul vento [...]»

(Ray Bradbury, *La strega d'aprile*)

30

Quando uscì dalla stanza, spintonata dall'uomo, capì subito che non sarebbe tornata da Ofelia e sentì una fitta al cuore. Cosa avrebbe pensato non vedendola arrivare? Cosa le avrebbe detto, e fatto, Rémy?

"Ofelia, fatti forza, ci vedremo presto!" pensò, mentre veniva spinta all'interno di una camera, o forse avrebbe dovuto chiamarla prigione. Non c'erano finestre, la stanza puzzava di muffa ed escrementi, l'unica luce veniva da una candela ormai quasi consumata. Presto sarebbe stata al buio, e senza finestre sarebbe stato difficile contare il passare dei giorni: probabilmente era proprio quello che Rémy voleva.

«Calmati, Aradia. Non puoi impazzire ora, devi restare cosciente, per te stessa e per Ofelia!» si ripeté mentre si sedeva sul pavimento, la schiena contro il muro freddo.

Non sapeva per quanto sarebbe rimasta lì, non sapeva se e quando le avrebbero portato del cibo. Non sapeva neanche se avrebbe rivisto Ofelia prima di morire. Pregava solo che almeno lei si salvasse. Era consapevole che per sé non c'erano speranze; il massimo che poteva augurarsi era di non soffrire per troppo tempo, una parte di lei avrebbe preferito la giustiziassero il giorno seguente.

Non poteva essere passato tanto tempo da quando l'avevano rinchiusa lì, ma a lei sembra-

vano ore infinite. A un tratto qualcuno aprì la porta per lasciare un piatto con del pane e un bicchiere d'acqua.

"Una roccia sarebbe stata più morbida" pensò, prendendo in mano il pane. Temendo che durante la sua permanenza in quella prigione non avrebbe ricevuto altri pasti, dopo averlo bagnato con dell'acqua, lo mangiò.

Non avrebbe mai pensato di riuscire ad addormentarsi e pensò lo stesso il giorno seguente, e quello dopo ancora. Non poteva vedere la luce del sole, o della luna, per capire il passare del tempo, ma aveva realizzato che le portavano del cibo, al limite del commestibile, una volta al giorno.

Tre pasti, tre giorni. L'unica persona che vide fu l'uomo che le consegnava da mangiare.

La candela era ormai finita. Era sola, al buio, senza sapere cosa stesse succedendo fuori da quella porta, senza sapere come stesse Ofelia. In alcuni momenti pensò di essere già morta, e che forse quello era l'inferno, buio e puzzolente.

Si dava dei pizzicotti, degli schiaffi, per ricordarsi di non mollare, che era ancora viva, e non sarebbe morta senza prima rivedere Ofelia.

Si addormentò anche quella notte, o forse era mattina, o pomeriggio. Il suo sonno non era mai stato pesante e da quando era lì lo era ancora meno, per questo si svegliò subito quando sentì la porta aprirsi. All'inizio pensò che fosse l'uomo del cibo, ma realizzò subito dopo che non poteva esserlo, non era passato abbastanza tempo da quando aveva mangiato. Forse era Rémy, o qualcuno che l'avrebbe portata da lui per un nuovo interrogatorio, o una nuova tortura.

O forse l'avrebbero portata da Ofelia.

Ma a entrare dalla porta, illuminato solo dalla debole luce di una candela che teneva in mano, fu padre Gerhardt. Dopo alcuni insulti che la definivano «Una puttana che vuole solo un cazzo dentro di lei», la situazione degenerò in poco tempo e prima di poter reagire il prete aveva cominciato a strapparle i vestiti.

Voleva muoversi, voleva scappare, ma non ci riusciva. Era come paralizzata, non riusciva a fermare l'uomo mentre le strappava le vesti e si abbassava i pantaloni, mostrando il membro eretto. Solo quando lo guardò in faccia mentre la trascinava, prendendola per le gambe, riuscì a urlare con tutto il fiato che aveva in gola. Nonostante il prete tentasse di zittirla, colpendola, le sue urla furono udite da Rémy, il quale corse all'interno della stanza, seguito da altri uomini.

Il prete l'accusò di averlo sedotto utilizzando i suoi poteri demoniaci, e così a essere punita fu lei. Rémy ordinò che ad Aradia venisse messa una cintura di castità, «Così non potrà appagare il suo appetito sessuale».

Una donna l'aiutò a indossare quella prigione di ferro, fredda e pesante, e fu quasi più umiliante che doversi spogliare davanti a degli uomini sconosciuti.

Un altro pasto, un altro giorno, ma ora, con quel metallo tra le gambe, trovare una posizione comoda per dormire, sul pavimento, era diventato difficile. Inoltre era terrorizzata a chiudere gli occhi dopo quello che era successo. Quando l'uomo che le portava il cibo apriva la porta sussultava dalla paura, temendo di vedere il prete apparire da un momento all'altro.

Le si fermò il cuore quando, poco tempo dopo aver mangiato, sentì la porta aprirsi. Ma la paura si trasformò subito in sorpresa quando vide Ofelia, spinta all'interno della stanza.

Appena la porta si chiuse, Ofelia corse da lei senza dire nulla, abbracciandola così violentemente che caddero a terra. Aradia la strinse a sé, tanto forte che le facevano male le braccia.

«La mia Ofelia!» esclamò, baciandole la fronte, poi la bocca: le labbra, sempre così dolci, erano ora amare. Poi, anche se riluttante a porre fine a quel contatto fisico, si staccò da lei, per guardarla.

Il viso era sempre quello della sua amata, solo più sporco, gli occhi erano gonfi per il pianto, e il sorriso era spento, ma non era ferita.

«Stai bene? Cos'è successo? Cosa ti hanno fatto? Ti hanno toccata?» le chiese, preoccupata.

Ofelia rispose con un sorriso: forse sperava di rassicurarla, ma Aradia notò che nascondeva una mano dietro la schiena.

«Sto bene, soprattutto ora che sono qui con te!» rispose, la voce così debole che era un sussurro.

Aradia la guardò bene e, anche se la luce della candela era troppo flebile, notò i segni sotto gli occhi.

«Da quanto non dormi?»

«N-non lo so».

«Ofelia, cos'è successo?»

La ragazza l'abbracciò, nascondendo il viso nel suo petto. Stava piangendo.

Aradia la strinse di nuovo.

«Va tutto bene ora, sei qui con me!»

«Io non mi pento» sussurrò Ofelia, affondando il viso tra le pieghe del suo vestito.

«Cos'è successo? Vuoi raccontarmelo?»

Si sedettero: Aradia appoggiò la schiena contro il muro, mentre Ofelia si sdraiò, appoggiando la testa sul suo grembo.

«All'inizio era gentile, credo che nonostante tutto pensasse davvero che alla fine l'avrei sposato. Puoi immaginare quanto una persona debba ritenersi... speciale per pensare che dopo tutto questo qualcuno la voglia ancora come consorte?»

«È un uomo» le rispose Aradia, accarezzandole i capelli.

«Voleva che gli dicessi tutte le cose che ti avevo visto fare, se io avessi assistito alla preparazione degli intrugli che usavi per far soffrire le persone che ti chiedevano aiuto, se ti avessi visto recarti ai sabba e accoppiarti con il diavolo, se avessi sentito mentre cantavi i tuoi incantesimi ballando nuda sotto la luna e molte altre cose che solo un uomo malato inventerebbe e io... ho detto di sì, che ti avevo vista perché io stessa avevo partecipato ai rituali».

«Oh, Ofelia» sussurrò, il cuore le si era fermato per un attimo. Si era condannata da sola.

«Mi intimava di smetterla di mentire, io gli dicevo che non stavo mentendo, stavo rispondendo

alle sue domande, niente di più, gli stavo dando quello che voleva. Pensavo che così mi avrebbe lasciato stare, pensavo che così ti avrei rivista e...» la voce le si incrinò «e saremmo state insieme fino alla fine».

Trattenere le lacrime fu difficile. L'unica cosa che l'aveva tenuta in vita in quell'inferno era stato il pensiero che in un modo o nell'altro Ofelia si sarebbe salvata; ma mentre lei si era aggrappata a quella speranza, Ofelia si era adoperata per farsi processare. Tutto per poter stare con lei, fino alla fine.

«Rémy sembra essersi convinto che io sia sotto un incantesimo, che tu mi abbia ammaliata e sedotta, e a parlare non sia davvero io. Mi ha detto che i suoi libri parlano anche di questo, di giovani donne sedotte dalle streghe che per via della magia perdono se stesse. Per ritrovare la loro anima, prima che sia troppo tardi, l'unica soluzione è il dolore» la voce le morì in gola mentre pronunciava le ultime parole.

Aradia non aveva mai pensato alla violenza, non aveva mai pensato che un giorno avrebbe voluto stringere le mani intorno alla gola di qualcuno fino a farlo cadere a terra senza vita. Mai come in quel momento sentì la voglia, il bisogno, di uccidere qualcuno e quel qualcuno era Rémy.

«Ofelia, fammi vedere la mano» le disse, dolcemente.

Ofelia si girò a pancia in su e sollevò la mano. Era malamente fasciata, la benda era sporca di sangue e si stava infettando, sarebbe stato meglio lasciarla scoperta.

«Mi ha ordinato di appoggiare la mano sul tavolo davanti a me. Un uomo l'ha afferrata, l'ha tenuta così stretta che è diventata bianca. Poi ci ha appoggiato sopra una piccola pietra. Non ho realizzato subito cosa sarebbe successo. Era fredda e pesante, ma non così tanto, e Rémy ha ricominciato l'interrogatorio, aggiungendo una nuova pietra per ogni domanda che mi poneva. Ma io non ho mai cambiato versione. All'inizio faceva male, ho sentito un rumore come di ossa rotte, poi più niente. Poteva aggiungere tutte le pietre che voleva, non stavo più soffrendo e Rémy lo sapeva, ha detto agli uomini che non era abbastanza, dovevano osare di più, ma l'importante era non sfregiarmi il viso, o...»

Sapeva cosa Ofelia stava per dire.

«Non dovevano farmi niente che potesse rovinare il mio corpo in modo permanente, in modo che non potessi avere figli. Ora capisci, Aradia, perché preferirei morire sapendo di andarmene insieme alla persona che amo piuttosto che sopravvivere? Se lo facessi, dovrei sposare quel mostro, avere i suoi figli!»

Per quanto avrebbe dato la sua vita per salvare Ofelia, per quanto non avrebbe mai voluto che anche lei facesse la sua fine, non poteva biasimarla. Anche lei avrebbe preferito la morte a quel futuro.

«Non mi hanno permesso di dormire» continuò. «Degli uomini si davano il cambio nella mia stanza, e non appena chiudevo gli occhi, mi gettavano addosso dell'acqua ghiacciata. So che Rémy ha in mente molto altro per me, perché non

si arrenderà mai all'idea che io abbia davvero fatto quelle cose, che io sia una strega. Credo che il suo desiderio di sposarmi non sia abbastanza forte dal fermarlo dall'uccidermi con la tortura».

Aradia la strinse a sé.

«Ti ha detto come mai ti ha fatto venire qui?»

«Ci ha separate perché temeva che la tua influenza, la tua magia, non mi avrebbe permesso di dire la verità, di condannarti».

Perché ora aveva cambiato idea? Perché proprio ora le aveva fatte riunire?

«Credo che voglia farci crollare, usandoci l'una contro l'altra» disse Ofelia, come se le avesse letto la mente.

«Allora è più stupido di quello che pensavo, soprattutto dopo che ti sei dichiarata colpevole da sola».

«No, Aradia, non è questo che intendevo. Credo che Rémy abbia capito che tra noi c'è qualcosa di più forte del legame di parentela, anche se è convinto che sia a causa di un incantesimo o dell'influenza satanica. Vuole farci crollare obbligandoci a vedere come ci sta distruggendo. Come ti sei sentita quando hai visto la mia mano?»

Aradia non rispose perché non aveva parole per descrivere ciò che aveva provato.

«Esatto. E non credere che non abbia capito che sotto queste vesti stai indossando qualcosa di ferro, l'ho sentito non appena ho messo la testa sul tuo grembo. Cosa ti hanno fatto, Aradia?»

«Niente, sto bene, davvero».

«Aradia».

Le raccontò quello che era successo con il prete e di come dopo quella volta Rémy le avesse fatto indossare una cintura di castità. Ofelia tremava di rabbia.

«La prossima volta che lo vedo, che vedo quello schifoso prete, lo uccido!»

«No! Tu non farai niente, Ofelia, hai capito?»

«Quindi cosa faremo? Aradia, il nostro destino è segnato, sappiamo entrambe che moriremo qui. Se non moriremo per le torture che ci infliggeranno, verremo bruciate e spero che ciò avvenga il prima possibile. Ma non me ne andrò senza di te, e senza aver portato almeno uno di quei bastardi all'inferno!»

Aradia la guardò sorpresa, ma anche con ammirazione.

«Guardati, non sei più la ragazza spaventata e affamata che trovai nel bosco, sei una guerriera, sei come Artemide!»

«Se solo avessi il mio arco con me» esclamò Ofelia, con un sorriso triste.

«Ofelia, promettimi solo una cosa: quando quel giorno verrà, quando ci uccideranno, noi saremo insieme. Non farti uccidere prima!»

Entrambe risero.

«Non avrei mai creduto di sentirti dire una cosa del genere!»

«Non avrei mai pensato di doverlo dire!»

«Aradia, so di sembrare coraggiosa, ma sono solo arrabbiata. Ho paura».

«Solo un pazzo non ne avrebbe, Ofelia».

31

«Non ti addormentavi sui libri nemmeno quando studiavi, e a essere sincera non ti vedevo così concentrata neanche allora!»

La voce di Artemisia la svegliò. Pochi istanti prima di aprire gli occhi, però, sentì un forte profumo di caffè e un vociare di persone, che non parlavano in italiano, o in una lingua che conosceva. L'amica la guardò preoccupata.

«Antares, tu hai pianto, cosa è successo? Stai bene?»

Mentre l'amica preparava qualche stuzzichino da mangiare, Antares le raccontò tutto davanti a una birra.

«Oh cazzo, oh cazzo. Porca puttana!» esclamò Artemisia, scolandosi mezza bottiglia in pochi minuti, dopo che Antares le disse sia quello che aveva scoperto grazie all'aiuto della professoressa sia quello che era successo nel sogno.

«Quindi sono davvero esistite. I tuoi sogni sono i ricordi di una femminista con i controcazzi che morì secoli fa insieme alla donna che amava!» aggiunse, finendo del tutto la birra.

«Ma perché?»

«Sei sicura che non siete parenti? Magari è una tua antenata!»

«Io non credo, a quanto ho capito veniamo da due parti d'Italia diverse. E poi, che io sappia, la mia famiglia, sia quella di mio padre che quella di mia madre, è sempre vissuta qui».

«Non riesco davvero a trovare delle spiegazioni, o almeno spiegazioni razionali, però…»

«Però cosa?»

Artemisia si alzò, prese un'altra birra dal frigorifero e sparì un attimo, per poi tornare con dei fogli in mano. «Non sei la sola ad aver fatto ricerche, sai? Questa storia mi ha incuriosita, e anche spaventata, lo ammetto, fin dall'inizio. Per quanto potesse sembrare assurdo, ancora prima di avere una conferma dalla professoressa, mi sentivo che quelle due donne non erano frutto della tua immaginazione. Tu sai come io debba trovare risposte a tutto, e quanto sia curiosa».

«Ovviamente, mi ricordo che tuo cugino ti chiama Sherlock».

«Esatto. E così Sherlock si è messo a fare ricerche. Ammetto che all'inizio è stato tutto molto scoraggiante, trovavo solo fanfiction porno, articoli scritti da pazzi che vedevano la Madonna e credo di essere finita anche in un sito per satanisti, poi ho cominciato a non fermarmi alle prime pagine di ricerca. Insomma, ho pensato: con i siti porno ho la pazienza di sfogliare pagine e pagine, potevo farcela. Ho cominciato a cercare anche risultati in altre lingue».

«Hai finalmente messo in uso il diploma da liceo linguistico, insomma!»

«Man mano che trovavo cose interessanti le stampavo e credo di essermi fatta qualche idea».

Prese le pagine che l'amica le aveva dato e cominciò a sfogliarle, leggendo i titoli ad alta voce.

Reincarnazione: mio figlio è posseduto dallo spirito di un indiano morto secoli fa.

Un bambino di tre anni ricorda la vita passata, identifica l'assassino e la collocazione del corpo.

Donna afferma di essere la reincarnazione di un'ancella di Cleopatra.

Un ragazzo ricorda sua moglie e il suo omicida in una vita passata.

Continuò a sfogliare: i titoli più o meno erano sempre quelli, gli articoli parlavano di reincarnazione e cose del genere.

«Ascolta, so che sembra assurdo, e che quei titoli sono degni di temi di bambini di terza elementare, ma ci sono stati numerosi casi di gente che affermava di essere la reincarnazione di qualcuno. Quando queste persone raccontavano quello che vedevano, o sognavano, sono stati trovati dei riscontri: cose che magari erano scritte solo su documenti antichi e privati, oppure degli omicidi sono stati risolti» spiegò Artemisia. «Prova a leggere alcuni di quegli articoli, senza fermarti all'apparenza o al titolo».

«Il caso James Leininger, un ragazzo americano nato nel 1998 e appassionato di aerei fin da piccolo. Ha solo diciotto mesi quando viene portato dal padre al museo dell'aviazione di Dallas. Da quel momento comincia ad avere frequenti incubi e viene spesso trovato dai genitori girato di schiena, a tirare calci in aria. I genitori decidono di rivolgersi a uno specialista, che chiede al bambino di parlargli degli incubi. Cominciano così ad affiorare ricordi e nomi di persone. Il piccolo James sostiene che un tempo pilotava un aereo, un Corsair, un velivolo in funzione durante la seconda guerra mondiale, e che era a bordo di una nave chiamata Natoma. Si ricorda di avere un amico di nome Jack Larson, e che il suo aereo era stato abbattuto dai giapponesi nella battaglia di Iwo Jima. I suoi ricordi si riflettono anche nei disegni che fa: battaglie aeree, scontri a fuoco, bombardamenti. Il padre comincia ad avere dei dubbi e si informa sulla battaglia di Iwo Jima: scopre così che nel corso dei quegli scontri un solo aereo era stato abbattuto. A pilotarlo era un ragazzo di ventun anni che si chiamava James, come suo figlio.

Nel settembre 2004, quando il piccolo ha solo sei anni, i genitori lo portano a una riunione di veterani e James riconosce alcuni dei compagni del James Houston morto in quell'incidente aereo. I genitori decidono di mettersi in contatto con la sorella di James, che il bambino comincia a chiamare Anny, nomignolo con cui solitamente suo fratello la chiamava. I due si trovano a condividere segreti di famiglia che nessun altro avrebbe mai potuto conoscere.

Gli studiosi, che ad oggi continuano a fare ricerche sul caso di James, sono sorpresi di come ci siano così tante coincidenze».

«Vedi? Io so che sembra strano, ma ci sono molti altri casi come questo. Non credo che siano tutti finti. Lo sai cosa dico sempre: c'è un po' di verità dietro ogni cosa! Leggi anche quello della bambina indiana!»

«Ian Stevenson, professore dell'università della Virginia e fondatore della divisione sullo studio delle percezioni e del paranormale, è stato il primo a studiare il fenomeno della reincarnazione in maniera scientifica. Ha affrontato seicento casi, per la maggior parte di bambini. Tra questi c'è Shanti Devi, nata nel 1926. Fino all'età di quattro anni non parla, ma quando lo fa, le sue prime parole sono sorprendenti. Dice alla madre che la sua casa non è a Delhi, ma a Mathura, una città a centocinquanta chilometri di distanza. Il suo nome è Lugdi e suo marito si chiama Kedarnath Chaube. Shanti è in grado di descrivere la città con una precisione impressionante, anche se non ci ha mai messo piede. Ricorda persino come è morta, cioè dando alla luce il suo terzo figlio nel 1925.

Per due anni i genitori credono che le parole della figlia siano fantasie, poi uno zio di Shanti si reca a Mathura per volere della madre, per indagare sulla vicenda. Qui l'uomo scopre dell'esistenza di un sarto di nome Kedarnath Chaube, la cui moglie, Lugdi, è morta anni prima. La storia di Shanti desta grande scalpore in tutto il paese e nel 1935 persino Gandhi nomina una commissione per far luce sulla vicenda. Un'equipe di scienziati, politici e giornalisti conduce Shanti a Mathura, dove la bambina riconosce molti abitanti e parenti, e identifica senza problemi vari luoghi. Anche se altri studi portano a galla dei dubbi riguardo alla faccenda, il caso di Shanti rimane uno dei più interessanti».

«Mi hanno messo i brividi queste storie. Però, Antares, se questa fosse la risposta?»

«Come potrebbe esserlo? Artemisia, come potrebbe avere senso questa cosa? Reincarnazione, insomma, dai…»

Una parte di lei stava ridendo: tutte quelle cose non avevano senso, erano solo articoli per creduloni. Era impossibile che una cosa del genere fosse vera, ma un'altra parte di lei allo stesso tempo le stava dicendo che forse, finalmente, per quanto impossibile aveva trovato una risposta.

Artemisia le prese gli articoli dalle mani, ne sfogliò alcuni fino a quando trovò quello che voleva e glielo porse.

«Lo psichiatra Jim Tucker ha trascorso quindici anni intervistando tutti i bambini che proclamavano di essersi reincarnati. Nel suo libro, *Life before life: a scientific investigation of children's memories of previous lives*, il dottor Tucker ha intervistato duemilacinquecento giovani che mostravano segni di reincarnazione, per esempio ricordi che non avevano mai sperimentato, cicatrici o segni identici a quelli delle persone che si sarebbero reincarnate in loro».

«La voglia! Tu e Aradia avete la stessa voglia, nella stessa posizione!» la interruppe Artemisia.

«Il dottore afferma che la reincarnazione è possibile perché la coscienza sarebbe un tipo di energia contenuta nei nostri corpi, ma scindibile da essi, e potrebbe quindi continuare a esistere anche dopo la morte dell'organismo. A quel punto potrebbe trovare un nuovo ospite, ancorandosi a un nuovo cervello e presentandosi attraverso ricordi di vite passate».

«Io non capisco nulla di queste cose, ma sembra che anche gli scienziati abbiano trovato una risposta».

«Mi fa male la testa».

«Vuoi un'altra birra?»

«Io… non lo so».

«Non sai se vuoi un'altra birra?»

«No, quella la voglio, grazie. Intendevo che non lo so, mi fa paura come tutto questo abbia senso, in realtà».

«Già!»

«Ma se così fosse, perché? Perché io?»

«Non ne ho idea, forse la sua coscienza vagava nel limbo alla ricerca di un nuovo corpo e ha trovato il tuo, o forse ci sono ragioni profonde. Oppure no. Ciò che importa è che una donna vissuta secoli fa si è reincarnata in te».

Se fosse stato un altro momento della sua vita avrebbe riso a quella frase, ma non poteva, perché sapeva che l'amica aveva ragione.

La voglia, i sogni, i ricordi che poi si erano rivelati veri parlando con la professoressa e leggendo il materiale che le aveva dato.

«Cazzo!»

«Cosa?»

«È vero, dentro di me c'è davvero la coscienza di Aradia, o come vogliamo chiamarla!»

«Sì, ok, la birra non è forte abbastanza. Arrivo subito, sono sicura di avere ancora del gin!»

Tutti quei sogni altro non erano che ricordi, già presenti dentro di lei.

«Perché hai scelto me?» sussurrò, mentre sentiva l'amica rovistare in cucina. «E se si fosse sbagliata?» chiese, quando Artemisia tornò vittoriosa con la bottiglia di gin.

«In che senso?»

«Insomma, poteva reincarnarsi in qualcun altro, perché me? Io non… Artemisia, io so che donna fosse, che donna forte e meravigliosa fosse, perché ha scelto me?»

«Perché anche tu lo sei, Antares. Non so come funzioni, insomma, fino a poco tempo fa non avevo neanche mai pensato alla reincarnazione e ora sembra essere una cosa reale, ma che si possa scegliere o meno il corpo in cui ci reincarniamo, io sono certa che Aradia è fiera che sia tu. Non poteva scegliere persona migliore per custodire i suoi ricordi!»

Antares sorrise all'amica.

«Una cosa però non l'ho ancora capita, e cioè i sogni con la ragazza danese» esclamò Artemisia.

«Oh cazzo, me n'ero dimenticata!» disse Antares, alzandosi per andare in camera a prendere il taccuino dove aveva scritto il nome che era sicura appartenesse alla ragazza del sogno.

Prese il computer e sotto lo sguardo curioso dell'amica digitò: "Magnhild Ravn".

«È un nome?» chiese Artemisia, curiosa.

«Sì, credo che sia il nome di quella ragazza».

«È possibile che anche lei si sia reincarnata in te? Wow, hai un sacco di donne dentro di te, ti invidio quasi!»

La maggior parte dei risultati erano articoli in danese, e i pochi in inglese che trovò non erano la risposta a quello che cercava.

«Niente, risolvere tutto in una sera sarebbe stato troppo bello!» sbuffò.

«Non ti arrenderai così? Vai alla seconda pagina. Insomma, abbiamo una bottiglia di gin da finire!»

Tre pagine e mezzo bicchiere di gin dopo, un articolo catturò la sua attenzione.

«*Ragazza sopravvive a grave incidente stradale, unica superstite della sua famiglia*» lesse, traducendo dall'inglese.

«È lei?» chiese Artemisia.

Antares continuò a leggere.

«Un grave incidente ha coinvolto numerose macchine vicino a Roskilde. Un camion che trasportava merci pesanti ha perso il controllo, slittando sul ghiaccio, provocando tamponamenti a catena. Più di trenta persone ferite, alcune in modo grave. Il bilancio è di sette morti. Tra i sopravvissuti, la giovane Magnhild Ravn, unica superstite della sua famiglia. "Per i genitori non c'è stato niente da fare" comunica il primario dell'ospedale presso cui sono stati portati tutti i feriti. "La ragazza era in condizioni molto gravi, se i soccorsi non fossero stati così tempestivi sarebbe morta anche lei"».

Le si strinse il cuore. Non poteva immaginare come quella ragazza doveva essersi sentita dopo aver scoperto che i genitori erano morti e lei era sopravvissuta.

«Antares, guarda la data dell'incidente!» disse quasi gridando l'amica.

«Ma è...»

«La notte in cui Magnhild è stata portata all'ospedale e ha rischiato di morire è la stessa in cui ti ho trovato quasi dissanguata».

Non poteva essere una coincidenza, ormai non ci credeva più.

«Antares, dai tuoi sogni sembra che anche lei sia in qualche modo collegata con Aradia e Ofelia, giusto?»

Annuì. Le girava la testa, e non era per l'alcool.

«E se l'essere quasi morte avesse fatto scattare qualcosa in voi? Hai cominciato a fare questi sogni dopo che sei tornata a casa. Non solo dopo essere quasi morta, ma anche dopo aver smesso di prendere i medicinali. Non credo che Aradia non fosse dentro di te: lo era già, in qualche modo, da sempre, ma non potevi sentirla. L'essere quasi morta probabilmente ti ha aiutato a metterti in contatto con la sua coscienza, i suoi ricordi. Credo che una cosa simile sia successa anche a quella ragazza».

«Il fatto che le tue parole abbiano senso mi spaventa».

«Lo so, me lo diceva spesso anche mia madre!»

«Io sono collegata ad Aradia perché la sua coscienza, anima, spirito, come vogliamo chiamarlo, si è reincarnato in me. Anche quella ragazza è collegata a lei allo stesso modo, per questo la posso vedere, ma… può una persona reincarnarsi in due corpi diversi?»

«Antares, quando vedi quella ragazza nei tuoi sogni, cosa provi?»

«Non prendermi per pazza ma…»

«Credo che ormai siamo andate ben oltre la pazzia».

«Ma provo amore. Provo affetto, voglia di proteggerla, di abbracciarla, di baciarla».

Per un attimo i loro sguardi si incrociarono e come se entrambe fossero state colpite da un fulmine urlarono all'unisono: «Ofelia!»

«Credi… credi davvero che…»

«Che Ofelia si sia reincarnata in una ragazza danese allo stesso modo in cui Aradia si è reincarnata in te? Sì».

«Ok, non posso crederci. Non posso credere a tutto questo!»

«Vuoi che ti faccia un riassunto? Allora, nelle puntate precedenti: Antares continua a sognare due donne vissute secoli fa, accusate di stregoneria, e in questi sogni è come se lei stessa fosse lì. Sente tutto, rumori, sapori, sentimenti, e alla fine di questi sogni vede sempre un'altra ragazza, che scopre essere una giovane danese che vive in una camera molto disordinata e che probabilmente lavora in un bar e…»

«Aspetta, perché dici così?»

«Perché hai visto un'uniforme e hai sentito profumo di caffè».

«Wow, sei davvero Sherlock!»

«Grazie, ma c'era anche scritto alla fine dell'articolo che hai letto. I colleghi del bar, dai nomi impronunciabili, le facevano le condoglianze e l'aspettavano a braccia aperte. Comunque, Antares scopre poi che i suoi non sono sogni, ma i ricordi di una donna che è esistita davvero, e che purtroppo è stata vittima di un processo per stregoneria. Il mistero si infittisce, le domande sono sempre più frequenti, finché, grazie anche all'aiuto della saggia amica Artemisia, Antares realizza che la donna di cui rivive i ricordi si è in realtà reincarnata in lei. Ma le sorprese non finiscono qui: scopre, inoltre, di essere collegata alla ragazza danese, perché anche lei è la reincarnazione della donna che la strega amava. Credo di aver detto tutto».

«Credo di dover vomitare!» esclamò Antares, correndo verso il bagno.

Dopo aver rimesso tutto quello che aveva mangiato e bevuto, Artemisia l'aiutò a cambiarsi e l'accompagnò a letto.

«Credo che sia stata una giornata piena di emozioni, ed è meglio che tu ti riposi. Domani penseremo a cosa fare!» le disse, prima di spegnere la luce della sua stanza.

Non credeva che sarebbe riuscita a dormire, la sua mente era piena di cose, le sembrava stesse per scoppiare. Ma alla fine il sonno ebbe la meglio.

Nelle fiabe le streghe portano sempre ridicoli cappelli neri e neri mantelli, e volano a cavallo delle scope.

Ma questa non è una fiaba: è delle streghe vere che parleremo.

Ci sono alcune cose importanti che dovete sapere, sul loro conto; perciò aprite bene le orecchie e cercate di non dimenticare quel che vi dirò.

Le vere streghe sembrano donne qualunque, vivono in case qualunque, indossano abiti qualunque e fanno mestieri qualunque.

Per questo è così difficile scoprirle.

(Roald Dahl, *Le streghe*)

32

Ofelia si addormentò tra le sue braccia, mentre lei non riuscì a chiudere occhio. Guardò la ragazza, cercando di memorizzare ogni minimo dettaglio del suo viso.

"Non era questo il futuro che avrei voluto per te, per noi" pensò, accarezzandole il volto.

Si sentiva quasi in colpa. Pensava di averla salvata, quella notte nel bosco, ma l'aveva condannata. Se solo Ofelia avesse trovato ospitalità in qualche altra casa, nella casa di una donna che non sarebbe mai stata accusata di stregoneria.

Allo stesso tempo non poté evitare di sentirsi sollevata per non essere da sola, andando a morire con accanto una persona che amava, e che la ricambiava.

Aradia aveva amato nella sua vita. Aveva amato suo padre, sua madre, le sue sorelle, persino quando la infastidivano.

Aveva amato il bosco, i suoi animali, e il cielo, in particolare la luna.

Ma non avrebbe mai pensato di provare anche quel tipo di amore. Quell'amore che ti rende felice, libero e completo, come se finalmente la tua anima avesse trovato la parte mancante. Quando era piccola aveva chiesto a sua madre perché amasse così tanto suo padre, perché tra tutti avesse scelto proprio lui. Lei le aveva raccontato di un mito narrato da un antico filoso-

fo greco, secondo cui all'origine dei tempi ogni essere umano aveva quattro braccia, quattro gambe e due teste. Col tempo, però, divennero sempre più insolenti e, sicuri della loro potenza, tentarono la scalata all'Olimpo per spodestare gli dei. Così Zeus decise di punirli, separando le due parti con un fulmine. Da allora ogni essere umano tentava di ritrovare la propria completezza iniziale, cercando la metà perduta. La madre le aveva detto che con suo padre aveva trovato quella metà, e ora, grazie a Ofelia, Aradia capiva cosa intendesse. Capiva cosa volesse dire sentirsi completi.

Quando qualcuno aprì la porta per portare il cibo, notò subito che la porzione era per una sola persona, e che dietro a quell'uomo c'era Rémy.

«Prendete la strega!» esclamò, indicandola.

«No, dove la portate?» chiese disperata Ofelia, finalmente sveglia.

«Tranquilla, andrà tutto bene, tornerò. Tu mangia, hai bisogno di forze, io tornerò!» le disse Aradia, sorridendo, mentre un uomo la conduceva fuori dalla cella, strattonandola.

Questa volta la portarono in un'altra stanza, una stanza che puzzava così tanto da farle bruciare il naso.

«Alle accuse a vostro carico si aggiunge quella di aver sedotto e influenzato una ragazza» disse Rémy. «Avete qualcosa da dire al riguardo?»

Se Ofelia non avesse parlato avrebbe cominciato a difenderla, a fare di tutto per far sì che almeno lei si potesse salvare. Ma ormai era troppo tardi e l'unica cosa che poteva fare era stare al gioco, confermare quello che l'altra aveva detto.

«Io non ho influenzato nessuno, perché non ne ho il potere, nessuno ha un tale potere».

Rémy, senza guardarla, fece un segno a due uomini: prima che lei potesse dire qualcosa, la sollevarono dalla sedia, fino a farla stendere prona su un tavolo ricoperto da qualcosa di viscido e caldo.

Le bloccarono mani e piedi sul tavolo, poi qualcuno le tagliò il vestito, scoprendole la schiena.

«Vi rifaccio la domanda. Parlatemi di come avete sedotto la giovane Ofelia, utilizzando i vostri poteri, per costringerla a unirsi ai rituali demoniaci».

«E io vi ripeto che non ho costretto nessuno. Sapete, alcuni di noi non devono obbligare le persone per farsi amare».

«Vedremo se fra poco la penserete ancora così. Vedremo se avrete ancora il coraggio di parlarmi in questo modo».

Quel posto era pieno di ratti, e lei non aveva prestato attenzione al continuo squittio che sentiva da quando l'avevano portata nella stanza, fino a che uno degli uomini non le si avvicinò con uno di quegli animali in una gabbia.

«Credete che mi faccia paura un animaletto così? Ho davanti a me degli animali ancora più spregevoli!» esclamò, quando l'uomo aprì la gabbia e sentì il topo sulla sua schiena.

«Oh, ma voi non dovete avere paura, voi dovete soffrire!»

Aveva sentito parlare di quella tortura nella

tortura: a soffrire sarebbero stati lei e quel povero animaletto, che si era trovato solo nel posto sbagliato al momento sbagliato.

Prima sentì il freddo del secchio di ferro che le misero sulla schiena, a coprire il topo. Poco dopo il rumore di una candela che veniva accesa. Cominciò a sentire dolore.

All'inizio era come quando camminava nel bosco a piedi nudi e calpestava per sbaglio pigne e ricci, ma man mano che il secchio si scaldava, il topo, non avendo vie di fuga, cominciò a infierire sulla sua schiena con graffi e morsi.

Il dolore era sempre più forte, poteva sentire le unghie del topo scavare nella sua pelle, i suoi piccoli denti nella sua carne, ma non avrebbe né pianto né urlato.

«Mi dispiace solo per questo povero topino!» esclamò, a denti stretti, pensando che parlare l'avrebbe aiutata a non pensare al dolore.

«Ma certo, è forse il vostro... come lo chiamate? Famiglio!»

«Non ho idea...» le si incrinò la voce e dovette fare un respiro profondo, mordendosi la guancia fino a sentire il sapore del sangue, per non urlare. «Non ho idea di cosa stiate parlando!»

«Quando il diavolo sceglie una strega le affida un famiglio, un demone sotto forma di animale, per controllarla. Solitamente sono gatti, uccelli notturni, ma anche rospi e topi. Per questo provate pietà per l'animale e per questo non state soffrendo, perché l'animale è sotto il vostro comando! Togliete subito il secchio!» ordinò Rémy. «Ma non è possibile!» aggiunse, sorpreso.

«Cosa vi prende? Il topo vi ha mangiato la lingua?» chiese Aradia, lasciandosi andare a una risata isterica, sollevata dal fatto che la tortura fosse finita.

«Togliete quella bestiaccia, ora!» ordinò Rémy, e con la coda dell'occhio Aradia riuscì a vedere un uomo rimettere il topo, ormai mezzo morto e probabilmente impazzito, nella gabbia.

Poi sentì Rémy farsi sempre più vicino.

«Con queste ferite non è possibile che non abbiate sentito dolore!» mormorò, incredulo.

Se solo avesse saputo che incredibile strazio aveva provato.

«È stregoneria!» esclamò un altro uomo.

«Slegatela e fatela sedere sulla sedia».

«Ma le ferite, signore...»

«Perché dovremmo sprecare tempo a curare le ferite di una donna che presto morirà?»

Il suo destino le era stato chiaro fin da subito, dal momento in cui lei e Ofelia erano state portate lì, ma sentirlo dire dal suo aguzzino la fece rabbrividire.

I pochi passi che fece fino a crollare sulla sedia furono così dolorosi che per un attimo ebbe paura di svenire.

«Ora forse avete la mente più lucida, mia cara» fece Rémy con un ghigno.

«Oh sì, mi ha davvero aiutata. Mi ha aiutato a capire che mostro siete!»

«Perché avete corrotto la signorina Ofelia? Cosa le avete fatto?» chiese, ignorando quanto Aradia aveva appena detto.

«Io non ho fatto nulla, se non condividere le

mie conoscenze con lei!»

«Ah-ah!» esclamò l'uomo, schioccando la lingua. «Quindi ammettete di averla iniziata alla stregoneria?»

«No, non è quello che ho detto. Ho insegnato a Ofelia a usare le erbe, a riconoscere quelle velenose da quelle che possono aiutare, le ho insegnato a prendersi cura degli animali».

«E ad adorare il diavolo, ballando con voi nuda sotto la luna».

«E ballare è un crimine? Da quando?»

«Perché non mi dite quello che voglio? Mi credete uno stupido?»

«Onestamente, sì!»

Se uno sguardo potesse incenerire, quello di Rémy lo avrebbe fatto di sicuro.

L'uomo, prendendola per il collo, la gettò contro il muro, facendola sussultare per il dolore delle ferite ancora sanguinanti.

«Se non fosse che mi serve una vostra confessione, vi avrei già strappato la lingua! Chiamate Bernardo!»

Poco dopo, un uomo largo come una botte e brutto come un orco entrò nella stanza. Nelle mani stringeva quella che sarebbe stata la sua prossima tortura.

«Bernardo ha fatto parlare molte donne prima di voi!» esclamò Rémy.

«Immagino che colpirle sia l'unico modo per far loro urlare il vostro nome, signor Bernardo».

Sentì l'uomo che rideva, mentre Rémy le premeva la faccia contro il muro.

«E non vedo l'ora di far urlare anche voi!»

Il primo colpo le tolse il respiro e pensò che presto sarebbe svenuta.

«Quell'intruglio che abbiamo trovato a casa vostra... le streghe usano le erbe per creare un olio che permette loro di volare. Ve lo spalmate tra le gambe e poi volate, non è vero?»

«Volare? Davvero credete che la gente sappia volare?»

Un altro colpo. Sentì la frusta lacerarle la carne.

«Rispondete alle mie domande! Confessate di essere una strega e di avere avvelenato la gente che vi chiedeva aiuto, e di aver influenzato con la vostra magia la signorina Ofelia, la quale non è una strega?»

«Tutte le donne sono streghe ai vostri occhi, e sapete perché? Perché voi avete paura, avete paura di una donna e vi nascondete dietro le superstizioni su streghe, magie e diavoli, solo perché vi sentite minacciato».

Il terzo colpo le fece tremare le ginocchia e cadde.

«Potreste porre fine a questo dolore, se solo confessaste».

«È così che fate parlare le persone che uccidete? Ora capisco perché così tante poverette sono passate sui vostri roghi, la gente direbbe qualsiasi cosa piuttosto che continuare ad ascoltare la vostra voce fastidiosa!»

«La signorina Ofelia vi aspetta, non è così? Immagino che sia talmente ammaliata da voi che starvi lontana la fa soffrire. Ma cos'è quella donna per voi? Una vittima? Una cugina? Uno strumento diabolico? O magari la vittima per un

sacrificio?»

«Lei è... lei è...»

Parlare stava diventando sempre più difficile e doloroso.

«Lei è... cosa?»

Sapeva che stava crollando. Il suo corpo e la sua mente erano stanchi, e se Rémy avesse continuato a torturarla avrebbe pianto, avrebbe supplicato di smettere, ma non gli avrebbe mai dato quella soddisfazione. Cercò di aiutarsi appoggiandosi al muro, finché riuscì a stare in piedi, anche se persino una cosa così semplice e naturale ora le risultava dolorosa. Ma per quello che stava per dire aveva bisogno di essere in piedi, di guardare Rémy negli occhi, di essere al suo stesso livello.

«Lei è qualcosa che voi non avrete mai, e sapete perché? Perché lei mi ama: e non grazie a un incantesimo, lei mi ama e io amo lei. Voi non la bacerete mai, non potrete mai sapere come sono morbide le sue labbra e il suo corpo, non potrete mai conoscere il suo sapore, non l'avrete mai, un uomo come voi non potrà mai avere una donna che lo ama, nessuno vi amerà mai, voi siete un mo...»

Lo schiaffo la colpì in pieno volto, sentì il sapore del sangue in bocca. Sorrise, sputò a terra, ai piedi di Rémy.

«Cosa vi prende? Avete paura della verità? Volevate la verità? Io ve l'ho detta. Da quando sono qui, da quando mi avete strappato dalla mia casa, vi ho sempre e solo detto la verità. Ma a voi non interessa, a nessuno interessa, voi stes-

si create storie per metterle in bocca alle donne che volete uccidere. Siete degli assassini, dei codardi che si nascondono dietro un Dio. Non era il vostro Dio che moltiplicò i pesci? O trasformò l'acqua in vino? Quella sì che è stregoneria, signori, e ve lo dice una strega, insomma!»

«Basta!» urlò Rémy.

«No, non ho finito. La verità non vi interessa, allora vi dirò quello che volete sentirvi dire, e spero che il vostro scribacchino riporti tutto, parola per parola. È vero, sono una strega, ho giaciuto con Satana, ho ucciso dei neonati e mi sono cibata di loro, insieme alle mie sorelle mi trovo ogni notte nel bosco per ballare nuda e accoppiarmi con il nostro signore, che ci ha donato i poteri per far del male ai poveri cristiani. Sono una strega, ho partecipato ai sabba, ho ucciso, ho fornicato, e sì, ho influenzato Ofelia. Sapete, le donne hanno mente debole, è stato facile ammaliarla. Ora non c'è niente che potete fare, perché Ofelia ha firmato il patto con il diavolo, Ofelia non è più pura. Siamo streghe, è vero. Ogni notte ci spalmiamo un unguento magico tra le cosce per volare dal nostro signore. Presto il mondo sarà nostro, potete continuare a bruciarci, ma noi saremo sempre di più!»

Non appena finì di parlare, il silenzio calò nella stanza.

«Avete scritto la confessione della strega?» chiese Rémy, interrompendo il silenzio e guardando l'uomo che era intento a scrivere.

«Sì, signore, ogni parola».

«In quanto strega, questo tribunale vi condan-

na al rogo, insieme alla vostra cospiratrice e amante. Brucerete, streghe!»

Degli uomini la trascinarono nella stanza dove Ofelia l'aspettava. La ragazza corse verso di lei piangendo.

«Aradia, sono qui. Cosa ti hanno fatto?» chiese, singhiozzando.

Aradia le sorrise, accarezzandole il viso con la mano tremante e ricoperta di sangue.

«Andrà tutto bene, saremo libere, finalmente!»

«Libere? Ci lasciano andare?»

«Ti amo» sussurrò, prima di svenire.

33

Magnhild stava dormendo, ma Antares poteva vedere le lacrime rigarle il viso e le labbra muoversi. Stava sussurrando qualcosa. Antares non conosceva il danese, ma era sicura di sapere cosa «*Jeg elsker også dig*» volesse dire.

«Ti amo anche io».

Quando aprì gli occhi la prima cosa che vide fu il volto preoccupato di Artemisia che la guardava, seduta sul suo letto.

«Antares, ero così preoccupata. Hai urlato, sembrava che tu stessi soffrendo così tanto e io avevo i brividi, non sapevo cosa fare. Non sapevo se svegliarti o no. Sai, si dice che non si devono svegliare i sonnambuli, ma non sapevo se valesse la stessa cosa con i sogni di una persona reincarnata!»

«È stato orribile, Artemisia, orribile!» esclamò, rabbrividendo al ricordo di quanto appena visto.

«Quindi ci siamo, sta per morire» disse tristemente Artemisia, dopo che Antares ebbe finito di raccontarle tutto.

«Sì, è stato devastante, non riesco a smettere di pensare che quello che stavo guardando non era un film. Era vero, erano ricordi, la gente subiva davvero quelle torture. Molte donne hanno dovuto sopportare quello e molto altro, e per quale ragione? Perché erano donne. Ero terrorizzata, sembrava così vero!» disse, portandosi una mano alla schiena, quasi come se si aspettasse di trovare le cicatrici delle frustate.

«Credi che dopo… dopo quello che succederà, smetterai di vederla?»

«Non lo so, non so cosa pensare e ho paura. Se questo è stato orribile, non voglio immaginare come sarà quando le vedrò bruciare!»

Artemisia l'abbracciò. «Io credo ci sia un perché in tutto questo».

«In che senso?»

«Nelle mie ricerche la maggior parte dei casi di reincarnazione ha portato alla risoluzione di omicidi, ritrovamenti di persone, ricongiungimenti di famiglie o vecchi amanti, e molto altro. Insomma, è quasi come quando un fantasma non vuole andarsene da questo mondo perché ha qualcosa di irrisolto».

«Non credo che Aradia sia uno spirito vendicativo».

«No, non sarebbe il suo stile. Credo che nonostante tutto, nonostante quello che ha subito, ci sia sempre stato qualcosa di più forte dell'odio in lei».

«Ofelia».

L'amica annuì.

«Devi andare in Danimarca».

«Cosa? Ma sei pazza?»

«Sì, forse lo sono, ma con tutto quello che sta succedendo non puoi biasimarmi. Ascolta, quella ragazza sembra davvero la reincarnazione di Ofelia, e se…»

«Si fossero reincarnate per stare di nuovo insieme» disse, tutto d'un fiato.

«Esatto. Sai come si dice, "*omnia vincit amor*",

anche la morte, a quanto pare».

«Ma… come faccio?»

«È semplice, cerchiamo un volo per la Danimarca e poi vai da lei. Ah, giusto… prima dobbiamo capire dove si trova il posto dove lavora!»

«Sì, ma una volta che l'ho trovata cosa le dico? Ciao, noi non ci conosciamo, ma io ti ho sognato spesso e sono la reincarnazione di una donna uccisa secoli fa; credo che tu sia la reincarnazione della persona che lei amava e che venne bruciata insieme a lei. Mi vedo già in una prigione danese per aver importunato una ragazza».

«No, sono sicura che vi riconoscerete. Antares, non pensi che anche lei veda tutto? Che anche lei in questo momento sia terrorizzata e voglia solo delle risposte?»

Sapeva che l'amica aveva ragione, perché in quei pochi attimi in cui vedeva Magnhild poteva sentirne l'angoscia, la paura, l'amore.

«Ok, andrò in Danimarca, ma tu verrai con me!»

«Ovvio, non mi perderei mai questa avventura!»

Stando all'articolo riguardo all'incidente in cui i genitori di Magnhild erano rimasti uccisi, la ragazza lavorava in un bar a Roskilde. Il bar si chiamava Forelsket e Artemisia aveva scoperto che la parola in danese significava "innamoramento", "eccitazione della prima cotta".

«Ok, devo ringraziare Ofelia per essersi reincarnata in una ragazza che abita a Roskilde. Questo sito dice che la città si trova sul mare, sull'isola di Selandia, a est della Danimarca, di cui fu capitale fino al 1443. È la tipica cittadina danese, immersa nel verde ed è famosa per la sua cattedrale, costruita tra il XII e XIII secolo, la prima cattedrale gotica in mattoni dove sono sepolti tutti i re danesi. Un altro luogo di interesse è il Museo delle navi vichinghe, dove sono conservati i resti di cinque imbarcazioni».

«Artemisia, è tutto molto interessante, ma in questo momento i vichinghi non sono proprio tra le mie priorità!»

Il piano era prendere un volo per Copenhagen e da lì il treno per Roskilde.

Quello stesso pomeriggio avrebbe visto sua madre e avrebbe colto l'occasione per parlarle del viaggio.

Stava giusto pensando a cosa le avrebbe detto quando ricevette un suo messaggio: l'avvisava che sarebbe presto venuta a prenderla per portarla a casa e pranzare insieme.

«Volevo prepararti qualcosa ma non ho avuto tempo, così sono passata a prendere dei tranci di pizza!» esclamò sua mamma, quando furono sedute a tavola.

«Gli anni passano, ma questa casa ha sempre lo stesso profumo».

«Davvero? Io non sento nulla, spero che sia buono, almeno».

«Sì, sa di... casa, non so spiegartelo».

«Sai, mi manca averti qui. A volte quando ho problemi con il computer, o devo chiedere qualcosa, ti chiamo ad alta voce, ma poi mi rendo conto che non ci sei. Lo so che gli anni passati qui, soprattutto gli ultimi, non sono stati facili per te. So che io e tuo padre siamo stati pesanti, e non passa giorno in cui non mi chieda se avessi potuto fare qualcosa, perché non avevo capito prima che non stavi bene e se magari è colpa mia e…»

«No mamma, no. Tu non hai niente di cui incolparti, hai capito? Non dirlo mai più, mai più! Ora basta, ok? Non parliamo di questo, io sto bene e se sto bene è anche grazie a te e a papà!»

«Però voglio dirti che sono fiera di te, dei passi avanti che hai fatto e non mi interessa di quello che la gente dice, io so chi sei e sono felice di averti come figlia!»

Sua madre le sorrise, asciugandosi gli occhi lucidi con la manica della maglia.

«Allora, ti piace la pizza?»

«Ma che domande, mi piace sempre la pizza! Ascolta mamma, volevo dirti che andrò a fare un viaggio con Artemisia».

«Un viaggio? Dove?» le chiese la madre, sorpresa.

«In Danimarca».

«In Danimarca? Ma come mai? Così all'improvviso?»

«Sì. Vedi, il nuovo ragazzo di Artemisia ha studiato danese e le parla spesso della Danimarca, così lei si è appassionata e ha trovato dei biglietti aerei che costano poco; mi ha proposto di partire con lei».

«Be', non me lo aspettavo, ma sono felice per te. Era da tanto che volevi fare un viaggio, sono felice che andrai con Artemisia. Ma ricordati di chiamarmi ogni giorno!»

Antares rise. «Mamma, non ho più dieci anni!»

«Fa niente, promettimi che starai attenta, ok?»
«Va bene!»
Dopo la pizza la madre mise sul tavolo una torta.
«Averti qui a casa è quasi raro, quindi ho pensato di prendere anche un dolce!»
«Un pranzo a casa e vedo già dei chili in più sulla bilancia!»
«Ma smettila e mangiala, te la meriti!»
«Mamma, posso chiederti una cosa? Quando ero piccola, ti parlavo mai di sogni strani?»
«Di che tipo? Incubi?»
«Anche, oppure sogni un po' insoliti, magari molto dettagliati».
«No, non che ricordi… o forse… aspetta, forse sì, ricordo una cosa: quando eri all'asilo dicevi di avere un'amica immaginaria con cui parlavi. Questa bambina viveva in una casa nel bosco e aveva delle sorelle e veniva da te di notte. Era strano, ma parlando con la pediatra ci disse che era normale per i bambini, specialmente per quelli timidi come te, crearsi degli amici immaginari. Disse anche che crescendo avresti smesso».
«Mamma, ti ricordi se questa amica immaginaria avesse un nome?»
«Oh sì, Arianna!»
«Arianna?»
«O qualcosa del genere. Ah no, forse era Arcadia».
«Aradia, intendi?»
«Sì, brava! Te lo ricordi ancora?»

Mentre tornava a casa continuava a pensare ai suoi genitori e alla sua amica immaginaria.

Le arrivò un messaggio di Artemisia: avrebbe passato la notte da Francesco e prometteva che gli avrebbe chiesto delle informazioni sulla Danimarca, oltre a delle lezioni di lingua.

Aveva paura ad addormentarsi, quella sera. Aveva paura che chiudendo gli occhi avrebbe visto Aradia bruciare, e non era pronta.

Stava rivivendo la sua vita; prima o poi avrebbe dovuto riviverne anche la morte, e sapeva che sarebbe stato doloroso, in tutti i sensi.

Come se il cane avesse percepito la sua paura, cominciò a leccarle la mano.

«Quanto ti invidio, vorrei tanto essere un cane ora, sai?»

Portò fuori Aradia per una breve passeggiata e si fece una doccia.

Nuda, davanti allo specchio, osservò il suo riflesso. Da quando era tornata doveva aver preso qualche chilo, ma andava bene così. Era felice del suo corpo e sorrise guardando i due tatuaggi.

Per un attimo si chiese cosa avrebbe pensato Aradia di lei. Le sarebbe piaciuto parlarle, conoscerla davvero, non solo attraverso i suoi ricordi.

Non aveva ancora ben capito come funzionasse la storia della coscienza, se Aradia la stesse semplicemente usando come un ripostiglio sicuro per le sue memorie, oppure se una parte della donna era ancora viva dentro di lei.

«Non so cosa sto facendo, mi sento una stupida, probabilmente sto solo parlando da sola. Aradia, insomma, tu sei morta, ma queste settimane mi hanno provato come ci siano così tante cose che non capiamo e così tanto che va al di là di ciò che conosciamo. Magari mi senti» cominciò a dire, guardando il proprio riflesso allo specchio. «Non so perché hai scelto me, se non avevi altra scelta e ti sono capitata io, ma per me è stato un onore. Ammetto che sarebbe stato bello avere un libretto di istruzioni per la reincarnazione, perché mi sono spaventata, ma ora che è tutto più chiaro, per quanto una roba del genere possa esserlo, mi sento onorata. Non so se tu sai qualcosa di me, ma anche la mia vita non è stata semplice: ho subito una sorta di caccia alle streghe interiore, solo che io ero l'inquisitore e la strega, e al rogo mi ci sono messa da sola. Ma sono stata fortunata perché qualcuno mi ha aiutata a spegnere quel fuoco. Vorrei tanto che fosse stato lo stesso per te. Avrei tanto voluto che le cose fossero andate diversamente, che tu, come tante altre, non fossi stata uccisa in quel modo. Sai, le donne non hanno vita facile ancora oggi, e siamo nel 2021. Certo, non rischiamo più di venire bruciate, anche se in alcuni angoli della terra si parla ancora di caccia alle streghe, ma essere donna vuol dire non guadagnare come un uomo, essere guardata male quando dici che preferisci una bella carriera a una famiglia, o quando dici che preferisci una donna nel tuo letto. Vuol dire sobbalzare ogni volta che cammini per strada da sola e senti delle voci maschili, vuol dire avere paura di dire no a un uomo, perché quello stesso uomo che amavi, e che pensavi ti amasse, che fosse un amante, un padre, un fratello, potrebbe ucciderti. Come vedi, molte cose non sono cambiate: gli uomini continuano ad avere paura delle donne, ma sono stati fatti anche molti passi in avanti. Credo che questo sia avvenuto anche grazie a persone come te e Ofelia. Volevo ringraziarti, da parte mia e di tutte le donne: grazie».

Si asciugò una lacrima con la manica dell'accappatoio grigio. «E poi c'è un ringraziamento personale. So che non erano le mie emozioni, ma le tue, ma mi hai fatto fare esperienza di così tante cose che mai avrei pensato di provare e mi hai fatto sentire davvero viva. Mi è piaciuto e voglio continuare, con o senza di te, voglio continuare a sentirmi viva».

Poi, ridendo, aggiunse: «E grazie per avermi fatto sentire ancora più single. Spero un giorno di avere la fortuna di provare quello che tu hai sentito per Ofelia, spero di trovare l'altra parte di me!»

Prima di andare a letto cercò di seguire uno dei tanti consigli contro l'insonnia che Artemisia le aveva suggerito, ossia la meditazione. Accese una candela alla lavanda, si mise comoda, cercò un video di meditazione guidata su YouTube e premette il tasto "play".

Non era sicura se stesse già sognando oppure no, ma poco prima di addormentarsi sentì qualcuno sussurrare: «Grazie».

Non lasciar vivere gli stregoni.

(Antico Testamento, *Eso* 22:18)

34

Una sera, mentre era a letto con Ofelia tra le sue braccia, la ragazza le aveva chiesto come avrebbe vissuto le sue ultime ore, cosa avrebbe pensato, fatto, detto, se avesse saputo che presto sarebbe morta.

«Non ci ho mai pensato, sinceramente» era stata la sua prima risposta.

«Io credo che le passerei nel mio posto preferito, con la mia persona preferita, magari mangiando il mio cibo preferito, vivendo come se la morte non fosse vicina, proprio come un giorno qualsiasi, per potermelo godere al meglio. Se dovessi cominciare a pensare a quello che stesse per accadere, che quelle sarebbero le mie ultime parole, i miei ultimi gesti, probabilmente passerei la mia ultima giornata a piangere, senza davvero godermela, e so che me ne pentirei una volta in punto di morte».

In quel momento, in quella stanza, con la consapevolezza che presto il suo cuore avrebbe smesso di battere e il suo corpo sarebbe stato bruciato, comprese le parole di Ofelia.

«A cosa pensi?» le chiese improvvisamente lei.

«Che in questo momento vorrei essere nel mio posto preferito, con la mia persona preferita, a mangiare il mio cibo preferito, senza pensare al futuro, solo godendomi il momento».

Ofelia le sorrise.

«Be', siamo rinchiuse in questa stanza, il no-

stro corpo è prigioniero e ferito, ma la nostra mente è ancora libera. Possiamo immaginarlo. Vieni, sdraiati qui con me e immaginiamo di essere là!»

Sdraiarsi sulla schiena, per via delle ferite ormai infette, fu doloroso.

«Aradia, no! Così ti fai male!»

«Va bene, tranquilla. Se io fossi nel mio posto preferito, ossia il bosco, mi sdraierei così, per poter guardare il cielo».

Ofelia, con un sorriso triste, si sdraiò accanto a lei e le prese la mano, stringendola.

«Chiudi gli occhi, Aradia, e immagina di essere nel bosco. Immagina il profumo delle piante, il rumore del vento, l'erba che ti solletica la pelle. Ci siamo sdraiate dopo aver mangiato... qual è il tuo cibo preferito? Non me lo hai mai detto!»

«La torta con i pinoli!»

«Davvero? Pensavo quella di carote!»

«Quella è la tua preferita!»

«Vero» rispose ridendo Ofelia. «Comunque, abbiamo appena mangiato una torta alle carote e una ai pinoli, e ora ci stiamo godendo il cielo. Oggi il tempo è bellissimo, il vento dell'altra notte ha spazzato via tutte le nuvole e si vede un cielo azzurro stupendo e il sole è così caldo, ma l'aria è fresca; si sta benissimo. Tu mi stai raccontando una storia, uno di quei miti antichi che mi piacciono tanto. Aradia, ti andrebbe di raccontarmene uno?»

«Ora?»

«Sì».

Aradia pensò che quella sarebbe stata l'ultima

volta che avrebbe raccontato uno dei miti che tanto amava e che sua mamma le aveva insegnato.

«Un re e una regina avevano tre bellissime figlie, ma mentre la beltà delle prime due era descrivibile con parole umane, quella della figlia minore, Psiche, era impossibile da celebrare adeguatamente. Il suo splendore era tale da attirare le invidie di Venere, dea della bellezza, la quale chiese aiuto a suo figlio, Amore, per punire la ragazza. La dea gli chiese di colpire la principessa con una delle sue magiche frecce, facendola così innamorare dell'uomo più brutto della terra. Amore accettò, ma una volta di fronte alla fanciulla ne rimase così incantato che per sbaglio si colpì da solo con una delle sue frecce, innamorandosi perdutamente di Psiche. Per vivere questo amore mortale, di nascosto dalla madre Amore portò Psiche in un palazzo, dove, senza mai rivelarle la sua identità, passava con lei intense notti di passione coprendosi il volto. Una sera, mentre Amore dormiva, Psiche, spinta dalla curiosità, si avvicinò al suo volto con una lampada. Ma mentre ammirava il bel viso del dio, una goccia d'olio cadde su di lui, svegliandolo. Così il giovane scappò, abbandonandola.

Quando Venere venne a sapere dell'accaduto scatenò la sua ira su Psiche, sottoponendola a delle prove che la ragazza superò, grazie anche all'aiuto di altre divinità. Ancora più infuriata, la dea sottopose la principessa a un'ultima sfida, ovvero scendere negli Inferi e chiedere a Proserpina un po' della sua bellezza. Psiche però non riuscì a portare a termine il compito. Infatti, mossa dalla curiosità, aprì l'ampolla che Proserpina le aveva donato e che le aveva ordinato di non aprire: da questa uscì una nuvola che fece cadere la ragazza in un sonno profondo. Intanto Amore, che sentiva nostalgia della sua amata, si mise alla ricerca di Psiche e, quando la trovò, la risvegliò. Per non perderla di nuovo la condusse sull'Olimpo dove, grazie all'aiuto di Giove, la principessa divenne una dea».

«Credi che esistano davvero degli uomini così?»

«Disposti ad andare contro le loro madri per amore? Non lo so!» rispose, ridendo insieme a Ofelia. «Vieni qui» le sussurrò, abbracciandola.

«Ma la tua schiena...»

«Non fa più male, presto niente farà più male».

Aradia sentì delle urla venire da fuori. Non erano grida di paura, o di gioia, ma quelle di persone assetate di sangue. Persone che lei stessa conosceva, con cui aveva parlato, riso, persino condiviso il suo cibo, e aiutato, e ora si stavano radunando per vederla morire.

Ofelia le strinse la mano.

«Ti ricordi quando mi raccontasti di Achille e Patroclo? Achille disse che il suo unico scopo nella vita, dopo la morte dell'amato, sarebbe stato quello di vendicarlo e poi di essere sepolto con lui; voleva che le loro ceneri riposassero insieme, per sempre. Forse i nostri corpi non avranno una sepoltura, me le nostre ceneri saranno libere, il vento le farà volare, e saremo insieme».

Aradia l'abbracciò.

«Ho sempre sognato di volare».

Ofelia affondò il viso nel suo petto. «Aradia, credi che farà male?»

Aradia le prese il viso tra le mani, guardandola negli occhi. «Sì, Ofelia. Ma sarà veloce, te lo prometto, sarà veloce e presto sarà tutto finito».

Dei passi pesanti si fecero sempre più vicini.

«Grazie. Non ho rimpianti, se non quello di non averti conosciuta prima. Grazie a te, Aradia, ho vissuto i mesi più belli della mia vita: mi hai fatto sentire bene, amata, accettata e potente, come se il mondo fosse ai miei piedi, ai nostri piedi».

«E lo è, Ofelia, sei una donna, sei potente. Grazie a te, per la prima volta, mi sono sentita davvero viva!»

Una cosa semplice come un bacio fu quasi dolorosa: il suo viso era gonfio e il labbro sporco di sangue secco, ma non fermò Ofelia dal baciarla. Fu un bacio veloce, leggero, ma fu il più bello di tutti quelli che si erano mai scambiate. Chiuse gli occhi per goderselo, per ricordarne il sapore, i brividi di piacere che correvano lungo il suo corpo. Si sarebbe aggrappata a questi ricordi, fino alla fine.

«Il vostro destino vi attende» esclamò Rémy, sogghignando, quando aprì la porta.

Mentre due uomini legavano le mani a entrambe, l'inquisitore si avvicinò a Ofelia, accarezzandole il viso.

«Un vero peccato!»

«Per me è la salvezza, invece. La morte è la mia salvezza da un futuro accanto a una bestia

come voi!»

«Bruciatele, toglietele dalla mia vista il prima possibile!» gridò Rémy.

Non sapeva per quanto tempo le sue giornate erano state illuminate solo da una candela. I suoi occhi ormai si erano abituati a quella debole fiammella gialla. Quando furono portate all'esterno la luce del sole era così abbagliante che inciampò e cadde. La vista era sfocata, poteva sentire la gente urlare, un uomo la stava insultando, intimandole di rialzarsi subito. Ma sembravano grida così distanti, come quando da piccola si tuffava in acqua e sua madre le parlava mentre lei nuotava verso il fondo.

«Aradia!»

Una voce la fece tornare in sé, una voce che per lei era tutto. Quando i suoi occhi si furono abituati al sole vide Ofelia che le stava davanti, le mani legate dietro la schiena, un uomo che la spintonava mentre lei la guardava con occhi preoccupati.

Si sollevò da terra e si guardò intorno. La piazza era gremita di persone: visi familiari, visi che pensava fossero di amici.

La gente urlava insulti, lanciava cibo al loro passaggio per umiliarle, per sfogarsi, per sentirsi viva nella vita monotona e triste in cui era imprigionata.

Aradia sollevò il viso, guardando il cielo, un bel cielo azzurro, senza nuvole, come quello che Ofelia le aveva detto di immaginare poco prima.

Camminò a testa alta, fiera, fino al patibolo, una struttura in legno dove due pire erano state preparate e dove Rémy le stava aspettando.

Mentre due uomini le legavano ai pali, i loro sguardi si incrociarono e Aradia sussurrò un «Va tutto bene».

«Le streghe stanno lanciando incantesimi, bruciatele!» urlò qualcuno.

«Silenzio!» gridò Rémy. La folla si zittì e Aradia cercò di godersi quel silenzio il più possibile, concentrandosi sul rumore del vento, sul guaito di un cane che abbaiava in lontananza.

«Prima che il diavolo prendesse le loro anime, queste due donne erano buone cristiane, per questo ho deciso di concedere a entrambe la possibilità di esprimere le loro ultime parole, prima di compiere il volere di Dio».

«Grazie per questo enorme onore. Effettivamente ho molte cose da dire, soprattutto a tutte queste persone. Mi fate pena e paura. Voi, il vostro odio e la vostra stupidità mi spaventano molto di più di questo fuoco. Una parte di me non vi odia perché sa che non è colpa vostra. Siete stupidi, vivete seguendo una religione di cui non sapete nulla, obbedendo a quello che uomini al di sopra di voi vi dicono, e voi credete loro ciecamente. Se un prete vi dice che vostra sorella, vostra moglie, vostra figlia è una strega, siete pronti a puntarle il dito contro e condannarla a morte. Pensate di star lottando contro forze demoniache, contro il male, quando il male lo avete davanti in questo momento, e non siamo di certo io e Ofelia. Non c'è più niente da fare per noi, e molte altre donne moriranno per colpa vostra. Ognuno di voi è colpevole, nessu-

no di voi è salvo: volete così tanto raggiungere il paradiso, ma quello che vi aspetta sono solo le fiamme eterne, molto più dolorose di quelle che bruceranno la mia carne fra poco. Molte altre persone moriranno, ma un giorno finirà, un giorno la luce della conoscenza e della scienza illuminerà questa oscurità fatta di superstizione e odio. Voi mi accusate di essere una strega? Allora in quanto strega vi maledico, spero che mai troviate pace, né in questa vita né nell'altra, spero che non conoscerete mai l'amore, perché non lo meritate. Spero che i vostri figli vi odino, spero che le immagini di donne bruciate, che guardate come se fosse uno spettacolo, vi tormentino per sempre, spero che ogni volta che chiuderete gli occhi sentirete la puzza di carne bruciata e che le urla delle streghe siano l'unica canzone che udirete per sempre».

«Non sono brava con le parole, non quanto Aradia, ma spero solo che le donne non debbano mai più nascondersi, spero che tutte voi capiate che streghe bellissime e potenti siete».

«Ora basta, blasfeme anche in punto di morte!» urlò Rémy, interrompendola.

«Aradia, ci vedremo presto!» gridò Ofelia, per farsi sentire al di sopra del rumore delle fiamme che avevano cominciato a bruciare il legno ai loro piedi.

Faceva caldo, per un attimo quel calore le ricordò di quando era piccola e si sedeva davanti al camino sulle ginocchia del padre, mente sua madre cantava e lui cercava di unirsi al coro, ma finiva ogni volta per farle ridere entrambe, con la sua voce stridula.

«Ti troverò, Ofelia, te lo prometto!»

La gola le bruciava, e aveva la vista annebbiata. Il calore era insopportabile e presto arrivò il dolore. Chiuse gli occhi e quello che vide non erano le fiamme, ma lei e Ofelia nel bosco: stavano ridendo mentre mangiavano una torta, l'aria era profumata e fresca, e lei era felice.

Le scese una lacrima, ma non per il dolore. Il ricordo era così bello, che quando il fuoco avvolse il suo corpo, e il suo cuore smise di battere, lei sorrideva.

35

«No, no!»

Magnhild era sdraiata sul suo letto, gli occhi erano chiusi. Stava urlando, urla cariche di dolore e sofferenza.

Ma la sua voce non era l'unica cosa che Antares sentisse. Voleva aprire gli occhi, ma non ci riusciva, la sua mente era tornata indietro, era di nuovo davanti a tutte quelle persone che urlavano, gioivano, mentre il fuoco la divorava, e faceva male, le mancava il respiro, voleva solo che tutto finisse. Voleva morire il prima possibile.

Poi un rumore improvviso la svegliò, sembrava quello di una sirena. Non appena aprì gli occhi vide il fuoco. Per un attimo pensò di stare sognando, di essere ancora sul rogo, ma poi altre persone, degli uomini vestiti di arancione, entrarono nel suo campo visivo e prima di svenire si sentì sollevare.

Un forte odore di disinfettante le fece capire che non era a casa e, ripresa coscienza, ne ebbe la prova. Aveva già visto una stanza come quella diverse volte da piccola, quando stava male.

Era al pronto soccorso.

Pensò si trattasse di un incubo, ma la fitta al braccio le fece capire di essere sveglia.

Sollevò la testa quel poco che bastava per vedere il braccio destro e parte della gamba destra fasciati.

La testa cominciò a farle male mentre cercava di capire perché fosse lì, perché avesse quelle fasciature, e perché tutto quello che ricordava fosse il calore del fuoco e il suono delle sirene. Poi, come un pugno in piena pancia che toglie il fiato, l'immagine di Aradia mentre bruciava viva la colpì.

«No, no, no!» cominciò a piangere e in quello stesso momento entrò una dottoressa, seguita da sua madre.

«Antares!» esclamò quest'ultima, correndo verso di lei, piangendo. «La mia bambina, mi dispiace, mi dispiace così tanto!»

«I-io... cosa è successo? Mamma, perché sono qui?»

«Non ti ricordi?» le chiese fra le lacrime.

«Signora, io capisco che in questo momento vorrebbe solo stare con sua figlia, ma essendo la paziente finalmente sveglia dovrei farle qualche domanda. Non si preoccupi, le ustioni non sono gravi, potrà tornare a casa molto presto».

Sua madre annuì, e dopo averle dato un bacio in fronte lasciò la camera.

«Dottoressa, cosa sta succedendo?»

«Come ti senti?»

«Come se un camion mi fosse passato sopra».

La donna sorrise. «Non ricordi nulla?»

Antares scosse la testa, tutto era così confuso.

«C'è stato un incendio nella tua camera».

«Un incendio?»

«Il tuo vicino ha visto le fiamme e ha immediatamente chiamato i pompieri, il tuo cane continuava ad abbaiare e ha attirato la sua attenzione».

«Aradia! Come sta il mio cane? Ma come è successo? Ci sono dei feriti?» chiese tremando. Se fosse successo qualcosa al cane non se lo sarebbe mai potuto perdonare.

«Fortunatamente no, solo tu, e le ustioni non sono gravi. Il cane sta benissimo, non preoccuparti. I pompieri hanno detto che l'incendio si è originato nella tua stanza».

Come un fiume in piena la sua mente fu inondata di ricordi, da quelli di Aradia, a Magnhild e poi a lei che accendeva la candela prima di meditare.

«La candela, cazzo! Devo essermi dimenticata di spegnerla prima di addormentarmi!» esclamò, sentendosi in colpa. Oltre ad avere messo in pericolo se stessa e il cane, molte persone si sarebbero potute fare davvero male. Poi, una triste consapevolezza la invase: «Immagino che l'idea che io abbia cercato di suicidarmi di nuovo sia stata la prima cosa a cui tutti abbiano pensato».

Probabilmente far credere che aveva cercato ancora una volta di togliersi la vita sarebbe stato più semplice che spiegare che si era trattato di un banale incidente con una candela.

«Non ho detto questo, ma io non ero nella stanza».

«Come ho già detto, avevo acceso una candela e mi sono addormentata scordandomi di spegnerla. Sono sicura di non essere la prima a cui capita un incidente del genere».

Temeva che la dottoressa non vedesse altro che una ragazza che aveva tentato il suicidio e che, con molte probabilità, ci aveva provato ancora. Quanto avrebbe voluto entrare nella sua testa e convincerla della sua versione.

«Le ustioni non sono gravi, potrai tornare a casa già domani» disse, prima di lasciare la stanza.

Pochi minuti dopo il suo cellulare squillò. Era Artemisia.

«Dannazione, Antares! Mi hai fatto spaventare a morte di nuovo: sono stanca di aver paura di perderti!» urlò l'amica, con la voce rotta dall'emozione. Poi, dopo essersi calmata, proseguì: «Come stai? E cos'è successo?»

Antares le spiegò la dinamica dell'incendio, rivelandole anche il timore che l'accaduto potesse essere frainteso.

«Io ti credo, non è la prima volta che ti addormenti con la candela accesa. Ma, anche se è stato un incidente, sappi che se ora non fossi su un letto di ospedale ti romperei un braccio con le mie mani per aver quasi incendiato casa nostra!»

«Lo so, mi dispiace, davvero. Aradia come sta? Il cane, intendo».

«Lei sta bene, era solo molto spaventata, ma il vicino ha detto che ha abbaiato tutto il tempo e quando i pompieri sono arrivati li ha portati subito nella tua camera. L'ho lasciata dal veterinario per degli accertamenti, ma non è ferita, non preoccuparti».

Non appena avesse rivisto il suo cane, l'avrebbe stretta forte.

«Antares… Aradia è morta, non è vero?»

«Già…»

«E come è… stato?»

Dopo un bel respiro, le raccontò tutto. Di come Aradia fosse morta e delle sue ultime parole.

«È stata una grande donna» disse l'amica. «Antares, tu devi renderle onore, devi andare in Danimarca».

«Artemisia, sono al pronto soccorso con delle ustioni su braccia e gambe per aver incendiato parte del nostro appartamento... non posso andarmene ora!»

«Prima di morire Aradia ha promesso a Ofelia che l'avrebbe trovata, non puoi non rispettare la sua promessa».

«Lo so...»

Artemisia aveva ragione. Non aveva potuto aiutare Aradia, il passato era il passato, e lei non poteva cambiarlo, ma poteva mantenere la sua promessa. Poteva farla ricongiungere con la donna che amava.

«Troveremo un modo, te lo prometto. Camera tua e le tende che ti avevo regalato non sono bruciate invano!» esclamò l'amica.

Quella notte, prima di addormentarsi, prese delle pastiglie che le avevano dato i dottori per il dolore e, per la prima volta dopo tempo, non sognò.

36

I ricordi di Aradia erano diventati parte di lei, così la mattina seguente, quando si svegliò, si sentì persa, quasi vuota.

«Giuro che manterrò la tua promessa, Aradia!» pensò, anche se non sapeva come avrebbe fatto, o almeno quando lo avrebbe fatto.

Non avendo sognato, si chiese anche cosa fosse successo a Magnhild, e sperò con tutto il cuore che stesse bene. Quando l'aveva sentita piangere disperata nel sonno, probabilmente perché anche lei aveva assistito alla morte di Ofelia e Aradia, avrebbe voluto abbracciarla, dirle che sarebbe andato tutto bene e che presto si sarebbero riunite.

Erano circa le dieci di mattina quando un'infermiera passò per dirle che poteva prepararsi per tornare a casa. Poco dopo arrivò sua madre, per aiutarla a vestirsi.

«Stai bene, Antares?»

Lei annuì.

«Sei sicura?»

«Non so cosa ti abbia detto la dottoressa, mamma, ma è stato un incidente, te lo giuro. Io sto bene».

Sua madre sorrise, accarezzandole il viso.

«Lo so, Antares, io ti credo, davvero. Volevo solo accertarmi che le ustioni non facessero troppo male. Anche se il volo non dura molto, gli aerei non sono proprio comodi».

«Aereo? Mamma, cosa stai dicendo?» chiese,

confusa.

«Mi fido di te, e mi fido di Artemisia. Mi ha parlato, mi ha raccontato delle cose, e ammetto che non ho capito nulla, ho solo un grande mal di testa, ma una cosa l'ho capita: che mia figlia è speciale, anche se l'ho sempre saputo, e che deve andare in Danimarca. La tua amica ha già prenotato tutto, aereo e hotel, devi essere in aeroporto tra massimo tre ore».

«Stai scherzando?»

«Artemisia ti sta aspettando nel parcheggio, la tua valigia è già nel bagagliaio»

Non sapeva cosa dire. In quel momento provava così tante emozioni. Sorpresa, amore per una madre che sempre l'aveva supportata e che si fidava ciecamente di lei, ma anche paura. Sarebbe davvero andata in Danimarca alla ricerca di Magnhild?

Abbracciò sua madre, nascondendo il viso nel suo maglione, inalando quel profumo che tanto le ricordava casa.

«Non passa giorno in cui non pensi al fatto che avrei dovuto fare di più per te. Ti ho sempre amata, ma forse avrei dovuto ascoltarti meglio. Ora lo sto facendo».

«Grazie, grazie di tutto mamma!»

Artemisia l'aspettava sorridente in macchina.

«Immagino sia tutta opera tua» esclamò, sedendosi sul sedile accanto a lei. «Cosa hai detto a mia mamma?»

«Ho dovuto inventarmi qualcosa, non incazzarti, ma non potevo di certo dirle che sua figlia doveva andare in Danimarca, dopo essere quasi morta in un incendio, per incontrare l'anima gemella della donna che si è reincarnata in lei. Le ho detto che, in un forum di persone sopravvissute a tentativi di suicidio, hai conosciuto una ragazza danese che ti ha aiutato molto in questi mesi e che vi siete innamorate».

«E mia mamma come l'ha presa?»

«In realtà l'ho vista felice, e ha quindi concordato che questa partenza era molto importante per te e non dovevi aspettare».

Dopo un'ora di macchina finalmente arrivarono all'aeroporto, ma quando Antares scese e aprì il bagagliaio per prendere la valigia che l'amica le aveva preparato notò che c'era solo un trolley.

«Io non vengo» esclamò Artemisia, raggiungendola.

«Come non vieni?»

«Devo occuparmi della casa, ora che abbiamo una stanza che è andata quasi completamente a fuoco. Ma soprattutto ho pensato che sarei di troppo, questa è una cosa che devi fare da sola».

Anche se l'amica aveva ragione, l'idea di affrontare quell'avventura da sola la spaventava un po'.

Artemisia l'abbracciò. «Tranquilla, andrà tutto bene, tu devi solo pensare a goderti il viaggio e a mantenere la promessa che Aradia fece a Ofelia. Se hai tempo fai tante foto al museo dei vichinghi per me, capito?»

«Sarà fatto. Grazie, grazie di cuore per tutto».

«Se non la smetti di ringraziarmi perderai l'aereo, ora vai, e chiamami quando arrivi a Copenhagen. Ti voglio bene!»

37

Quando arrivò a Copenhagen era ormai notte e l'aria era decisamente più fredda di quella che aveva lasciato in Italia.

Sorrise, mentre camminava con il trolley verso un taxi che l'avrebbe portata all'hotel.

Era felice di essere lì, sia per il compito che la attendeva sia per il fatto che visitare la Danimarca era sempre stato uno dei suoi sogni.

Arrivata all'hotel dopo mezz'ora di tragitto, era già stanchissima. Inoltre, il treno che il giorno seguente l'avrebbe portata a Roskilde partiva in tarda mattinata, quindi non avrebbe potuto dormire molto.

La cucina dell'hotel era chiusa, ma mentre faceva il check-in il proprietario si accorse che era italiana. Le disse che quando era giovane aveva passato una bellissima estate in Italia, che gli aveva cambiato la vita. Doveva quindi molto al suo paese e, mosso anche da compassione dopo aver sentito il suo stomaco brontolare, le offrì del *smørrebrød*, di cui Antares scoprì che i danesi andavano ghiotti. Si trattava di fette di pane di segale scure, imburrate, ricoperte di carne, salumi o formaggio, con maionese e altre salse. Avevano dei nomi impronunciabili, ma erano buonissimi.

Non appena fu in camera si gettò sul letto esausta, ancora vestita, e chiamò sua madre.

«Finalmente, cominciavo a preoccuparmi. È

andato bene il viaggio?»

«Sì, tutto bene, sono appena salita in camera. Mamma, grazie ancora!»

«Non ho fatto nulla, devi ringraziare la tua amica per aver organizzato il viaggio. Tu come stai?»

«Bene. Sono eccitata, spaventata, esausta, ma sto bene».

«La mia piccola! Sono fiera di te, allora buona fortuna e chiamami domani, voglio sapere tutto!»

Dopo una bella doccia calda e dopo avere indossato il pigiama, chiamò anche Artemisia, che le chiese come fosse andato il viaggio e se l'albergo che aveva prenotato per lei le piacesse.

«È molto bello, credo di non essere mai stata in un albergo con tutte queste stelle, non so se voglio sapere quanto l'hai pagato!»

«Oh, tranquilla, lo saprai, ti basterà guardare i movimenti della tua carta di credito!»

Antares non poté fare a meno di ridere. «Com'è la situazione a casa?»

«I pompieri hanno detto che l'appartamento è sicuro, ma la puzza di bruciato è troppo forte per stare lì. Mentre tu sarai via mi ospiterà Francesco e quando tornerai capiremo insieme cosa fare, soprattutto per la tua stanza».

«Mi fa piacere che almeno sarai in buona compagnia in mia assenza».

«Già, anche se è un vero peccato che la tua camera sia andata a fuoco, il tuo letto era molto morbido, sai?»

«In che senso?»

«Che era molto morbido, non faceva rumore e

ci si stava bene in due».

«E tu come lo sai?»

«Ci abbiamo giocato spesso, saltandoci sopra, e ci siamo anche addormentate insieme a volte!»

«Ah, ecco!»

«E potrei averlo usato in un paio di occasioni mentre tu non c'eri e io ero in compagnia!»

«Ora le tue parole hanno più senso!» esclamò ridendo.

«Allora, come ti senti? Sei agitata? Hai già pensato a quello che le dirai?»

«Onestamente non ci ho pensato e credo che non ci penserò, voglio solo andare lì, vederla e…»

«Parlarci, vero? Ti prego, dimmi che non vai là solo per fissarla, magari finché lei non si accorge di te, non è così che ti ho insegnato!»

«Tranquilla, ovviamente ci parlerò. Ma sono un po' agitata. Se ci fossimo sbagliate?»

«Credo che ormai tu abbia avuto abbastanza prove».

«Sì, su Aradia e il resto, ma su di lei e la nostra connessione? Abbiamo fatto solo supposizioni al riguardo. Mi vedo già arrivare lì, aspettandomi che lei mi riconosca e invece…»

«Ti riconoscerà, lo so, me lo sento nelle ovaie, vedrai».

«Non sono sicura si dica così, ma grazie davvero».

«Oddio, ora ricominci a ringraziarmi? Ok, è il momento che io me ne vada, anche perché ho un ragazzo nudo nel mio letto che aspetta solo me per il secondo round. Ah no, forse è il quarto round!»

«Vai vai, e salutamelo!» disse Antares, ridendo.

«Buona fortuna e ricordati: voglio sapere tutto!»

La camera profumava di lavanda e il letto era così morbido che dopo aver impostato la sveglia si addormentò all'istante.

Si aspettava di trovarsi nel bosco, quello che circondava la casa di Aradia, di sentire il profumo di fiori che c'era sempre nella sua stanza, soprattutto quando era impegnata a preparare il tè. Si aspettava di vedere Ofelia guardare sorridendo Aradia che lavorava. Ma non vide niente di tutto questo; non avrebbe più rivisto Aradia e Ofelia.

Quello che vide fu una stanza con libri sparsi ovunque: non poteva leggere i titoli, erano in danese, ma dalle immagini di copertina capì che si trattava di libri di storia, in particolare di libri sui processi alle streghe, visto che ritraevano disegni di roghi, o uomini che ormai aveva imparato a riconoscere come inquisitori.

Spostando lo sguardo, quasi come se stesse guardando un film e la telecamera si fosse mossa per riprendere un'altra scena, vide Magnhild. Era seduta, con le gambe al petto, sul divano. Accanto a lei notò una massa di pelo che si muoveva, e quello che per un attimo aveva scambiato per un piccolo gatto si rivelò essere un porcellino d'india bianco e marrone.

Antares sorrise a quella scena.

La ragazza sembrava triste e stanca, come dimostravano le profonde occhiaie sul viso. Con un sorriso spento accarezzò il porcellino d'india, senza degnare la televisione accesa della minima attenzione. Poi, improvvisamente, la guardò. Magnhild stava guardando nella sua direzione.

Poteva vederla? No, non poteva, lei non era davvero lì. Eppure continuava a fissare da quella parte, come se davvero stesse vedendo qualcosa.

«Spero che domani mi riconoscerai» sussurrò.

Poco prima di svegliarsi, Antares era sicura che Magnhild avesse parlato.

Mentre spegneva la sveglia si annotò mentalmente che avrebbe dovuto cambiare la suoneria, prima di avere un infarto per via di quel rumore assordante.

«Immagino che Google non sappia dirmi come vestirmi per incontrare l'anima gemella della donna che si è reincarnata in me» disse, guardando i pochi vestiti che Artemisia le aveva messo in valigia. Non aveva pensato che, ovviamente, il suo armadio era andato perso nell'incendio e così la sua amica le aveva prestato dei suoi vestiti; riconobbe anche delle maglie che aveva lasciato a casa dei suoi genitori prima di trasferirsi.

Optò per jeans neri a vita alta e un maglioncino rosso che doveva avere circa sei anni. Dopotutto non era lì per una sfilata di moda o un appuntamento, o comunque non un appuntamento normale.

Mentre lasciava l'hotel per andare alla stazione sentì lo stomaco in subbuglio, la stessa sensazione che aveva prima degli esami: ansia, paura, ma anche frenesia, felicità, e sapeva che in qualche modo stava provando anche le emozioni di Aradia.

Era come se quel giorno non fosse più solo

Antares: lei e Aradia erano insieme, come due anime nello stesso corpo, ma al momento giusto le avrebbe lasciato tutto lo spazio, perché quello era il suo giorno, era il momento che aveva aspettato per secoli.

Abituata ai ritardi e ai continui disagi dei mezzi italiani, si stupì quando il treno non solo arrivò in orario, ma giunse anche a destinazione puntuale.

Roskilde era bellissima e per fortuna, nonostante l'aria fredda, il sole era alto nel cielo quel giorno e illuminava il paesaggio rendendolo quasi fiabesco.

Trovare il bar in cui lavorava Magnhild non fu difficile: a quanto pareva era molto famoso nella zona. Non solo il locale era pieno, da come poteva vedere dalle finestre, ma alcune persone stavano aspettando, in fila, all'esterno.

"Mi dispiace, Aradia, problemi del mondo moderno. Si chiama capitalismo, ma non preoccuparti. Lei è qui, e presto la vedrai!" pensò, mettendosi in coda.

Il suo stomaco cominciò a brontolare alla vista delle persone che bevevano tazze fumanti e al profumo dei dolci che usciva dal bar.

Dopo circa un quarto d'ora, e un paio di turisti che le chiesero se poteva far loro una foto, arrivò finalmente il suo turno.

Un cameriere cominciò a parlarle in danese, ma poi si rese conto che era straniera, e con un perfetto accento inglese le indicò il suo tavolo, ripassando poco dopo a prendere l'ordine. Lei era così distratta, impegnata a guardarsi intorno per cercare Magnhild, che quasi non si accorse che il ragazzo le stava parlando.

Ordinò un caffè e una fetta di *lagkage* – una torta con sottili strati di pasta friabile, ripiena di crema di mandorle.

Guardò prima verso la cassa, dove vide due ragazze che sorridevano ai clienti, poi cercò tra il personale che correva dalla cucina ai tavoli, portando vassoi pieni di dolci e tazze traballanti. Ma non la vedeva da nessuna parte.

Prese il cellulare dalla tasca per scrivere un messaggio ad Artemisia, dicendole quanto fosse stata sfortunata: probabilmente era andata al bar l'unico giorno in cui Magnhild non lavorava.

In quel momento, qualcosa attirò la sua attenzione.

Non capì quello che il cameriere che aveva parlato stesse dicendo, ma era sicura di avere sentito pronunciare il suo nome. Era sicura che avesse appena detto "Magnhild".

In quell'esatto momento, dalla cucina uscì una ragazza: in mano aveva un vassoio pieno di piatti. Indossava un grembiule sopra la divisa che Antares aveva visto nella sua camera, era sporca di farina e di quello che sembrava cioccolato. I capelli erano appiccicati al viso sudato e rosso.

Era lei, Magnhild era lì, esattamente come l'aveva vista nei suoi sogni. Era vera.

Sapeva che quello che sentiva in quel momento non veniva da lei. Non avrebbe avuta nessuna ragione di sentirsi in quel modo davanti a un'estranea.

Non era lei che provava una gioia così forte da farle tremare le gambe, non era lei che si sentiva come se finalmente stesse tornando a respirare dopo aver trattenuto il fiato per mesi, anni, secoli. Non era lei che sentiva il cuore pieno di amore per quella ragazza.

Aradia era viva, dentro il suo corpo e nella sua mente, la poteva percepire. Per quanto fosse strano, quasi spaventoso, sentirsi come un'estranea nella sua stessa pelle, abbracciò quella sensazione, lasciandole il controllo delle sue emozioni.

Il cameriere che aveva preso il suo ordine stava parlando con Magnhild. Sentì la parola "caffè" e il nome del suo dolce, poi il ragazzo puntò il dito verso il suo tavolo.

In quel momento Magnhild alzò lo sguardo e la vide. Non appena i loro occhi si incrociarono, Antares non riuscì a trattenere le lacrime. Sotto lo sguardo curioso e stupito degli altri avventori si alzò dal tavolo.

Magnhild la fissava, aveva gli occhi sbarrati, le mani tremanti, e il vassoio le cadde a terra.

I suoi colleghi si mossero verso di lei, qualcuno sembrava chiederle cosa avesse, altri si misero a raccogliere i vetri rotti dal pavimento, ma Magnhild sembrava pietrificata.

Ignorando tutti gli altri, cominciò a camminare, a piccoli passi incerti, verso il suo tavolo.

Quando furono abbastanza vicine, Antares dovette mordersi la lingua per controllare il suo corpo.

«*Aradia, er det dig?*»

Sentire quel nome, pronunciato da lei, le fece battere il cuore così forte che per un attimo pensò le stesse per venire un infarto.

«Aradia, sei tu?» chiese di nuovo, in inglese.

«Ofelia?» rispose lei, con voce tremante.

La ragazza annuì, aveva gli occhi lucidi.

«Hai mantenuto la promessa».

RINGRAZIAMENTI

Questo libro è molto personale. Così come Antares non smette mai di ringraziare la sua migliore amica e la sua famiglia, io non sono da meno. Ringrazio le mie amiche, le mie streghe preferite, e i miei genitori, non solo per aver sempre supportato il mio sogno, ma anche per essermi sempre stati vicini.

Se questo libro esiste, se io sono qui a ringraziarvi, è anche merito vostro.

BIOGRAFIA DELL'AUTRICE

Valentina Zanetti è nata in provincia di Bergamo nel febbraio del 1995. Vive in un piccolo paese dell'isola bergamasca, una realtà dalla quale, fin da piccola, evade attraverso la lettura e la scrittura. Laureata in Scienze dei beni culturali all'Università degli studi di Milano, da sempre ha unito la sua passione per l'archeologia, la storia – in particolare quella antica – e la mitologia con la scrittura. Nel tempo libero ama guardare serie tv, bere una birra in compagnia, passeggiare nel bosco e leggere romanzi che narrano i grandi poemi antichi dal punto di vista delle donne.

WOMEN PLOT

Quanti volumi nella nostra biblioteca sono opera di donne? Probabilmente pochi, infatti quando vogliamo acquistare un libro ci si rende subito conto di un certo gap di genere, gap confermato dai dati nazionali.

Un'analisi del settore editoriale mostra inoltre forti asimmetrie sia nella distribuzione dei ruoli che nell'assegnazione dei premi agli scrittori, nonostante le donne ottengano risultati migliori nell'istruzione e nella formazione e frequentino librerie e biblioteche con maggiore assiduità degli uomini.

Women Plot è un *publisher* internazionale e una *media company* che ambisce a ridurre le disuguaglianze di genere nell'editoria e nell'industria dei media condividendo storie di donne vere.

Come autrice, Erica, la *founder*, ha capito quanto sia ineguale il sistema: ogni donna che desidera avere successo nel mondo della scrittura è consapevole che ci siano ostacoli unici per raggiungere questo successo. È chiaro che esiste un pregiudizio di genere nelle case editrici e nel mondo dei libri. Perché non provare qualcosa di radicale?

Women Plot vuole condividere storie di donne autentiche e stimolanti mentre coinvolge la comunità con eventi, club del libro virtuali e molto altro ancora.

La nostra visione è quella di diventare il punto di riferimento per acquistare libri che supportano il lavoro delle donne e riducono consapevolmente la disuguaglianza di genere.

Sapendo tutto questo, possiamo cercare di lavorare responsabilmente per la diminuzione del divario di genere e per sostenere attivamente un cambiamento culturale verso la definitiva parità di genere.

INDICE

WOMEN PLOT
WOMEN STORIES THAT INSPIRE

www.ingramcontent.com/pod-product-compliance
Lightning Source LLC
LaVergne TN
LVHW091249150826
845673LV00006B/1365

* 9 7 9 1 2 8 0 5 9 3 1 9 1 *